U0578042

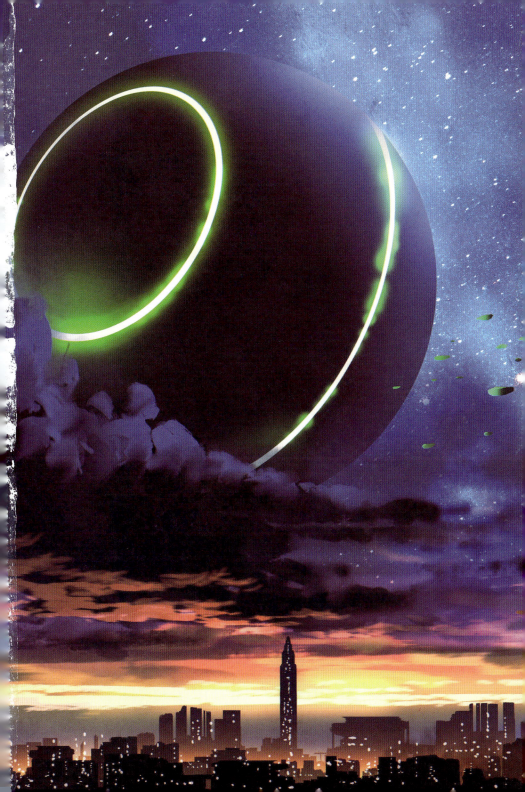

COLLECTION OF FAMOUS CHINESE
SCIENCE FICTION WRITERS

中 国
科幻名家
典藏系列

纪念收藏版

高维度渗透
HIGH DIMENSIONAL PENETRATION

全球华语科幻星云奖组委会/编

北方联合出版传媒(集团)股份有限公司
万卷出版有限责任公司

ⓒ　全球华语科幻星云奖组委会　　2023

图书在版编目（CIP）数据

高维度渗透 / 全球华语科幻星云奖组委会编 . -- 沈
阳 : 万卷出版有限责任公司 , 2023.6
　ISBN 978-7-5470-6184-8

Ⅰ . ①高… Ⅱ . ①全… Ⅲ . ①幻想小说 - 小说集 - 中
国 - 当代 Ⅳ . ① I247.7

中国国家版本馆 CIP 数据核字 (2023) 第 034376 号

出 品 人：王维良
出版发行：北方联合出版传媒（集团）股份有限公司
　　　　　万卷出版有限责任公司
　　　　　（地址：沈阳市和平区十一纬路 29 号　邮编：110003）
印 刷 者：三河市九洲财鑫印刷有限公司
经 销 者：全国新华书店
幅面尺寸：148mm×210mm
字　　数：200 千字
印　　张：9.625
出版时间：2023 年 6 月第 1 版
印刷时间：2023 年 6 月第 1 次印刷
责任编辑：王　越
责任校对：张　莹
装帧设计：天行云翼·宋晓亮
ISBN 978-7-5470-6184-8
定　　价：48.00 元
联系电话：024-23284090
传　　真：024-23284448

常年法律顾问：王　伟　版权所有　侵权必究　举报电话：024-23284090
如有印装质量问题，请与印刷厂联系。联系电话：0316-3170279

目录

高维度渗透 / 碎 石

　　理论上讲，两次波涌之间的几十个小时内，全世界七十亿人中，任何一个都可能在下一秒消失，甚至是人类大灭绝。

"见鬼!"

"怎么了?"

"目标体!目标体的偏离预测值突然非线性增长!"

"什么?"

"三号监测位报告!偏离值超过可接受范围百分之二百三十,已经突破第一道警戒线,约百分之三百三十后将突破第二道警戒线!"

"前方 A 组报告,他们已经失去了目标体! GOCE(地球重力场和海洋环流探测卫星)发出引力波异常警告,引力变化尺度在过去四十秒内达到十亿分之十三!"

"哦……真是见鬼!"

那天,夏后一点钟就爬起来。用冷水洗脸的时候,他抑制不住地把头伸到龙头下,让水稀里哗啦地冲了三分钟。天气预报说气温不到十摄氏度,他觉得水冷得像冰,真爽。

夏后抬起头,看着镜子里的自己,看着那张消瘦惨白的脸,那张绝望痛苦的脸,那张已经失去人性、失去人格、失去生命的脸。

看着看着，眼泪又怔怔地流下来了。

他没有阻止眼泪往下流。

三个多月了，这是第一次看见眼泪，很好，说明抑郁症的治疗已经有所起色了。从行尸走肉，看一切迷迷茫茫的状态，走到了半死不活，看世界一片哀号的状态。

是个好的开始，夏后对自己说。他擦干净脸，把长到鼻尖的头发往后梳，梳得一丝不乱。他穿上衬衣，穿上外套，最后一次照了照镜子。

他的目标是嘉悦大桥。选择这座桥是因为三方面的原因：一是不太著名。这是外环路上一座横跨嘉陵江的斜拉桥，距离市区很远；二是其下方专门有游人通道，但因地处偏僻，基本上没有人；三是足够高。桥面距离江面超过七十米，如果心理素质差一点，在接触水之前就已经昏厥，痛苦能减少到最低限度。即使没昏，死是肯定的，断不至于摔个高位瘫痪，卧床数十载，死得臭气熏天惨不忍睹……

心理学家贝克曾说："抑郁症患者最危险的时刻，不在抑郁的谷底，而在康复到有力气走出家门的时候。"那时候，抑郁症患者才能打得起精神来寻死。他说得真对。

夏后把一个黑色笔记本放在桌子最显眼的地方。上面记录着这几个月的研究所得。这些稀奇古怪的研究尽管对他不再有意义，对他的导师也许会有帮助。

他出了门，在门口静待了片刻。在屋内他止不住眼泪，等到门关上后，却霎时心中一片平静。手机是早已停机了，他把钥匙、钱包、身份证扔进垃圾桶，只拿了一百元钱，找了辆出租车。

一百七十千米上空，近地轨道，"通勤四号"卫星正同时启动两组伺服电机，将两组高敏电磁探头同时指向地球某一坐标。显然，事态达到最高预警级别，"通勤四号"自动启动了关联网络。

在它下方二百六十千米，本应对某海域国军事演习进行辅助监视的"通勤三号"卫星，临时中断了所有应用，把目标指向"通勤四号"提示的位置。更高的二百二十千米轨道上，"飞驰者一号"天链卫星也打破静默命令，同时链接三大洲的十四个点位，将通勤系列卫星、GOCE卫星，以及NASA的两颗磁场观测卫星接收到的信息，以2.8G每秒的高速向地面发送。

"第一波电磁屏障在三十六秒前生成！"三号抬起头大声宣布，"地点在E2330、D7607与E2401、H4400之间，地壳产生的能量偏移还未消除，还无法准确定位。与预测位置相距二十六千米左右！"

"预计第二波电磁屏障将在七十秒后达到可观测强度！"四号说道，"'通勤四号'观测到的第一波热辐射已抵达平流层下方，高空磁场扰乱现象明显！"

"目标体完成态已经达到百分之七十六点三七七，能量反馈误差在千分之三以内，符合量子谐振子第三波函数特性，生成形态完整！"二号紧紧盯着屏幕，"误差值继续缩小，各指数进一步收缩至标准形态！"

"目标体作用范围？"泛所有项特别执行委员会执行官问。

"计算……"一号回答道，"完成了！范围比预期略高，覆盖范围超过二点三平方千米，可观测体约五十平方米，持续增长中，可能属于第二种接触模式……二号，预计最终形态会达到几级？"

"达到五级标准的概率升高到百分之四十一。"

一号皱起眉头："概率相当高了……这一次为何会偏离预测位置这么远？"

"形态开始变化！"二号突然说，"两侧似乎受到干扰，大量热辐射向中间挤压！"

"是工业区？"

"不能确定……形态呈流体变化，现在正高速突破地面，可观测范围正在急剧增长，首次波涌已提前至一千六百二十秒后！根据目前的能量阈值，波涌持续时间大约十六纳秒！"

"时间不算长。"执行官喃喃自语，"如果地域情况不复杂，也许不会造成太大影响……"

"有可能是江，"一号说，"目标区域的地质条件不可能出现大规模的地下水系，如果流体变化过大，很可能是因为接触到了江河下方的渗透带。三号，区域还没有确定下来吗？"

"等等……出来了，'通勤三号'卫星连续收到规律反射信号，基本确定该目标体突出位置。"

"投射出来。"执行官命令。

大厅中央巨大的显示屏上，高解析的地图正显示出来，地面以绿色模块表示，江面是蓝色，在这两者下方，一个巨大的红色气泡正高速接近地面。许多数据围绕着它，其中最关键的经纬度、体积、与地面的距离等字形最为突出。气泡在半分钟内，从一个完美的球形迅速演变成一根长长的圆柱体，其顶端稍稍探出地表，长约一百米，不过尚未能突破江水范畴。受到江岸和水流的共同影响，探出地面的可观测体收缩至江面宽度，其表面呈现出非常明显的流体效应。

"是江……至少远离居民区。"一号明显松了口气。

"首次波涌将在一千二百秒后形成！"二号再次宣布，"能量反馈将在一千一百七十秒后达到首次峰值，预计波涌时间——十六纳秒！"

"行动小组情况如何？"

一直没动静的五号焦头烂额地说："由于跟预期值相差过大……呃……最近距离的三个地面小组到达观测点至少需要十分钟……不过当地警方在十分钟前，已封锁了通向目标区域的道路。"

"但我们的人必须赶在波涌前确定该区域！空中支援单位呢？"

"两个空中单位离得更远……"五号满头大汗地拼命寻找着，忽然眼前一亮，"有一个单位离目标只有三分钟距离！哦……是后备支援部的一架备用直升机……"

"命令该单位顶上去，确认区域是否干净是最核心任务！"执行官站起身，环视四周，厉声下令，"所有单位必须在规定时间内抵达目标区域，切断一切交通，屏蔽无线电信号。本系统只允许保持激光单链通信。通知警察，出动所有当值特警支援，以目标体为原点，封锁范围扩大至十千米。在目标体消失前，本系统自动提升至最高级别，拥有特别执行权，所有与本行动相违背之行为将视为非法。行动！行动！！行动！！！"

夏后在离嘉悦大桥两百米时下了车，把一百元都给了司机，等出租车彻底消失在视线之外，才迈步向桥上走去。

天气很怪异。高空一片澄清，只有西方极远处有些微云。它们属于高空云系，被半弦月照亮了，散发出一种暧昧的暖色。天穹是藏青色，越接近地平线越淡，直至完全为城市的灯光所覆盖。这种典型的北方深秋干燥的夜晚，在重庆真是罕见。

夏后抬头看天，一直走到桥上，想起此行的目的，转而向下看。见鬼……哦，不、不，是好事。

大雾正从桥下滚滚涌过，目力所及的江面全被大雾笼罩了。雾气浓密，活像真的凝成了雾的江面。雾的厚度至少有三四十米，因为大雾的顶部离桥不到三十米了。江风凛冽，吹得人骨头发麻，将大雾顶端切割得非常平整。雾气在寒风中散发出一种诡异的青色辉光，让人觉得一旦掉进去，立即就要变成冰碴，继而被永无休止翻滚着的雾之江水直接冲入幽冥黄泉。

非常好，在雾中看不见江面，死亡的沉重又减轻了三分。夏后这样想着，小跑着下了台阶，跑进大桥的观光通道。

这座大桥两侧下方专门修建有供行人行走的通道。不过因地处偏僻，平时只有车经过此桥，行人非常之少。栏杆是普通不锈钢的，脚下就是江水，翻越太容易了。夏后一口气跑到桥中央，才扶着栏杆。他在那个位置站了很久……很久很久。

高维度渗透

一小时后……也许两小时，也许更久。时间对他来说已经不重要了。他闻到有股微酸的味道，便往下看。

桥下的雾气更加浓重了，颜色变成灰黑，活像桥下有什么东西燃烧起来，浓烟融入了雾里。不过并没有什么烟味，倒是那微酸的味道越来越浓烈。

就在他脚底正下方，从江面升起的水汽与被桥面阻挡、转而向下的一股乱风较劲，雾气便翻卷着形成一个旋涡，旋涡中心内部混沌一片，偶尔有什么青白色的东西一闪。是江面吗？夏后不知道。只是看那旋涡久了，不禁头晕目眩，好像要被它一口吞没似的……

其实该想的都想了，能做的都做了。为了治疗抑郁症，这一年来他翻遍了所有心理学著作，但没用就是没用。抑郁让他完全无法入睡，胃溃疡、肠道痉挛、无法进食、耳鸣、头痛、恶心、尿血……已经没任何可以留恋的了。夏后慢慢脱下外套。

这个时候，他听到了声音。"轰轰轰"……当头压下来的狂风吹得他连退两步。

"大桥两侧快速通道已经封闭，十分钟内没有车辆进出通道记录。卫星显示，封锁区域内没有车辆滞留！特警已成功封锁十六处人行通道。"

"大桥两侧可观察到目标体的居民楼已被封锁，警方已将所有人员带至两千米以外，正进一步撤离！"

"A组已经成功推进到离目标体六千米处，接近滨江公路，预计在四分钟后抵达观测点！ B组离大桥约三千米……"

"'飞驰者一号'传回第一批高解析图像，已经观测到可观测体！"三号叫道。

所有人都抬头看中央屏幕。卫星地图显示，一大团灰褐色的雾正盘踞在江面之上，并有向两侧扩散的迹象。地图迅速拉近，经过多层、多频段曝光的图片很清晰，可以看见桥面上干净得连一条狗都没有。

"非常好，"执行官看表，"现在是凌晨三点，应该没有什么人。它搅起的雾气掩盖了自己，之后的新闻封锁就好做了。"

众人都松了口气。这次行动经过数月精心准备，临到头才发现预测错了几十千米，已经惨败，只求能平平安安过去。没有人在目标区域内就出不了大事，回头向上级汇报时，责任就要小得多。

执行官想起一事："那个后备空中小组在什么地方？"

"空中小组已到达嘉悦大桥上方，离目标体约一百米。大桥范围内没有发现车辆，亦没有人行通道。电磁干扰越来越强，小组请求进一步指示。"

"波涌的最终时间确定没有？"执行官回头问。

"三百七十七秒后，误差约二十毫秒。约三百六十秒后，可观测体就将达到桥面高度。"

"命令空中小组，暂时撤离到岸边，关闭系统，等待命令。"

"明白。"

"是……第二后备支援小组明白，我们将在北岸着陆，等待进一步……见鬼！"

　　强烈的电磁干扰让频道瞬间只剩下背景噪声，这意味着波涌即将到达，必须立即远离此地了。机长关闭了通信，扳动操纵杆，直升机略转了半圈，向左侧倾斜，快速掠过桥面，向北岸靠拢。就在机身刚下降到与桥身的相同高度时，副驾驶座上的泛所有项特别执行委员会第三期见习生齐姜突然尖叫一声。

　　"有人！"

　　"什么？"

　　机长吓得一哆嗦，直升机向前猛冲一段，又拼命拉起。从桥下刮上来的风吹得直升机左右摇摆不定，电磁干扰又使驾驶台上的仪表开始不受控制地乱动起来，这对飞行来说异常危险。但是目标区域一旦出现人，那可是最重大的事故，机长拼老命稳住机身，齐姜抻长了脖子仔细看。

　　"真是一个人！哦，真见鬼！人行通道在桥下方！拉上去，快拉上去！"

　　螺旋桨劈开厚重的雾气，艰难地重新升到与桥面相齐的高度。现在看得更清楚了，那家伙呆呆地站在栏杆后，大概没有料到突然有直升机出现。下方翻滚的雾气几乎就要漫到他的脚了！

　　"这里是……嘶嘶……总部，请求指示！这里是……完全不行！"机长转头看齐姜，"通信中断了！波涌要开始了！"

　　"那怎么办？"

　　"我们必须撤离！"机长握着操纵杆的手抖个不停。

　　"不行！"齐姜大吼。

机长也知道不行。事态太严重了，严重到他不敢想象……机舱内温度只有十几摄氏度，他们两人却同时湿透了衣服。

只犹豫了几秒钟，机长就下了个决心："好，我下去……"

"不！"齐姜截断他，"我通过了资格考试，我下去！"

"你疯了！你只是个见习生，根本没签那份协议，选择离开一点责任都没有！"

齐姜看着他的眼睛，一字一句地说："放我下去。"

直升机迅速爬升到大桥上方，顶着狂风朝人行通道入口处降落下去。齐姜摘下头盔，解开安全带，直升机还没有停稳，她就"咕咚"一声跳了下去。风吹得她站立不稳，不得不紧紧抓住栏杆。

"齐姜！"机长叫住她，"你知道标准程序吗？"

"我知道！"

"我……我是说……最后的标准程序？"

齐姜做了一个手势。

"坚持住！"机长挥舞手臂，朝她狂喊，"一定要坚持到最后，懂吗？！"

齐姜点点头，猫着腰一路小跑着下了通道。直升机机头翘起，想要拉升起来。但所有的仪表都开始疯狂旋转，警报震耳欲聋。尾部螺旋桨液压失衡，带着飞机横着向左侧撞去，"哗啦"一下撞断了护栏。直升机往前一口气拉断了十几米长的护栏，才勉强停下。但是护栏却钩住了滑橇式起落架，它在离桥不到十米的高度盘旋着，周围能见度降到不足十米，已彻底失去了规避的方位和时机。

金色、红色的闪电开始频繁闪现。这些高能粒子流如同一条条游龙在浓雾里穿梭，任何一束都可以轻易把直升机打成废铁。机长摘下头盔扔到一边，抹去脸上的汗水，"啪啪啪"地打开几个按钮。他看着疯狂翻涌的黑雾背后，那团越来越明亮的紫色光团，喃喃地说："浑蛋，来真的了吗？"

夏后全身都在颤抖。

刚才直升机上升的时候，他看到了机身上有个显眼的标识——是警察？这么快就被发现了？他这么想着，抓住栏杆，一步跨了上去。

哦，桥下那是雾吗？简直是一团扭动的墨色的怪物。什么时候雾气已扑上来了？夏后仓皇四顾，才发现整个桥都已笼罩在了雾中，看不出十米远。酸味更加浓烈，他的皮肤刺痛难忍。不时从浓雾深处传来闪光，静电导致他所有的毛发都竖立起来，让他一时恍如跌入了夏季可怕的积雨云内，雷暴正形成……

"咚咚咚！"突然，通道里脚步声急，有人急切地叫道："不要跳！不要跳下去！"

夏后回头看，只见一个纤细的身影正朝自己全力冲刺。那人一身黑色的警服……是了！他们来阻止我了！

夏后大吼一声，猛地往下跳去。腰间一紧，那人竟然跟着跳出栏杆，一把抱住了他！

风骤然狂暴起来，夹杂着开天辟地般的巨响。夏后觉得身体瞬间被撕扯、被扭曲、被抽打、被击穿、被粉碎、被……

被不可思议的虚空溶解、吞噬……

他最后的意识，是看到高空之上，一团红色的火球掠过……

屏幕剧烈地闪烁了两次，跟着不到一秒钟时间，大厅内瞬间一片漆黑。几秒钟后，备份电池才紧急启动，所有的屏幕都自动进入了检查程序。有个抑扬顿挫的女声在大厅内回荡道："第一次波涌于四点七三三秒前爆发，爆发等级：五级。爆发持续时间：十六纳秒。爆发形式：观测范围内呈现的标准形式……系统正在重新启动中……六十秒后开始接触监测网。重复，六十秒后开始接触监测网……"

所有人都呆呆地盯着漆黑的主屏幕不动。

第一次波涌的正常反应是极高能量电磁爆发，它导致周围空气被击穿产生闪光。在第二次波涌到来之前，本应该陷入沉寂，然而可观测体再一次闪烁，就只能意味着一件事——有超过标准值的信息体穿越了屏障，穿透到了更高维度……

换句话说，至少有一个浑蛋掉进去了！

沉寂了一分钟，三号的系统最先恢复，"飞驰者一号"的数据正源源不绝地掠过。他看到了一行代码，禁不住叫出声来："直升机发射确认信号，两……两发！"

人群又是一阵骚动——进去了两个人！

执行官深深吸了几口气，拍手大声喊道："好！好了！第二次波涌时间？"

二号的脸几乎凑到了屏幕上："第一次波涌的伽马辐射强度还在统计中，江水吸收及反射模型还没构建出来……根据以往模型的计算结果，预计第二次波涌将在二十三小时四十分四十秒之后形成……"

"第一次波涌对水体的辐射不可能影响第二次波涌。"一号面色惨白地说，"我们只有二十三小时了……"

"好……好。"执行官揉揉太阳穴，重新打开耳麦，向所有单位下令道，"都听好了，事态为四级，并有可能向五级扩散。从即刻起，本系统维持最高级别不变，自动转入引导程序。都给我打起精神，把那些家伙弄出来！"

"喂……醒来……喂……"

"喂……快醒醒……"

夏后竖起耳朵，觉得这声音很是陌生。是谁？他想看，但似乎怎么也张不开眼皮。身体好像消失了，意识空空荡荡地飘浮在空空荡荡的宇宙间……有星光……到处都是星光……这……这是死去后的世界？

"醒来……我们必须……快……"

声音催促得更加焦急，忽大忽小，朦朦胧胧……突然之间，仿佛红巨星内部终于生成了铁元素，引力骤然间超越聚变产生的能量，不可思议的质量以光速向内塌陷，所有的感觉一下涌回了身体。

"啊！"夏后翻身坐起，只觉全身皮肤无一处不火辣辣地疼，像刚从火焰中钻出来，头更像是要裂开一般。周围的一切都在高速旋转，什么也看不清楚。他腹内翻涌，四肢不受控制地抽搐，刚坐起身，重又扑倒，"哇"地一下吐了出来。

有人拍打他的背，压低声音说："好了，好了……吐出来就好。快点，我们必须走了！"

夏后吐了半天，除了胃液再也吐不出什么，才勉强止住。眩晕感稍有减弱，他勉强回头看，见扶着自己的是个年轻的女孩。

女孩眉目极深，双目如漆，皮肤白得发亮，长发垂到胸前，遮住了胸前风光。她虽然扶着自己，脖子却抻长了，不住地向四周张望，眉头皱成一团，神色颇为紧张。忽而一阵风刮上来，吹得女孩的头发上下翻飞，周围发出窸窸窣窣的响声。他这才发现自己趴在一簇荒草丛中，而荒草丛则处在两座山头之间的垭口。

两侧山头上都长满粗大的柏树，柏树林又密又高，枝叶遮天蔽日。天空中浓云密布，云层非常低，沉甸甸地压在山头之上。风从左侧山头刮来，"哗啦啦"地刮得荒草漫天飞舞，纷纷扬扬地吹到右侧林子里去了。

"呃……"

女孩见他缓过劲，忙把他扶正坐好，仍然压低声音说："快走，快！"

"这是……哪里？我……我死了？"

女孩脸上露出恼怒的神情，狠狠地把他一拉："死不了，也不能死在这里！快跟我走，他们要搜上来了！"

"谁？什么？哦！"

女孩用力一拉，夏后竟被她拉起来。他身高一米八，几个月没好好吃一顿，瘦得像根竹竿。他一眼望见山下有座宏伟的古代城池，而且似乎正冒着滚滚浓烟，吓了一跳。

"啪！"女孩一巴掌把他打得弯下腰，叫道，"你想找死啊！跟着我！"他们猫着腰，拨开荒草，向左边山头树林里走去。

嗯……有什么地方不对劲。但夏后脑子此刻仍然混沌一片，懵懵懂懂地跟着那女孩走。林子前长满了低矮的灌木，女孩身体纤细，几下就钻了过去。夏后侧身钻入灌木，被灌木刮得通体疼痛。他低头往下看，突然明白哪里奇怪了——他与那女孩竟然浑身赤裸！

再看仔细点，赤裸的肌肤隐隐散发出一层暗红色的辉光，特别是四肢，活像刚从蒸笼里端上桌的大闸蟹。夏后忍不住举起手闻闻，真的有股烘烤过的味道。

"我……"

"来啊！"女孩那同样泛着红润光泽的身影一晃就消失在灌木后。夏后头晕目眩地站了片刻，忽听不远处草丛里传来唰唰声，有人大声吆喝，似乎正带着大队人上来察看。

夏后浑身一激灵，猫下腰就跑。他一口气跑过灌木，爬过一片岩石，茂密的柏树林就在眼前。越靠近林子，地面越不平坦，东一个坑西一道沟。这些凹陷处被草甸覆盖，又刚下过雨，潮湿冰冷。夏后深一脚浅一脚地跑着，淤泥、草叶沾得满脚满腿都是，身上到处是被锋利的叶片划出的小口子，这辈子还没如此狼狈过。

眼看就要跑到石墙，夏后深吸一口气，发力猛冲。突然斜刺里跳出一人，从后面死死抱住了他的腰，两人一起向前扑去，"哗啦"一声跌入草丛深处的坑里。

这个坑至少有一米深，虽然坑底铺着厚厚的一层草甸，但夏后面朝下直摔下来，仍然摔得眼前发黑。那人的身体从上面压上来，这冲击力压得他一声都发不出来。那人继续紧抱住他，一手捂着他的嘴，在他耳边说道："嘘……他们追上来了！"正是那女孩。

坑边的草丛反弹回去，自然而然地遮住了坑口。夏后不知来的是谁，但第一，自己的状况极不自然；第二，这女孩似乎也不像坏人，那么必然追上来的人就有问题；第三，背上传来炙热的肌肤赤裸相贴的感觉，让他还能说什么呢？他点点头，表示自己不会出声，女孩才慢慢收回手，不过仍然趴在他身上不动。

坑里的草木被水浸透了，有股泥腥和腐败的味道，偏偏鼻子边却隐隐有股少女的香味，夏后一时如在梦中……

那女孩却一直竖着耳朵听。山坡上的风吹得蔓草窸窸窣窣地起伏不定，柏树林方向却少有声音。须臾，传来"嚓嚓"的脚步声，偶尔有兵刃相交的叮当声。这些人小心地散开，大概正以一个扇状队形向前搜索。有人咕哝着什么，女孩既听不清，更听不懂。她身下的夏后却颤抖了一下。她无声地低下头，把耳朵凑到夏后嘴边，听他低声说："他们要刺草丛……"

刺啦……刺啦……果然传来长枪刺穿草丛的声音，偶尔还有人骂骂咧咧地用刀乱砍灌木，一路搜索过来。夏后觉得那女孩的心怦怦乱跳，一下一下地撞在自己背上。这感觉真正怪异，在极度迷惑、茫然与恐惧之中，他居然有个念头，想就这样过一辈子也不错……

女孩垂下来的头发弄得他鼻子发痒，张嘴就要打喷嚏，又慌忙用手拼命捂住。女孩从他身上悄无声息地滑下来，指指对面，自己慢慢往后靠。她退到坑边，又俯下身，侧身贴着坑壁。

夏后立即明白她的意思。坑深一米，如果对方枪够长，就能刺到坑底。但坑有近两米宽，两个人分开贴紧坑壁，才有可能躲开对方的试探。他也学女孩的模样靠着坑壁侧躺，只觉得坑壁冰冷潮湿，浑身止不住地微微颤抖起来。

覆盖在坑口的草大半已枯黄，光透进来，变成一种暧昧的暖黄色。对面的女孩侧身躺着，光投射在她身上，泛起一层乳黄色的光辉。她那深刻的眉眼突出于灰暗凝重的背景之上，柔美和刚毅这两种决然相反的神情同时浮现出来，让她看上去既美艳，又诡异，夏后只觉得口干舌燥，不敢多看，便抬头盯着头顶的草盖。

"嚓嚓……""唰唰唰……"搜索的人逐渐接近泥坑。夏后的心又开始狂跳，用手捂着口鼻，身体用力往下压。刚才还嫌坑底的腐草肮脏，这会儿恨不得整个人钻进去。对面的女孩腾出一只手，无声地把草叶往身体上盖。

"唰！"一柄枪头刺进草盖，刺入他们刚才趴的地方。那人用力刺了几下，喃喃地说："恁么大的坑？"语调极怪异，有点像闽南语，又有点客家方言的味道。

枪头扯上去，等到再次刺下，却换成了一柄长刀。长刀在坑内横着划了几道，似乎想要探寻泥坑的边缘。最后一刀从女孩肩头掠过，一下砍在坑壁上。夏后爆出一身冷汗，因为那人确定了一侧的边缘，又朝自己的方向划来。他惊慌之下，身体忍不住收缩，"咔嚓"一声压断了一根枯枝。

上面那人立即喝道："谁！"

夏后全身的血都冲上脑门，见那女孩脸上瞬间露出恐惧的神色，心想："不能连累她，反正我都要寻死！"手一撑就要站起来。忽听外面有人朗声说："阿弥陀佛。"

刹那间，只听抽刀出鞘之声不绝，脚步声纷乱，都向那发声的人跑去，将他团团围住。有带头的喝道："和尚！你于此作甚？大人前日已下令，方圆三十里所有人等，须立即远离，不得逗留！感业寺、感恩寺、圣天寺诸僧与皇觉庵群尼皆已散去，尔何敢抗命不尊！来呀，为我擒下此人，带回营前处斩！"

和尚平淡地说："阿弥陀佛。贫僧元空，乃奉大行皇帝敕命于此修行，非诏不得下山。阿弥陀佛。"

那领头的还要说，另一人惊讶地说："元空？元空大师？大人，此、此人乃大行皇帝之弟，先皇之十三子，奉命于此出家，为皇陵祈福。如此……似乎……"

众人顿时哗然，惊讶中更带着某种异样的情绪，交头接耳，议论纷纷。领头的迟疑片刻，方道："既是奉诏，身不由己，姑且饶恕。但当今天下，唐室衰败，气数已尽，尔……尔还是速速下山为好。若执意不去，切记，数月之内都不得往前山，否则为他人所擒，恐……性命不保。尔自珍重罢！"

他说着招呼一声，众人收了兵刃，开始往回撤离，还听见许多人上前向那和尚跪拜。有人暗自抽泣，有人轻声道："皇室暗弱，子嗣不存，先生何不还俗……"

领头的厉声道："荒唐，还不快走！"于是，再无人说话。草丛里传来窸窸窣窣的响声，这群人迅速走远了。

直到最后的脚步声都消失，夏后才长出口气，过度的惊吓加上寒冷，只觉身体酸软，再也撑不住，一下子瘫倒在腐草中，冷得牙关咯咯作响。

"哗啦"一声，对面的女孩也翻倒下来。她接连滚了两圈才停下，双眼紧闭，面色白里发青，右边肩头鲜血淋漓——原来那一刀真的劈中了她，她居然忍痛不发一声，但这会儿再也支持不住，已然昏厥过去。

夏后刚要爬过去，忽然头顶一亮，有人扒开草盖，扔了两件衣服下来，说道："阿弥陀佛，施主且上来吧。"

"头！已经确认那人了！"

从耳麦里传来的直升机的轰鸣声震耳欲聋，五号尽量提高声音喊道："目前有十三组监视头拍下了那人的行踪，他从凌晨一点多就进入大桥下方的人行通道，一直没有离开！警方已经确认了该目标身份，夏后，男，二十六岁，本地户口，没有前科！目前正在追查他的住址！"

"知道了，继续与警方合作。立即签发搜查所需手续，一旦确认地址就开展搜索工作。记住，进入搜索程序后，要求警方回避，所有物件均需处于保密状态，明白吗？完毕！"

这个时候，直升机上下颠簸了两下，在桥上着陆了。执行官摘下耳机，刚跳下飞机，B组组长七号就顶着风迎了上来。

"情况怎么样？"

"很糟糕，刚与医院联系过，说他生命体征很弱，肺部的伤势尤其严重。"七号一脸阴郁，"他在紧急规避距离内发射的确认信号，根本没有时间着陆。万幸的是直升机没有起火。我们赶到时他还保持着意识，通报了'渗透'的基本情况。"

他一边说，一边领着执行官走向那架坠毁在桥面上的直升机。消防车已经撤离，机身和桥面到处是消防泡沫。一群穿着防护服的人正指挥吊车上前，准备将直升机吊上拖车。从破碎的桥面、被撞断的栏杆来看，直升机当时在旋翼的带动下翻滚了很长一段距离。

一名工作人员递上防护服和头盔，执行官铁青着脸推开，大步跨过直升机残骸，走到桥边。这一片栏杆都被撞断了，江风刮得呜呜作响，他却毫不在意，钻出临时警戒线，半边身体都探出桥面，向下俯瞰。

几十分钟前，这里爆发了一次第四等级的波涌，瞬时能量甚至超过了一次太阳风暴的总和。但能量几乎全集中在高维度爆发，所以此时此刻，雾气早已散尽。在几架探照灯的照射下，黑色的江水奔流如常。除了桥面上这片混乱，那场超越时空的剧烈波涌没有留下任何痕迹。

波涌的程度和变数都超出预期太多了，非人力所能驾驭啊……执行官问七号："确认那是一名见习生吗？"

"是。第三期见习生齐姜，非常优秀的学员。毕业于国际关系学院，是同期生中最年轻的。"

"在你那里见习多久了？"

"三个月。"七号说，"两期测试她都是第一名，所以被提前派来做后备任务。"

执行官叹了口气。

"光优秀不行的，"他叹息着说，"光优秀不行……这种情况，不是优秀，就能做出符合规则的……的……决断。"

"机长说，她是自愿下去的。我相信……她自己很清楚这意味着什么。"

执行官摇摇头，没有再说话。

在一名地面指挥人员的指挥下，另一架标有"DFHD"的直升机降落了。一名全副武装的人员不等飞机停稳就跳下来，跑到执行官身边喊道："头！特执会通报会，十五分钟后开始，快！还有关于事态等级提升的命令等待签署。"

他把一个平板电脑抵到执行官面前，执行官在上面飞快签写姓名，并且头也不抬地说："命令所有单位做好出发准备，'天英号'、'天琴号'和'巨爵号'在机场热机待命。七号，你和A组准备完毕后就立即分乘'天英号'和'天琴号'起飞。你们……"

他看了一下表："距离第二次波涌还有二十二小时十五分，你们起飞后，与本部保持四百千米的距离，在空中等待进一步指示。空军的预警机应该在半小时内就位，通信和具体的部署将交由它来控制，去吧！"

他们匆匆跑回直升机。进入舱门之前，执行官略停了一下，回头看去。几十辆大大小小的警车将桥头围得水泄不通，警灯不停地闪烁，但没有鸣笛。四辆应急照明车把桥面照得雪亮。两辆吊车和一辆拖车围绕在坠毁的直升机旁，正进行回收操作。三辆巨型房车顶着七八台各型雷达，停在靠近桥中心的位置，收集着已经非常细微的残余辐射。七号的轻型直升机在轰鸣声中迅速飞起，低空掠过大桥东侧，急速朝机场飞去。应急灯照亮了飞旋的螺旋桨，活像一团跳跃的光圈。

特执会通报会……责任、特别执行权、非线性后果、危机处理……又是一场硬战。执行官一边想着，一边弯腰钻入机舱。直升机立即翘起屁股往前冲了一段，地面指挥人员猛挥荧光棒，指挥它向左侧倾斜，迅速拔高，朝着离此最近的一个军事基地飞去。

"嘎……嘎嘎……"

几十只黑鸦嘎嘎地叫着，一飞冲天。它们排成松散的队列，在高高的柏树上空盘桓了一阵，又一起掉头，"嗖嗖嗖"地快速掠过佛堂顶端。

天空中浓云密布，但此刻应该已过了中午，西方的天空却比东边还要暗淡。事实上，东面天空的云层更像是着了火。十几里之外的地方一定有个巨大的光源，照亮了低矮的云层。

"此非云霞也，乃玄武门与献殿之火。"

"嗯？"齐姜回头，见元空和尚扛着柴火，正艰难走上庙宇前的阶梯。他见到齐姜迷茫的神色，指着东方的云霞说："温纵部劫掠，焚玄武门、青龙门、献殿，已三日矣。"

"哦……"

元空走上阶梯，回头也眺望东方的天空，半晌，才淡淡地说："下宫或亦不免。四门俱毁，宫阙次第焚燃，而至于天相异变。

二百余年之皇皇盛世，终俱成过往云烟。宗室毁坏，子嗣断绝，天乎？运乎？阿弥陀佛。"

"……"齐姜还是不说话。虽然在进入特执会时的各国古语考试中，她的成绩名列第一，然而真正听到这样似曾相识又全然不同的音调、词句，还是觉得怪异至极。回答的话在喉咙里转来转去，却一个字也吐不出来，只好继续装傻。

衣服是麻质的，又薄，在这深秋时节，虽然她两手紧紧抓着衣角裹紧，仍觉得刺骨寒冷。但是刚才她已在庙堂内寻了一遍，简直空空如也，连两侧侍立的菩萨身上挂的布都被人扯走了。她赤脚蹲在庙门的石狮子旁，冻得全身哆嗦。抬头看天，才意识到这不是梦，自己是真的"渗透"进来了。

她醒过来时，肩头的伤被人草草包扎过，血已经止住，已不觉疼痛。她记得伤口不深，却很长，若不能及时消炎，恐怕会感染。好在到目前为止，所有的"渗透"最长不会超过二十四小时，这点时间还能撑过去。如果第二次波涌时，引导小组不能准确定位自己，那也用不着消炎处理了……

在这紧急关头，自己竟然从早昏睡到现在，耽误太多了！想到这里，齐姜十根脚指头抓紧地面，颤抖着把衣服裹得更紧。不过，从另一个角度讲，自己昏睡着，其实也最大限度地减少了熵值增加……

元空坐在台阶上歇息片刻，拖着柴火向后院走去。忽听脚步声急，有人飞快跑上台阶。来人一眼看见齐姜坐在庙门，顿时松了口气，跑到她面前坐下，大口喘气。

齐姜等他喘得差不多了，才问："你叫什么名字？"

"我……我叫夏后。你呢？"

"齐姜。"

夏后回头看她，"你是警察？"

"……比你想的要怪得多……"

夏后跑得一身大汗，没留意齐姜的话。他抹着脸，四处看看："那个和尚呢？"

"后面去了。"

夏后一跃而起，走到齐姜身后，低声而神秘地说："我……我发现一件事！很可怕、很怪异的事！说了你可能不相信！"

齐姜斜眼看他，见他整个人都绷紧了，说："但是你要相信我，真的！我说什么，你都别大声喊出来，听我解释行不行？"

齐姜点点头。

"我……我们……"夏后把嘴巴凑到齐姜耳朵边，极轻地说，"可能……穿越了！"

"嗯。那你刚才是出去打探情况了？"

"是！你知道这是哪里吗？"夏后激动得颤抖不停，"这里是梁山的山阴！我的天！你瞧那边的云霞，你瞧见了吗？通红的天空，知道是为什么？哦！你一定不敢相信！"

"真幸运，"齐姜拍拍身边残缺不全的石狮，"我们至少还在中国境内。你怎么了？"

"你……你不吃惊？"夏后眼珠子几乎蹦出眼眶，"你……你当我是开玩笑是吧！"

"不，"齐姜叹口气，"等你知道我要说的话，才会以为我是在开玩笑呢。继续说吧，你打听到此刻的年代了吗？"

眼前这纤弱女子镇定从容，夏后顿时觉得自己太失态了，搔着脑壳重新坐下。他把刚才得到的消息迅速汇总，冷静地说："如果这个和尚说的是真的，那么现在应该是大唐末年，公元八百九十年……不，应是九百年前后的深秋。那片火焰……我去看了那片火焰……太大了，真的一直烧到天上去了——那是崇州节度使温韬正在纵火焚烧乾陵的地面宫殿！"

他回头看，想从齐姜的脸上见到惊恐或是茫然的神情，却大大吃了一惊——齐姜双眼幽幽地发出光芒。等注意到他在看自己，齐姜嘴角往上一翘，对他嫣然一笑。夏后的心突然怦然乱跳。

"你怎么知道是在哪一年？"她问，"和尚告诉你的？"

"我推测的。"夏后不自然地转过头，"温韬镇辖关中地区，是在八百年末至九百一十年之间。这期间，他大肆发掘皇室陵寝，唐朝的十几座皇陵皆被发掘。若外面燃烧的真是乾陵外围宫殿城池，那一定在这个时间范围内。"

"你是学历史的？"齐姜眨巴着眼睛问。

"我……我是考古专业研究生……"

"哦……"齐姜用手支着下巴，若有所思地望着远方的云霞。西边天空已经彻底陷入黑暗，来自东边的红光隐隐照亮了她的脸。她那深刻的眉眼和鼻梁被光勾勒出来，随着光线忽明忽暗，有种不真实的美。

夏后呆呆地看着，想到几个小时前她那散发出乳白色光芒的赤裸的身体，觉得心中没有一丝邪念……呃，真见鬼，真的一点邪念都没有，是被这寺庙感染了？

"你在想什么？"

"我……我想……我觉得奇怪，为什么你一点都不紧张，或者怀疑？"

齐姜刚要说，忽听元空的声音说："阿弥陀佛，二位施主请用斋饭。"她立即闭嘴。等夏后走到她身边时，她偷偷抓住他的手，低声问："你没有向他透露任何我们那时代的事吧？"

"没有……"夏后稍有犹豫，立时觉得被齐姜抓住的手腕要折断般疼痛，忙说，"真、真的！就算说了，他懂计算机、飞机是什么吗？我可不傻！"

"很好，千万别说。一个字都别提。"齐姜口气变得冰冷，"否则我会立即杀了你。"

那名队员回头看一号，见他点头，便用力将撞门器向前撞去，大门应声而开。三十几名队员立即一拥而进。

搜查令还在等待签发，不过这一过程基本已可以略过。因为就在外面的街道上，五十几辆客车正往下倾倒四百多名全副武装的特警。八辆轻型装甲车和一百多辆警车封住与此相通的四个街口，三架直升机在空中盘旋。特警掩护着宣传车边走边喊："通告，通告！特别通告！鉴于食品安全方面的原因，从即刻起有专人将逐家逐户地进行安全检查。居民们，请不要惊慌，没有危险，重复一遍，没有危险！请准备好您的身份证明，跟随我们的人员到安全的地方。你们可能将接受必要的身体检查，请保持冷静……"

无数人惊慌失措地叫起来……特警开始排成队列，沿着街道把人群往中间驱赶，跟在他们后面的特警则将一栋栋楼房控制，等更多增援到来时，进行逐户清理。有人放声大哭，有人怒骂呵斥，有人朝街上扔花盆……枪声响了，橡皮子弹打得啪啪作响，人们开始陷入彻底的慌乱中……

砸这点门算什么？

一号一面往里走，一面大声喊着："所有的物品：照片、证件、笔记、医疗记录、资料、衣服、头发、皮肤组织、摆设、日用品……所有你们看得到的，统统带走！直系亲属、朋友、老师、同学、同事、邻居、情人、仇人……每个人建立独立档案，立即追查！该目标的行为模式必须在一个小时内得出初步结论！快！快！快！"

队员们在他的咆哮声中疯狂地抓取看见的每一件物品，塞进箱子里，打包，运到外面标有"DFHD"标识的集装箱车内。两名队员将四台便携电脑同时联上夏后的电脑，攫取里面的每一个字节。行为模式小组的成员用放大镜查看房间内各处细节。有人趴在床上搜寻皮肤，有人从马桶里取样，有人翻检垃圾桶内用过的纸巾……

突然有个人叫道："报告！"

"什么？"

那人一脸绝望地看着手里翻到的一张照片，结结巴巴地说："我、我发现……曾经跟他、他同一个中学……"

"带出去。"一号简洁地下令。

队员们无限同情地看着他被几个人蒙上头罩，飞也似的被拽出房间——这家伙现在荣登"渗透者关联体"榜单，在波涌结束前，将接受最为严厉的监管。当然，最坏的结果是——因为渗透者的"异动"而骤然消失……

一号在屋里转了一圈，走到书桌前，颇有些意外。桌上放着放大镜、扫描仪、镊子、胶带、笔记本，除此之外便全是书。有《古籍考辨》《北魏拓文考》《隋唐文字考》《西周断代编年体系论》……密密麻麻，有一些一号连名字都认不出来。甚至有四本古书，装在密封袋里，上面贴着陕西博物馆的外借凭证。一号的眉毛不由得跳了几下——信息量非常之多，代表此人的熵值也将出奇地大。

"报、报告！"

"又怎么了？"一号正拿起书桌最上面的一本笔记本，头也不回地问。

联络员关闭耳塞，说："特执会公告，截至五分钟前，共有相关联的七十五人消失，目前其余关联人员还在统计中。特执会已准备在半小时发布进一步提升危机等级的消息！"

队员们都在努力学习，并深切理解关于波涌和渗透的灾难性后果，但是当第一次渗透的后果如此活生生血淋淋地展现在面前时，他们还是一个个面如死色。谁也不知那家伙渗透到了哪个时间点，更不知道自己的几百代祖先是否与此关联……理论上讲，两次波涌之间的几十个小时内，全世界七十亿人中，任何一个都可能在下一秒消失，甚至是人类大灭绝，而且没有任何办法阻止……

“都给我接着干！”一号怒吼。他顺手翻开笔记本，一页纸从里面掉了出来。

一号盯着那张缓缓飘落的纸，突然间太阳穴嘣嘣乱跳。

“啪——咔——”

厚重的门关上了，房间立即陷入一片漆黑。只有角落里隐隐发出低沉的嗡嗡声，那是量子通信设备正在预热。执行官摸到沙发坐下，松开领带，艰难地咽了几口气，又赶紧系紧。

名义上，即将到来的是通报会，其实已经是特执会联盟最高级别的会议了。因渗透事件将影响整个人类历史进程，所以特执会联盟最基本的一条原则，就是审核每一次波涌，并根据评估判断警戒级别。如果警戒级别提升到最高的红色，六大特执会将无条件联合行动扑灭真相……这后果，执行官连想都不敢想。

超过四级的波涌不是没有，不过绝大多数都是在人迹罕至的荒漠，几乎没有引发超过同等级别的渗透事件。有一年，美国落基山脉一次四级波涌引发了五级渗透事件，他那时刚好以观察员身份在场，觉得非常险恶。现在才知道，渗透这种事没有最严重，只有更严重。

此次渗透事件是整个地区历史上的第一次五级渗透，又处在对历史起决定作用的中央帝国，后续如何发展，谁也无法预料。而且与渗透者同时进入的是名见习生，她是否能够应付，甚至为此牺牲，实在没有把握……

他正焦头烂额地想着，忽然闪了几下光，正前方一个巨大的矩形屏幕慢慢亮了起来。

　　屏幕被大致分成六个部分，其中五个为一样大小的矩形，最左侧有两个小矩形排列在一起。所有的矩形框内都出现一个人影，人的脸被刻意模糊，只有每个人身后的国旗看得清楚。安理会秘密成立的"泛所有项特别执行委员会"，五大国各占一席。一九八五年和一九九六年，日本和德国以观察员身份先后加入。

　　执行官先看看最右侧的中国代表，他朝自己微微点了点头，又摇摇头，意思是五大国内部已经有所沟通，但分歧仍在，要自己从容应对。

　　根本不是分歧，一定是有人要乘机追责。记得特执会行动部队刚组建时，还只是特执会联盟中最小的一个，而且差点让日本抢了先；现在单论规模，已发展到第二的位置。执行官一面觉得自豪，一面又有些悲哀——这十年，发生的波涌事件呈几何级数增长，指不定什么时候会发生一次巨大波涌，大家彻底玩完。

　　"执行官，报告情况。"最中间的美国代表说，同声翻译得非常流畅。

　　"关于之前的状况，我已经在报告内写得非常详尽。"执行官稳住情绪，不紧不慢地说，"此次波涌的偏差率远远超过预期，我们已经设立了十千米范围，并提前疏散了十一万人，但偏转距离最终达到二十六千米，超出了第二道警戒线……"

　　"我们需要知道现在的情况，以及你们的应对，以此得出评估，看是否需要更改指挥权。"英国代表打断他，"时间太短，不容细谈。"

"大西洋特执会已在路上，最快三小时后能协助调查。"法国代表补充道，"如有必要，美洲特执会也能在五小时后提供协助。"

"第一次波涌的预测偏得太离谱了，"日本代表咕哝着，"让整个事态陷入被动……"

"让他报告下去！"中国代表不耐烦地用两根手指敲着桌面，"时间太短，已不容临时更换。而且预测值是由六大特执会论证通过的，现在说这些有什么用？你继续报告目前的应对方案，执行官。"

"是。"执行官面前的屏幕亮了，他用手放大里面显示的地图——几位代表都低头看桌面上同样的屏幕。

"根据前方测得的波涌爆发的辐射量，'通勤三号''通勤四号'卫星绘制的磁场分布图，NASA 半小时前提供的地球磁场的变化数据，以及 GOCE 卫星观测到的地球引力波变化曲线，我们初步估测出第二次波涌的范围——以本地为中心，直径约六百千米。也就是东至岳阳，西到川西，南至百色，北面不超过银川，涉及大中城市二十六个，中小城镇一千四百五十七个，人口……一亿三千万。"

几名代表都不同程度地吞了口冷气。日本代表喃喃地说："够呛……"

执行官硬着头皮继续说："这个数据和预测值已提交特执会指派的四个独立小组，最终预测结果将在四个小时后出来。波涌前我们已经调集十四个小组，并有两千两百名警察协助外围，现在我们已要求军方支持。三小时内，我们将会在各城市及重要设施周围部署超过十万名军警，协助布控。"

"十万人……恐怕还不够。"英国代表说，"即使出现在一个村落，都将引发严重事态。"

执行官没有丝毫犹豫地说："如有必要，八小时内应该能动员超过四十万人。空军有四个师、三架预警机参与行动，我们规划了一下，基本能完全覆盖整个可能的范围。"

法国和英国代表对看了一眼。一亿三千万人口、四十万军警……两个人一时不知该说中国人太多了，还是中国人真厉害……

"引导程序呢？"特别执行长官问。

"嗯……我们有一名队员与渗透者同时、同地点渗透……"

"哦，一名见习生！"英国代表更正说，"这就是你们的应付能力？"

"波涌偏差率达到史上最大，整整偏离了二十六千米，但我们仍然成功地将一名熟知波涌本质的人送入时空隙，恰恰证明我们的能力是足够应付的。"

俄罗斯和中国代表同时点头，德国代表说："同意。"

"但她不是正式成员。理论上讲，她应该算是第二名渗透者！"法国代表比出两根指头，"两名渗透者！此次事件已经与落基山脉渗透事件同级，我建议联盟立即宣布将警戒等级提升到红色！"

"她是一名经验丰富的见习生，并且意志坚定！"执行官不由自主地提高声音，"我必须提醒你注意，她是在知道后果的情况下，自愿发生渗透的。她必将完成所有的标准程序，将后果缩减至最低程度。如果我没有记错，落基山脉事件中，那位牺牲者甚至不是特执会成员。人类的自我牺牲精神是在面对族群威胁时最自然的表现，这是本特执联盟得以建立、特执会得以成功应对渗透的最核心基础，相信你不会忘记。所以，请尊重我的队员，代表先生！"

法国代表张了张嘴，似乎想到了什么，身体缩回椅子里，不再说话。房间里沉默了片刻。

"如果她是自愿，并且熟知渗透本质，那么我认为她已经具备了特别执行队员的资格。"一直没说话的俄罗斯代表开口了，声音低沉，"每一名特别执行队员都是人类共同的英雄，我建议联盟准备起草向她致意的文件。同时，我认为到目前为止，特执会的措施无可非议。在这资讯太过发达的时代，为保持稳定性，更好地应对第二次波涌，我建议继续维持橙红色警戒级别。"

德国代表首先举手："我同意。"

"我表示谨慎的同意。"法国人说。

"到目前为止仍在标准程序内……同意。"日本人说。

"同意。希望她能完成任务。"英国代表说。

"同意。"特别执行官点点头，"本联盟委员会要求每半小时得到最新进展报告，并根据报告决定是否提高警戒等级，同时要求其余特执会行动部队继续向目标区推进，于规定地点待命。一旦发布红色警报，所有特执会行动部队将自动获得特别执行权，进行全方位清洗措施。祝你好运，执行官。"

最后一个字刚说完，画面骤然变黑，除了中国代表的窗口外，其余的窗口都关闭了，房间顿时暗淡不少。执行官艰难地咽了口唾沫，发现不知何时出了一身的汗。

"步骤要再快、再果断一点儿，"屏幕上的人说，"控制事态发展为第一要务。"

"明白。"

"我已签发特别执行权，放手去干吧。"

"是！"

执行官从屋子里走出来时，一名队员立即把耳麦递给他："头儿，一号在线上等你！"

执行官戴上耳麦，先点了根烟，靠在墙上狠狠地吸了两口，才接通了频道："怎样？"

"我们找到了一条线索！"一号在那一头大喊，"这家伙早上是在桥上准备自杀！他留了一封信给他的导师，大概在一点就出了门！"

"信上提到什么？"

"除了告知他要自杀外，其余全是考古研究，石刻、碑文什么的，"一号说，"其中几项的出土位置很可能就在第二次波涌范围内！"

"找到他的导师。"执行官一字一句地说。

"我们正在路上！"

执行官关了耳麦，继续靠在墙上休息了片刻，刚要往通道外走，一名队员迎上说："已经有人观察到了异常，在社交平台上发布了，怎么……"

执行官终于勃然大怒："怎么办？删帖！封ID！关论坛！立即逮捕那浑蛋，无限期关押至事态平息！除此外还能怎么办？"

那队员狼狈地说："是、是！同时安排一些花边八卦新闻捅出去，分散人们的注意力，我、我立即去办！"

篝火熊熊燃烧，偶有柴火发出一两声爆响，除此之外，四周一片寂静，连一个虫鸣、一声鸟叫都没有。现在应该还是下午，但也许是云层太厚的原因，头顶的天空已然漆黑，整个梁山都已沉沉睡去。

东面天空中那团暗红色的云压得更低，几乎直接压到了山头之上。云团无声无息地翻滚着、旋转着，时而挤成一堆高高的云山，时而散成无数倒立的乳锥形状，只有那暗红的颜色永恒不变。仰望云团久了，有种奇特的错觉，仿佛天地倒转，那是遥不可及的地狱深处的烈火，而仰望的人却正从高天之上向下坠落，不知什么时候才会坠入烈火之中。

寺庙的后半殿已经塌了，厨房也只剩下一个空灶，两只破碗。看情形，很久以来这里都只有元空一个人。元空就在后院一个小池塘边燃起篝火，用只破瓦罐煮了一锅菜粥。说是粥，其实只是不知从哪里弄来的野菜，和着糙米一起熬成，苦涩难咽。夏后只吃了几口就放下了，齐姜却连喝两碗，一副明天就没得吃的模样。

他俩吃完了，元空收了瓦罐，朝两人合十行礼，转身进去收拾。齐姜看着他的背影，轻声说："我俩好像出来旅游的。"

"可不是旅游吗？穿越了一千多年呢。"夏后叹息着，"而且看上去没有回程票。真是不知道该怎么办了……"他看了看齐姜，低声说，"连累你了……"

"连累？"

"如果……如果你不救我，就不会失手被我带进来……"夏后惭愧地搔着头皮，"真是对不起，我当时已经跳在空中，没注意到你拉我……"

"你完全错了。"

"嗯？"

夏后抬头看齐姜，被她眸子里冷冷的光射得一凛。她说："我不是失手落足，被你带进来的。恰恰相反，我是自愿跟你一起参与'渗透'，当然罪魁祸首仍然是你。"

"自愿？渗透？我……我不是太明白……"

"这事解释起来太难了。"齐姜叹口气，"特别是你们这些文科生，要跟你们讲多维宇宙、弦、时间、熵，真是怎么也说不清。"她丢了根柴火进火堆里，沮丧地说："总之，你必须听我的话，你也不能伤害任何人，但也绝对不能让任何人伤害到你，别碰任何事物，最好是连话都别跟人说……唉，我们逃脱追捕，与人交谈，还吃了别人的饭，熵不知道已增长了多少了！只有挨过这十几个小时，再想办法，看能不能把熵值降到最低……"

夏后爬到她身边，央求道："拜托，给我讲吧！我从来不相信真的有穿越这种事情发生，到现在我都完全茫然，像做梦一样！你告诉我怎么回事，求求你！"

齐姜咬着牙不回答。夏后说："如果我不清楚事情的真相，我肯定不可能遵守许多规定，你也不可能事事都提醒我，是不是？万一我做了什么坏了你的计划，让那什么……什么熵又增加，让我们回去更麻烦了，怎么办？"

"唉！你说得也有道理。虽然回去的希望微乎其微，但……也绝对不能让熵值再增加了。"齐姜挪动身体，离篝火更近一些。

起风了，四周的密林发出哗啦啦的声响，林涛从山的这一头打到另一头，又折返回来，周而复始。篝火也不时跟着跳跃不定。齐姜裹紧了衣服，低声说："先说我的身份吧。我是泛所有项特别执行联盟特别执行委员会第三期……呃……成员。"

"什么特别……什么会？啊，等等！"夏后毛骨悚然地站起来，"难……难道我穿越，是你们干的？"

"别傻了。如果人类能做到自由返回过去，这世界早乱了。你坐下来，耐心听我说嘛。"齐姜的脸被火烤得有些干燥，这里可没有补水精华露。

她转身面朝池塘，背对着篝火，拍拍身边的枯草，夏后不由自主地坐在她身边。火光从背后照亮了她的头发，一根一根如同金丝般，池塘里的反光又照亮了她的脸，池水微微荡漾，光就在她脸上跳跃不定。

齐姜说："事实上，我们特执会的工作，就是当发生时空紊乱时，阻止历史被更改。为什么会发生紊乱？嗯……其实我们也不知道。到目前为止最合理的解释是由剑桥大学的保罗·汤森德教授提出——他是从数学角度发现存在十一维度的第一人，也是目前特执联盟的首席技术顾问。他证明，如果有一根宇宙尺度的'弦'，处于第五至第九维度之间，当它快速振动时，将对第九维度以下所有的维度产生波震效果。在其他维度，波震将无限、永恒地扩散下去，变成一种普通的能量形式。但在我们这个三维度世界，波震却略有不同。因为我们的世界是'闭合'的……你听得懂吗？"

"啊……是，听得懂！三维空间嘛，中学时就学过。"夏后装作听懂了，连连点头，"你接着说！"

"从我们人类现在掌握的知识来看，三维是十一维度里唯一完全闭合的空间。超过了这个维度，空间就变得分外复杂……复杂到我们无法理解，甚至无法想象。但正因为完全闭合，所以波震的能量没有办法无限扩散，就像往一个闭合的池塘扔块石头，泛起的波澜向外扩散，在某一个空间、某一个时间点，各种反射的波形必将相互叠加，形成波峰。这就是波涌。"

"波涌？"

"对。同时，高维度的波震在低维世界里，是无法消散或被吸收的。波震持续扩散着，但无论如何都无法突破三维的闭合态，将能量宣泄出去。于是，某个看似与十一维度不相干的……的……嗯……独立的一维，终于被击穿了。你猜那是什么？"

夏后呆呆地想了片刻，忽然一激灵，"时间！"

齐姜点点头："正是时间。时间是独立于十一维度，却又是所有维度里最原始、最核心、最根本的组成部分。我们不知道在其他维度时间是怎么样的，多相的？闭合的？循环的？但恰恰在我们这个闭合的维度，时间只有一个方向，永远直线前进，永远无法回头。"

夏后环绕四周，"那……那我们在哪里？如果照你所说，时间永远向前，那么我们究竟在哪里？"

齐姜叹口气："你显然没有仔细听我说。"

"每、每一个字我都听进去了！"夏后站起身来，激动得不停地跺脚，叫道，"看看这四周，这庙宇，看看那边烧到天上去的熊熊大火！你能告诉我消防车在哪里？还有那些追赶我们的人，你、你肩头的伤，这都是骗人的？如果时间无法回头，那我们这是见鬼了？"

"你没听我说的这个词吗？"齐姜慢慢说道，"击穿。"

窗外闪了一下，不久又是一下。

几十千米之外正在雷鸣电闪，只是距离太远，声音传不过来。只有闪电沉默地照亮了天空中浓重的云层，照亮了蜿蜒起伏的山脊，又沉默地隐去。有一根银色的根状闪电击穿了厚重潮湿的空气，击打在山脊之上。如果那下面有座三代之前的大墓，不知里面的酸碱度是否会发生微妙的变化。

已经是十一月中旬了，还出现这样黑云遮天蔽日、雷鸣电闪的天气，真是古怪。古人说十月打雷，老牛死光，难道明年又是大灾之年？

考古学家、古代文字及符号学教授郎云望着窗外，胡思乱想着。他的车被堵在了虎山高速路的洩湖服务区附近。此刻才刚到下午三点，天却已经黑了。往前看去，茫茫一片红色的车尾灯，往后看，是更多更加刺目的车大灯。二十分钟之前，他们被卡在这里，根本动不了分毫。难道是出了什么重大事故了？

让他揪心的还有件事。昨天他接到了夏后——他最有天赋的学生打来的电话。电话里，夏后语句通顺、逻辑严密地告诉教授，他，不想再跟抑郁症纠缠下去了。当时教授正在开一个研讨会，还以为他已经走出了抑郁状态，急匆匆地应付了几句就挂了。现在想想，这句话同样也有彻底放弃的意思……

他忍不住问开车的秘书："夏后还没联系上？"

秘书拨打电话，片刻放下来说："还是处于关机状态。郎老，你别担心了，现在这些孩子呀，一个比一个任性，哪像我们当年……但真敢去死的还是少数。不过是些孩子气的话罢了。"

郎云叹口气："也许吧，希望如此……奇怪，为什么我们这边堵得水泄不通，对面通道上却一辆车都没有？"

"一定是特大交通事故，"秘书蛮有把握地说，"大货车，集装箱车或是客车连环相撞，撞到对面通道上，导致整条高速路封闭。唉，看样子起码要堵到晚上十点了。"

郎云无可奈何，拿出一份发掘报告，就着车灯看起来。不一会儿，只听车顶上一阵噼噼啪啪的响声，原来是下雨了。雨声很快就从噼啪声，变成了轰然之声。在这深秋时节，竟然下起了瓢泼大雨。

郎云有些茫然地看着窗外，忽然，一道强烈而奇怪的光照亮了隔离带——光是从头顶上投射下来的！巨大的光斑在地上晃动，又投射到前面的车顶。

郎云吓了一跳，想歪着脑袋看，那道光骤然划过窗户，照得

高维度渗透

他两眼刺痛。等他从天旋地转中回过神来，秘书惊讶地叫道："直升机？"

两架直升机顶着大雨强行降落在了对面通道上，风吹得隔离带上的植物纷纷倒伏。几名黑色装束的人跳下飞机，径直翻过隔离带，跑到这边道路上。其中一个人大喊着什么，指挥其余人手持电筒分散开，仔细打量每辆车的牌照。

"他们在找人？"秘书紧张地问，"警察？缉毒还是走私？"

郎云摇头。忽见有人指着自己的车大喊着，立即有几道手电筒光照射过来，照得车内雪亮。郎云本能地一缩头，问："他们要找你？"

秘书结结巴巴地说："不……我……我想……这可不是什么好玩的事……"

"砰！砰砰！"那群人围了上来，领头的人猛拍窗户。郎云哆哆嗦嗦地摇下车窗，秘书立即尖叫："不要！"他吓得又赶紧往上摇，那人戴着黑色手套的手不顾一切地伸进来，阻挡车窗升上去。

"郎云教授吗？"他用手电筒照着郎云，大声问，"陕西博物馆的郎云教授？"

"啊……"

"征召令！"他掏出一张纸"啪"地拍在窗户上。纸已被雨水浸湿，光线又暗，根本看不清上面的字迹。不过下面一连串的红印章倒是让人触目惊心。

"什么？"

"特别征召令！郎云教授！"

"别回答他！"秘书尖叫，"他们不是警察！等、等我打110……"

另一人用手枪敲敲秘书的车窗，冷冷地说："放下来。"秘书立即丢了手机，屁滚尿流地放下了所有车窗。狂风和粗大的雨点立即劈头盖脸地向郎云砸去。

领头的半边身体都探进车子，把瘫软的郎云扯起来，将纸塞到他手里，朝他喊："你有一个学生叫夏后，是不是？"

"啊？是……是……"

"跟我们走，我们需要你帮忙，教授！你被特别征召了，而且同时你也将因为特别关联体而被限制行动！"那人"哗"的一声拉开车门，另两人连架带扯，将郎云抬着过了隔离带，朝直升机跑去。那人又揪着秘书的领子，把他上半身拽出车窗，说："帮我一个忙，好吗？"

"什……什么……"

"等会儿在下一个出口下道，到离这儿最近的警局报到，告诉他们你是'特别关联体'，然后到他们的牢房里蹲好，什么都别问。不然等我找到你，打得你妈都认不出来你，明不明白？"

秘书哭喊着拼命点头："明白，明白！"

那人翻回隔离带，钻进直升机。直升机立即起飞，沿着高速路走了一段，才转向西南方向，同时迅速拉高。

那人全身都被雨淋湿了，他脱下风衣，露出一身同样黑不溜秋的西装，胸前有个银色的造型奇怪的标识，下面有"DFHD"四个字母。他把一副耳机戴到已然僵硬的郎云头上，帮他开了耳麦，自己也戴了一副，才向郎云伸出大手："你好，老爷子！请叫我'一号'。接下来的时间请跟我们通力合作，好吗？很好，谢谢你。"

"怎……怎么合作？"郎云颤抖着问。

"不要问不该问的，不要看不该看的，不要想不该想的，但是要做必须做的，好吗？"

"……"

"好吗？"一号一脸诚挚地问。

"好……"

"谢谢你。"一号勉强笑笑，重新沉下脸，切换了一个频道，"头，一切顺利，我们已经找到他了！最迟十分钟后就能开始鉴别和遴选，完毕！"

"……击穿？"

"击穿。"

夏后看看齐姜，又看看自己，再看四周。风更加大了，从密林间穿过，呼啦啦地响。篝火在风的助威下猛地拔高了几尺，柴火堆仿佛承受不住火焰的重量似的，噼噼啪啪地塌了半边。齐姜用手按住翻飞的头发，在寒风中缩紧了脖子。

"你说……时间被击穿，才导致我们到了这……这……乱七八糟的唐末？"夏后转了几圈，脑子里一片混乱，重新坐下。他顿了片刻，"不对！如果……如果时间被击穿了，断裂了，那我们的时代呢？我们的时代难道进行不下去了，彻底……彻底的……世界末日？"

"不。"齐姜捡起一枚小石子，丢进池塘。"咕咚"一声，一些气泡冒了起来。她看着那些被火光照亮的气泡在水面漂浮，转瞬消失不见，轻声说："我说过，时间在所有维度上都是最核心、最基本的构成，如果时间真的断裂，整个物质世界都会烟消云散。波涌的能量虽大，但也只能在极短时间内干扰时间的轴线，使其在某个空间、某个时间点产生奇点。瞧，石子击破水面，水面瞬间便复原了，却产生了气泡。所以有些人也把'渗透'称为时间泡，虽然其本质是时间隙。掉进时间隙的人，就被称为渗透者。"

"嗯……"夏后想了半天，还是摇头，"我……我还是不明白……"

齐姜顺手扯了一根长长的狗尾巴草，把它中间一段弯曲成圈，说："再形象一点说吧，就当这根草是时间线，现在一个时间泡产生了，使已经或尚未到来的一段时间与当前的时间重叠。"

"那……那可不可以说，时空隙是某种……嗯……异次元空间？"

"可以这么说，但也不全面。你也可以想象成一条时空的缝隙，将两个不同时间点联结起来……"齐姜使劲拍拍自己的脑袋，"其实说到底，没有人能真正完全明白这一现象。单纯的数学模型倒可以解释，但那是以假设我们身处高维度空间为前提的。"

风猎猎地吹着，潮湿冰冷，但让夏后衣服湿透的却是他的汗。齐姜说的话他根本无法理解，只喃喃地说："我们……再也回不去了，是吗？"

"不。有且仅有一次机会，能让我们重返自己的世界——第二次波涌！"

夏后张大了嘴:"还有一次?"

"你忘了波震的本质,"齐姜说,"绝大部分波震发生在高维度,在那些空间里,波震可以无限制扩散。但在我们这个闭合世界,波震击穿时空,产生时间泡。维持这个违反时间本质的时间泡需要极高的能量,所以波震一定会在某个时间反向震荡回来,将此时间泡彻底消灭,达到能量上的平衡。理论计算显示,一次时间泡的产生与消失,需要的能量大约是 10^{28}J,但这也许仅仅是那根宇宙尺度的弦的最轻微振动而已。我们人类在这样巨大的能量面前,实在太过渺小了……"

"十的……呃……"

"大致相当于一次特大太阳耀斑所释放能量的一百倍,"齐姜看这个文科生还在抓脑壳,只得继续解释,"也就是超过一万亿颗百万吨级原子弹爆炸释放的能量。"

"那……消灭的时候,如果我们没能出去,就会死,是吗?"

"……比那还糟糕。我们将从此真正地活在过去,从而产生高得不可思议的熵值,使我们原本的世界天翻地覆。"

夏后举起双手:"我彻底迷糊了,真的!你不是说这是一个异次元世界,为什么跟我们那世界有关系?什么是熵值?啊……我突然想起来了,你说你是自愿进来的,为什么?如果时间泡消失了,我死或者活在了过去,值得你也跟进来吗?"

齐姜把脑袋埋进手臂里,呻吟着说:"唉……我就知道说不清楚!唉!所以我讨厌文科生!"

夏后还要再说,忽听有人说:"阿弥陀佛。风寒露重,施主请入内就寝。"

齐姜跳起身，一把捂住夏后的嘴巴，低声说："记住，一个字都别乱说！"

他俩跟着元空进入庙内。庙宇大半都已破败不堪，只有大殿两侧有两间小偏房。元空安排两人一人一间，夏后刚要进去，齐姜却一把抓住他，说："我……我怕……"

夏后忙说："此吾妻也，性柔弱，尤惧黑，望大师行个方便。"

元空一言不发，合十而退，自去大殿中央打坐。齐姜拉着夏后进了房间，闩上门，附在夏后耳边轻声说："你说，他晚上不会来偷听吧？"

夏后说："你以为这时代的和尚，都是什么样的人啊？那些追杀我们的人曾说，他似乎是皇室末嗣。像他这样的人甘愿在此苦修，境界一定非常高了。修行都还嫌时间不够呢，人家还有闲心来偷听我们？"

齐姜这才安心。房间太小了，进门两步就是一个冰冷的榻，榻上一个竹枕，一床破席，除此外再无一物。两人坐在榻上。这里没有窗户，只在两丈高之上、屋梁下方有一排风窗隐隐透进光亮。夏后还在想着时间泡啊渗透啊波震啊……背上忽地一暖，齐姜靠了上来，低声说："好冷……真冷，早知道我们不如在外面继续烤火呢……"

夏后感到她柔软的身体挤着自己，虽然不及上午两人全身赤裸相贴那样强烈，但那时正在逃命，又冷又怕，不比此刻黑灯瞎火，两人独处一室……

"喂，你又在想什么？"

"啊……没有……我在想……呃……想你为什么要跟进来……"

齐姜想了半天，叹气说："如果说道理，你肯定还是听不懂。我给你讲讲特执会的历史，大概还能明白一点。嗯……有一年，某国军方做了一次实验，给驱逐舰'埃尔德里奇号'装上大功率磁力产生器，以及四组巨大的线圈。实验开始三分钟后，军舰从雷达上消失。但是五分钟之后，整艘军舰从人们视线里消失，仿佛从未存在。"

"啊，我看过电影，《费城实验》是不是？"

"是。不过确切的实验位置根本不在费城，而在诺福克的海军基地。人们当时很快从慌乱中镇定下来，他们相信是电磁实验导致军舰消失，因此在搜寻无果的情况下，反相吸收电磁辐射，大约二十四小时之后，军舰才重新出现。船体损坏严重，一百七十名参与实验者中只有三十七人活了下来。军方随即封锁消息，并在谣言扩散开后，谨慎地承认进行了实验。但事实上，那好像是人类历史上第一次渗透事件。"

"难道是军方实验击穿了时间？"

"啧啧，怎么可能？"齐姜用一副"真是服了文科生"的口气说，"目前，整个人类社会一年产生的能量都不可能击穿时空。我们估计那次波涌离测试地点很近，被军舰产生的极高频电磁辐射所吸引，才使军舰整个陷入时空隙。

"不过，也许是'埃尔德里奇号'本身质量的原因，驱逐舰及其上面的船员只回到一个星期前，而且地点维持不变。同时该事件展示给我们的是如何才能从时空隙里回来，那就是依靠电磁效应能产生的引导力量。

"之后几年，美洲和非洲又观测到几次波涌，国际组织为应付这一严重威胁人类发展进程的现象，后来终于抛弃了偏见，组建了泛所有项特别执行委员会联盟，并赋予其超越国家和意识形态的特权。甚至当贝加尔湖和阿拉斯加发生波涌时，两国的特执会也携手合作，成功地将事态影响降至最低。到目前为止，美国落基山脉渗透事件是对人类影响最大的一次。我们这一次渗透，也光荣地与那次级别相当了，唉……"

夏后沉思片刻，问："我就不明白了。即使你说的话是真的，像我们这样渗透到时空隙里，哪怕不能回去呢，跟人类社会有什么关系啊？还影响到国际局势，这也太搞笑了吧？"

"你看过霍金的《时间简史》吗？算了，一定连名字都没听过。"齐姜蹲坐在榻上，抱紧了双腿，"霍金认为，如果时间倒转，即回到过去的话，哪怕打个喷嚏这样一丁点儿的小事，都将使熵值急剧增加，并最终导致现实社会发生重大变化。"

"哈！我才不信呢……"

"你们这些文科生真是死脑筋，仔细想想啊！比如，一个人回到北宋时代，打个喷嚏，使另一个人感染上了……"

夏后立即打断她："难道那人就这么死了？"

齐姜严肃地说："那个人也许不至于死，但因为感冒而没出门，他本该被强人一刀砍了，却就此躲过一劫。而后他那本不应该出生的后代出现了，长大后，刻苦读书，官至丞相。为了抵御北方的威胁，他一改宋朝由赵普开创的文臣时代，以庞大的国力作为支撑，开疆扩土，从此再没有靖康之耻。成吉思汗也根本冒不出头，于是，欧洲继续陶醉在骑士和城堡的时代，没有伟大的航海、文艺复兴、工业革命……"

"等等，你说的这是穿越小说啊！"

"何尝不是呢？"齐姜不知想到了什么，眼神暗淡下去，颓然说道，"你看我们俩渗透进来后，好像没怎么跟人接触，但说不定追杀我们的那群人失去了原来的目标。那个目标存活下来，已经开始深刻地改变我们的时代了……就在此刻，一些不该存在的人出现，一些原本是你熟悉的人凭空消失。也许根本没有苹果这个公司，也许乔布斯供职于微软，一八九八年西班牙人在马尼拉湾打败了英国，而中国人第一个登月，国境更改、伦理变化、政治混乱……什么事都可能发生！一只蝴蝶扇动翅膀，尚且能引发太平洋对岸的风暴，更不用说真实的渗透了。左右这个宇宙的是四种力，左右我们人类的却是时间。再小的一个因子，也会被它无限放大。即使我们能回去，理论上讲，那已经是另一个世界、另一个时代了……"

她疲惫地把头埋进双臂中，不再说话。夏后跳起来，在狭小的房间里像无头苍蝇一样转来转去，脑子里混沌一片，有个声音对他狂喊："她在骗你！这不可能！一定有个地方不对……啊，是了！"

夏后眼前忽然闪烁了几下，风窗透进闪电的光芒，但也许离得还远，两人还没有听到雷声。

他颤抖着说:"不对……你说得不对……如果我们真的能引发世界改变,那……那按道理,一千年之后也不应该有我们啊?即使有我俩存在吧,但肯定也会因为世界不同而发生完全不同的事,拥有完全不同的人生,很可能根本不会有渗透的事发生——既然没有渗透发生,我们又怎能回到过去,改变历史?"

"你能这样想,倒也不错,"齐姜说,"可惜这只是常人的逻辑推理,是在能看见的、完全无法更改的时间线上得出的逻辑。但若站在更高的维度看,就会发现这很正常。我们渗透了,而后改变历史,而若真的改变历史,导致一千年后我俩再次渗透的概率为零,那么我们就真的不会再次渗透,世界就会继续按照更改后的模式往前。这一千多年的时间的确是混乱的,然而恰恰由于混乱导致我们无法第二次渗透,因此在这个角度上讲,时间仍然保持了直线前进,而世界也保持了完整性,你明白吗?我们,就是熵,永远不会回头地改变着世界……"

夏后愣了好久,才说:"意思是,无论渗透与否,回去与否,我们的命运仍然是唯一的、决定了的、无法更改的?"

"是。"

夏后失魂落魄地重新坐下,又想起一事,忙问:"那你说,波涌反弹回来的时候,我们还有一次机会,是什么意思?"

一道电光照得小屋通亮,跟着轰的一声惊雷在头顶响起。大殿顶上稀里哗啦地一阵乱响,好像不堪雷电的冲击,就要崩塌一般。夏后吓得一跳,但在光最亮的时候,他却分明看见齐姜眉头也不皱一下。

她左手的手臂不知什么时候袒露出来，闪光照耀下白得几乎透明，同样白皙的右手从灰黑的衣服后伸出，摸到她左边的手臂上。雷声从头顶轰然滚过，她说："引导。"

一道厚重的门在眼前打开了，炫目的光刺得郎云根本睁不开眼。两人一左一右架着他，跟在一号后面一路小跑向前。后面还有二十几号人，每人抱一口塞得满满的纸箱跟着。一号大声咆哮，赶走任何挡道的人，用他那授权级别高得吓死人的身份卡刷开一道道紧闭的门，直至进入一间足有三百平方米的巨大房间。

这房间刚被特执会征召，本是一个被闲置的会议室。许多人正来来往往，埋设线路，架设大功率灯光，建立网络，安装防火墙……

房间正中是个巨大的会议桌。一号手一挥，身后的人将箱子里的东西稀里哗啦地倒在桌上，全是从夏后屋里抄出来的书、笔记本、稿纸……工作人员同时放置了五台电脑，分析从他的电脑内获得的信息。

郎云到此时总算镇定下来，因为这样的排场，的确只有政府公务人员才搞得出来。他兼任博物馆招标专家组的组长，对保密法也研究过，当即只问："究竟要我做什么？"

"老爷子，事情非常紧急，我也不方便跟你多解释，"一号凑近他，极诚恳地说，"你只需知道这件事关系重大，非常非常重大，关系到国家……世界的前途。"

"你不必说了，"郎云一个劲儿地点头，"我明白的，我、我也是老党员了，组织安排我做什么，我就做什么，其余的一概不问。"

"好。"一号指指桌子，又特意拍了拍一堆笔记本，"这都是你的学生夏后的东西，这些应该是他做的笔记。我望你能尽快从这里面挑选出'不同寻常'的东西来。"

"……请定义'不同寻常'。"

"就是……嗯……怎么说呢？"一号顺手拿起一本笔记本，"就是异常的、不同于常识性的，甚至不应该出现在历史中的一些标示、记号、物品、字句……总之是这方面的信息。您是考古专家，又是夏后的导师，您应该清楚他平时都研究些什么。在这些资料里，一定会有不大对劲的信息，请尽可能快地找出来！"

"好吧……"郎云擦了擦眼镜，"尽快是多久？"

一号看了看表："您最多还有十个小时。"

"我有助手吗？"

一号打个响指，围着桌子的二十几个人同时抬起头。他说："这些人全部听您的。相信我，他们熟悉统计学、古文字、鉴别学、分类学，对于历史的认识也不少，一定能帮上忙的，请您尽管吩咐！"

他的通信器响了，便走出会议室，才接通信号，那一头的执行官便匆匆地发问："怎样？"

"开始鉴别了。范围呢？"

"把引力波偏转曲线精确到十亿分之一，经过三次校正，我们大致否决了西、南、东三个方向，把范围缩小到天水市、银川市、

高维度渗透

南阳市与汉中市这一片地带。"

"还是太大……"一号叹息道。

"熵值进一步增长了，"执行官加重语气，"现在接到异常失踪报告的国家已增至十六个，消失人口一千二百六十二人。五十七个公司正在异常消亡。各特执会到处灭火，事态已接近失控的边缘，我要通知你，警戒等级正式提升到红色。从现在起，所有事项都必须通报到特执联盟，你准备好配合进入国境的其他特执会吧。"

不用看，也知道执行官此刻一脸死相。这次渗透的影响正逐渐显现出来——人口失踪，组织、公司消失，再下去就是国家分裂、社会动荡，就如同灾难来临一样……也许再过许多年都无法完全统计出这次影响的结果，只能听天由命。一号看着已精神抖擞忙碌起来的郎云的身影，低声说："有结果了我会立即联络你，完毕。"

"引导？"

"嘘……"齐姜轻脚轻手地走到门口，推开一道缝往外看。大殿内漆黑一片，不过不时闪动的电光照亮了元空和尚。他在已经塌了一半的香案前端坐不动，如同一尊泥塑。

"怎么办？他醒着，我不好做事啊！"

"你要做什么？"

"听着，这事你得帮我，"齐姜说，"我必须在这庙里留下信息！"

夏后脑子转得飞快，脱口说："引导？你要留下信息，让千年之后的人知道你的位置？"

"这次你倒不傻了，"齐姜指指他，又指着自己的胸口说，"别忘了，我们俩是渗透的主体，也就是畸形能量的中心，因此无论我们身在哪里，第二次波涌一定会作用在我们身上。但特执会无法确定第二次波涌的位置，只有一个大致范围，从几十千米到几百千米，甚至上千千米都有可能。而波涌发生的时间又极其短暂。若光靠猜，我们能被高频电磁发现，并被成功接收回去的可能性几乎为零。"

"所以说……必须留下信息，让他们精确定位我们的位置？"

"是，这就是我跟你一起渗透的原因。如果能精确定位，特执会就能通过吸收电磁辐射的方式，把我们引导回去。"齐姜又朝门缝里看，"我估摸着，在佛像背后留下些什么，也许有用。"

"扑哧。"

"你笑什么？"

"这座庙宇根本不可能保留到千年以后！"夏后说，"梁山这一片我在几年前就踏遍了，根本没有这座庙宇，它早就湮没在战乱之中了！你睁大眼睛瞧瞧，这梁、这柱、这山墙，别说千年，今年冬天第一场雪下来，只怕就要塌了！"

"嗯……"齐姜愣了片刻，"但……总有……地基会留下吧？"

"留下跟被找到是两回事。"

"什么？"

"要留传下来，并且是有价值、能被文物考古者发现，还要拓片、保存、发表，才能最终被你们那什么特执会搜索到，是不是？"

夏后冷静地说，"相信我，中国历史太浩瀚、太庞大了，即使是重要文物，被发现、被整理、被解读的概率也低得你不敢想象。故宫博物院里一百多万件文物，件件都是国宝，但别说展出，到现在还有绝大部分根本没人仔细看过，只能简单地编码注册，就放进保险箱束之高阁，等一代接一代的研究员们慢慢翻来。你要在这地基上随便留点东西，即使过一千年它没被掩埋、磨损，被发现的可能也小到可以忽略不计的程度。"

又一阵滚雷从头顶隆隆响过，大殿上方的瓦片被震得啪啪乱响。齐姜一脸惨白，茫然地看着夏后。

"只有一个办法减少熵了……"

"我有一个想法。"

半晌，两个人同时开口，都是一怔。夏后问："什么办法？"齐姜立即拼命摆手说："不、不，没什么……说说你的想法吧！"

夏后凑近齐姜，低声说："这里是乾陵后山，你懂吗？"

齐姜摇摇头。

夏后一个字一个字地说："唐朝十几个皇陵，就只有乾陵地宫从未被人发掘。它，穿越千年，保留下来了。"

银色的闪电撕破西方的天空，他们朝着红彤彤的东方奔跑。云层越低，天际便越红。火光经过漫反射后昏暗了不少，云层看上去活像某种野兽的胃。这场面对于在重庆生活了几十年的夏后来说太熟悉了，恍然间仿佛回到了原来的时代。红云标示了目标，而闪电照亮了脚下的路。

"我们还有多久？"闷着头跑了一个小时后，夏后问。

"大……大概六个小时，"齐姜回答，"每一次波涌的间隔都是二十三小时四十五分十秒十二毫秒。"

"这么精确？谁确定的啊？"

"宇宙！"齐姜说道，"我们人类没有任何办法阻止、干扰或是破坏，哪怕一毫秒都无法影响。这是宇宙尺度的力量。"

"那……你们特执会究竟做什么？"

"我们……"齐姜在夏后的帮助下爬上一块岩石，又反身将他拉上来。两人一起躺在岩石上喘息。齐姜说："除了尽可能地观察和预测外，我们最大的任务其实是善后。"

"也就是说，历史发生偏差，人类社会急剧改变的时候，你们要负责隐瞒，隐瞒不了就解释，解释不了就动用一切手段平息？"

"对。"

"如果……我是说如果有些人发现了异常，你们会……关押他们，甚至是秘密处决吗？"

"任何事态都必须被平息。"齐姜坚定地说，"我们的信念是：现在就是最好的。永远不要去猜测世界是否会变好变坏，因为人类社会是经过几千年磨合而成的，一旦有任何一丁点儿不同寻常的改变，都将是灾难性的，是绝对不能接受的。与整个世界相比，个人太渺小了，太渺小了啊……"

她转向夏后，语气轻了许多，说："别说其他人了，就是你我的亲人、朋友，因为与我们关联最为紧密，现在已经处于完全隔离的状态下了。我希望无论发生什么，他们都能平静接受，那才是最好的结局。你……你能明白吗？"

夏后的脸隐藏在阴影之中，看不清楚。他点点头，又颓然摇摇头。

"我还是不明白，难道渗透之前就没有？你又怎么保证几百几千年后，没有特执会了，就不会发生渗透到我们之前历史的事件？"

齐姜摇头："我也不知道。根本没人知道。但你忽略了一个事实：地球并非永远在同一个地方。虽然它绕行太阳的轨迹是大致恒定的，但太阳系却在以九十万千米每小时的速度前行。我们只能这样假设：从某年开始，太阳系的轨迹切入了某个高维度宇宙弦的振动范围，才导致渗透开始发生。当然，也根本无人知道什么时候太阳会带着我们离开这区域。也许在那之前，人类早就因各种渗透事件而彻底灭亡了。"

夏后深吸了一口气。

"你害怕了？"她问。

"是你疯了。"夏后回答，"如果不是，那一定是这世界疯了。"

他俩都不再说话。片刻，两人同时站起来，继续赶路。前面已经没有道路，齐姜燃起一根柴火，带头向林子里钻去。好在这里是皇家陵园，经过两百多年维护，大型野生兽类已销声匿迹，只偶尔有狐狸或是野猪一类的动物出没。

没有鞋子，两人的脚早就破了；单薄的衣服既不能御寒，也挡不住尖锐的灌木、树叶等物。夏后被一簇灌木划破了手，正要叫疼，却见前面齐姜的手臂和大腿被划得鲜血淋漓，她哼都不哼一声地继续往前跑。

那一瞬间，他突然想到了一件事，霎时明白了齐姜的真正使命。他脚下连着绊了几下，险些跌倒。

齐姜回头问："怎样？"

夏后咬牙忍住脚踝的疼痛："没事，走！"

会议室的门开了，一号丢了烟头焦急地问："查到了吗？"

郎云摘下眼镜，沉重地叹口气："没有。一点违背历史常识的东西都没有。他所做的笔记全是基于已知历史的阐述，看不出有异常的地方。"

一号愣了片刻，见郎云要走，他一把拉住了他，恳切地说："教授，请您再审视一次。"

"我已经全部看完了。"

"不、不，你不明白……"一号看着他的眼睛，"现在还剩下三小时二十七分，请您继续审视。"

郎云跟他对视了几秒钟，勉强说："好吧……那我再看一次。"

"不，不是一次，你还是没明白。在时间没有结束之前，请您一直审视下去。"一号说，"这是关于全体人类的事，教授。"

郎云重新戴上眼镜，没有说话，转身回到了会议室。一号刚长出口气，通信器就响了："熵值进一步增加！异常失踪报告已增至五千四百份，涉及四十七国！十六个组织和公司已经完全消亡，波及人数约十六万人！特别执行权现在下放到 AAA 级，拥有此级别的单位将自动获得无限制拘押、审查、隔离，及其他符合标准程序的权力，所有与之相违背之法律将自动更改，所有不予合作的举动将被视为特别严重的违法行为，必须在事态进一步扩散前予以处理……具体名单已传送至各授权单位……"

"神啊，"绝望的一号单膝跪下祈祷，"请饶恕我们吧！"

"等……等等……我……实在走不动了……哎呀！"

齐姜停下脚步，只听"哗啦"一阵响，夏后失足从斜坡上滚下来，撞在齐姜腿上。齐姜本摆好姿势要顶住他，没想到自己的体力也严重透支，双腿一软，两人一起往下滚。好在斜坡不长，又长满草甸，两人抱着滚了十几米，摔进了一道沟里。

虽然没有受伤，头却滚晕了。两人也顾不上头挨着头、腿缠着腿的奇怪姿势，因为彼此都只剩下喘气的劲儿了。

喘了老半天，夏后突然听不到齐姜的喘息声了。他有些奇怪，屏住呼吸听——她在刻意压低呼吸。有人？不……四周一片寂静……

也不是真的寂静……怦！怦！她的心跳得好快，怦！怦！心脏透过她的肌肤，一下一下地撞在自己胸前……

"如果……"齐姜的嘴几乎贴在夏后的脸上，轻声说，"如果现在就要死了，你能不能抱紧我？"

夏后刚刚有些清醒的脑子，立刻因血液过度涌入又有些犯晕。他双手自然一收，抱紧了齐姜，忽然脸上一凉，接着又是一下。他诧异地抬起头，只听不远处的林子像被什么重物砸到，轰然作响。这响声刹那间扑到了自己身上——暴雨终于下来了。

豆大的雨点打在身上，倾泻在山林间，须臾，他们躺的沟里便有水哗哗地流淌。山洪……夏后想……这么大的雨，也许不到一刻钟，这条沟就要被淹没了……

他刚要动，齐姜反过来抱紧了他，喃喃地说："别杀人，别被人杀死……"

"什么？"夏后挣扎着要起身，"起来，小心山洪暴发。"

"要降低熵值……"齐姜整个人都钻进夏后怀里，继续收紧手臂，双腿也缠住夏后的双腿，说，"你后不后悔遇到这种事？我们人类啊，始终还是太弱小，太弱小了……"

不知哪里来的力气突然涌入夏后身体，他一下挣脱开齐姜，跳起身，又一把将齐姜拉起来，顶着大雨对她吼道："走！继续走！"

"我们走不了了！"齐姜哭出声来，"被引导的概率太低了，你不明白！如果我们不在三十平方米内被感应到，根本就无法反相渗透！我们完了！"

"我有办法！"

"你根本不懂！"齐姜用手指着东边方向，"大雨马上就要浇灭火焰了，我们往哪里走？而且温韬正在挖掘乾陵，他们焚烧了宫殿，焚烧了城门，封锁了方圆十几里，我们怎么留下痕迹啊！"

她神经质地摸到夏后的咽喉处，低声而急促地说："别再与人接触，别增加熵值了！为你的亲人朋友想想，为我们的世界想想！时间马上就要到了，我们根本来不及引开那些人，再留下印记！想想啊，好好想想！你也说过，文物太多了，也许根本就不可能有人发现那些印记，也许……"

她的手慢慢收紧，收紧……夏后突然一动，她本能地双手一下掐紧他脖子，但他却只是伸出手摸了摸她的脸，挤出一口气说："你……试着相信文科生一次……"

齐姜的眼泪哗哗地和着雨水往下淌。她想加把劲儿，但冰冷的雨水在带走体温的同时，似乎把力量也带走了。夏后并没有反抗，她的手却怎么也掐不紧，甚至渐渐地手臂酸软、腰背酸软、全身酸软……

她软软地倒下，被夏后一把抱住了。夏后凑到她耳边大喊："我相信你受过特别的训练，一定坚持得下去！跟我走，快跟我走！"

"轰……轰……"雨越下越大。夏后死拽着齐姜，把她拽上一座小丘。站在小丘上，眼前骤然开阔。

小丘下一马平川，几里地外，与长安玄武门建制完全一致的乾陵玄武门城楼已经在大火和暴雨的连番打击下坍塌了，与它同时坍塌的还有它身后的几座宫殿。这些建筑太大、太华丽了，燃烧了几天几夜，此刻还未被大雨完全浇灭。残留的火焰把倾泻下来的雨都渲染成了红色，如同血雨。

银灰色的闪电在其后高大的山体上方，在两位伟大皇帝合葬的陵墓上空盘桓，有一段时间，天空连续闪烁了几分钟，照得整个大地一片雪亮，雷声却寥寥，仿佛正在云端观看的天人也陷入了沉默。

不知是累、是冷、是痛，还是目睹了这座辉煌伟大的陵墓宫殿最后的时刻，夏后抑制不住地颤抖。齐姜抱紧他的手臂，喃喃地说："他们烧完了……他们一定已经进山，准备挖掘地宫了……我们要靠近吗？"

夏后摇摇头："温韬没有找到地宫。他挖掘了十几天都未能找到地宫，由此还留下了一道四十几米长的深沟。不，真正的地宫是在许多年后，几个农民炸石取材时无意间发现的。温韬挖遍了唐室的陵墓，唯独这一次却没有得手！"

"那……那我们怎么办？"

"来呀！"夏后拉着她飞也似的跑下小丘。半小时后，他们靠近了玄武门。城楼烧毁了，宫殿崩塌了，只有高高的宫墙仍然屹立。贯穿宫门的道路泥泞，车辙印又深又多，到处都是珠宝、绸缎，甚至整箱地陷在泥中，还有散乱的车辆，倒毙的马匹。

显然，地面宫殿几天前就被洗劫一空了。宫门前后一个人影都看不到，大概所有人都已加入挖掘地宫的行动中去了。毕竟，大唐王室已倾，天下大乱，谁也不会再来管死人的闲事。

两人从坍塌的城门一侧钻进去，夏后始终紧紧地抓着齐姜的手，带着她一路往南走。走了一段，身后"轰"的一声，两人一起回头，只见城楼下方的石墙崩裂，导致整个城楼向前倾覆，轰然倒下。大雨倾盆，城楼方向的火只一会儿就彻底熄灭了。

这里离内城还远，火光微弱，天空中也好久没有雷电了。好在城墙内的土曾经被仔细平整过，一百多年了，仍然比较平坦。两人摸黑前进，不知走了多久，他们走上了一片整齐的青石铺就的地面。齐姜忽然说："我觉得……"

就在此时，一道闪电打在一百米之外的城墙上，两人眼前大亮，齐姜立即毛骨悚然地尖叫起来——几十个人就站在他们面前，最近的一人离他们不到两米！

夏后一把捂住她的嘴，说道："别喊！仔细看，来，仔细看看！"他强拉着齐姜的手摸到那人身上。齐姜一惊，"石头？"

"昔日建造的六十一蕃臣石俑，"夏后长出了一口气，"它们至今仍矗立在这个位置，矗立在朱雀门外，一刻也未曾离开。我相信它们也能把我们的印记传到千年以后。"

齐姜激动地回身抱住夏后："你一开始就想到了，是不是？"

"当然，所以说文科生还是有点用的。来吧，让我们来，想想刻点什么呢？"

他俩在石俑身后蹲下，齐姜从腰间取出从庙里找到的唯一的一把柴刀，递给夏后，说："我们刻下我们的名字，这样最直接，也最引人注目。"

"不好。"夏后沉吟道，"你显然不大了解古人。我问你，乾陵最著名的是什么？"

齐姜想了想："武则天的无字碑。"

"对，但其实碑上是有文字的。大概在宋以后，许多游历到此的文人都在碑上留下了诗词，这证明即使在古代，这里也是旅游胜地。但古人最重碑文题字，根据我们的考察，许多石碑都曾被后人修改、更正。只要是有误的、有悖当世之正理的、有伤风化的，甚至词句不佳、有违避讳的，后世之人见了，就忍不住铲去谬误，重新题写。还有，自宋开始，古代中国再也不复大唐的盛况，所以文人骚客皆对唐推崇备至。宋的开国重臣赵普就曾出千金购得李世民的头盖骨，重新隆葬。我们大笔一挥，写下'齐姜与夏后到此一游'，只怕还不必等到宋代，就被人铲得干干净净了。"

　　齐姜彻底说不出话来。她在特执会学习成绩一直优秀，曾经踌躇满志，一定要大展身手，没想到真正渗透到了古代，竟是寸步难行。她沮丧地说："那……那怎么办？唉，都已经到这里了，却还是……"

　　夏后摸着光溜溜的下巴，沉吟道："既要写得不让人怀疑，却又必须被现代的人怀疑……对了，你说，我们的亲人、朋友都已经被严密看管起来了，是吗？"

　　"嗯。因为跟我们有关的，是最有可能得到我们从古代传回去信息的关联体，所以要严密排查。"

　　夏后眼前一亮："那就是说，我们的房间早就已经被抄了个底朝天了？让我想想……"他绕着石俑转圈，转啊转啊……齐姜蹲坐在一旁，看得头都昏了，忍不住说："随便刻点什么吧，只要不是太怪异，不至于被铲去就好。"

　　夏后突然猛一拍巴掌："我想到了！"当即拿起柴刀，就在石俑身后用力凿起来。

　　会议室内突然起了一阵骚动，一号一惊，却不敢上前询问。只听数不清的脚步声朝门奔来，"砰"的一声撞开了门。郎云手里紧紧攥着一页纸，难掩激动地说："找到了！"

　　"在哪里？"一号双腿发软，几乎跪下，结结巴巴地说，"地、

高维度渗透

地点你能确认吗？"

"大的能确认，在西安乾陵，但是更进一步的地点，我必须亲自到场。"郎云说，"这件事我能参与吗？"

"当然！"一号几乎喜极而泣，对着耳麦大吼，"通知机场，立即准备起飞。头儿……头儿……！是咸阳乾陵，我和教授马上就到！"

"所有引导单位立即向目标方位推进！"执行官也在频道里大喊，"通知西安咸阳国际机场，实行军事管制，等待一号的到达。A组，你们距离目标有多远？"

"头，这里是A组，我们在西北关村，距离目标约二十三千米，十五分钟内赶到！从西安到咸阳的高速路已经封闭，军事管理组和设备组大概在二十分钟后抵达！"

"通知特执联盟，我们正式进入引导标准程序。距离第二次波涌还有五十七分四十三秒，行动、行动！"

在四架预警机作为先导通信、十二架歼击机的护航下，六架大型运输机从四个方向朝西安飞去。与此同时，特执会特别行动A组和四个军事管理组在地面从三个方向朝乾陵推进。超过二十三颗卫星将自己的监测面转向西安方向。GOCE卫星为此第二次调整姿态，准备捕获最细微的地球引力波变化。全球特执会的目光都集中在这里，所有人屏息静气，等待前方传来的消息。

与最近单位空间距离不到二十千米，时间上却相差一千多年的夏后，正凿得一头大汗。这些石俑的材质非常坚硬，柴刀又钝，砍在上面只留下浅浅一道印。印记必须深到能抵抗千年风雨才行。

他凿一会儿，齐姜凿一会儿，两人轮流凿了三十几分钟，才勉强凿出七个字。

"歇会儿，唉，这可真是力气活儿。"两人一起靠着石俑坐下。几秒钟后，两人同时对望一眼，发现对方正紧紧靠着自己。两人又立即回头，不过谁也没挪开。风雨小了一些，但还未停止，头发湿漉漉地搭在脸上，衣服冷得像冰。寒冷使体力消耗得更快，他们快要撑不下去了。

夏后顺手捧起一捧水喝，剩余的抹到脸上。很冷，比今天早上的还要冷，他心中却比早上热得多了。

"你……你当时为什么要跳下去？"齐姜把头靠在他肩头问。

"抑郁症。"夏后老老实实地说，"很严重的抑郁症，折磨我一年多了。我策划了几个月，以为跳下去只有七十米，没想到足足有千年，哈。"

"抑郁症……不是可以治疗吗？你没看医生？"

"当然看过，可惜没有成功。也许是我想太多了，"夏后摸着后脑勺，"我拒绝药物治疗，以为这纯粹是心理方面的问题，可以完全凭自我意识抵抗。唉，现在想想，实在太蠢了。把你……连累了你……"

齐姜笑了笑，"别说了。虽然危险，可是……该怎么说呢？每个女孩子都梦想着能穿越时空呢。"她瞧着远处仍在燃烧的宫殿，声音十分温柔，"我加入特执会，就想着有一天能亲眼瞧瞧，自己究竟能到哪里，能走多远……"

她的手背一阵温暖，被夏后握住了。她心中泛起难以遏制的柔情，转头眨巴着眼睛问夏后："那你回去后还跳不跳？"

"唉……谁知道？也许……"

他说不下去，因为齐姜温柔的嘴唇紧紧贴了上来……十秒钟后……也许千年后，她离开他的唇，却又将额头顶在他的额头上，双手捧起他的脸，眼睛里有种不可思议的光芒。她轻声说："如果能回去，别这么傻了。"

"好。"夏后答道。

他凝视着齐姜的眼睛，说："好。"转身，继续一刀一刀地凿起来。

十几辆车直接驶进跑道，他们刚坐好，还没来得及系上安全带，引擎声就骤然拔高，飞机迫不及待地向前滑行。一号看着郎云手中的纸，问他："哪里有问题？"

郎云把纸递给他，上面是不知从哪里拓来的十个字，"王祀于天室降天亡于王"。他看了半天，摇头表示不懂。

"这十个字是这么念的，"郎云戴上老花镜，说道，"'王祀于天室，降，天亡于王'。'天室'是周朝前期对于明堂的称谓，这是周代最重要的建筑之一，周天子在此祭天，是以为天室。'降'指的是天降，而这个'亡'并非后世的亡，在周代这是'佑'的意思。意思是天子于明堂祭天，天降佑于王。"

"这……这段文字出现在哪里？"

"乾陵地面宫殿有内外两层，外层早已被毁，但内城保存完好。内城朱雀门遗址旁有一片六十一蕃臣石俑群，是武则天所立。

根据夏后笔记上的记载，这段字出现在其中一具的背后。真是很惭愧，这些资料我第一次翻阅时居然没有发现。"

"那不要紧，"一号赶紧说，"可……这也没问题啊？也许是后人无聊，在石俑身上刻的？"

"从字迹的磨损程度来看，至少在明代以前，甚至两宋之前了，"郎云脸上露出一个微笑，"然而这不可能。"

"为什么？"

"因为这是大丰𣪘里的铭文。大丰𣪘的确是武王时代为祭祀而制造的铜器，有铭文七十七字，高二十四厘米，口径二十一厘米，座边长十八点五厘米。"郎云如数家珍地说，"它最早是在道光年间于陕西岐山出土，保存完好。即使是现在，也只有研究西周历史的人才会读这段铭文，唐人是不可能知道的。"

一号死死地盯着这张草草写就的纸，不敢置信地说："真是对神奇的师徒。"

"好了！"夏后扔了柴刀，后退两步，仔细打量石俑身上的字。齐姜轻轻念道："王祀于天室降天亡于王……是什么意思？"

"周武王祭祀所用的一句话，相信我，如果它能留存到后世的话，一定会出现在我的笔记本里。"夏后揉着酸痛的手臂，"我这两年收集了整个唐代皇陵的所有铭文和石刻记录。如果你们的组织足够聪明，拿这些东西去找我的导师，他就能看出其中的问题来。现在……"

他突然往前一扑，把齐姜紧紧压在石俑背后。齐姜一惊，随即从他眼睛里看出了恐惧，立即把已经涌到嘴边的话生生地吞进肚里。

只听，夏后用极低的声音说："他们……过来了……"

下了飞机，又立即登上直升机，一号等人在夜幕中快速前进。左侧遥远的地方灯火通明，那是咸阳市区。

二十分钟后，他们直接降落在乾陵园区内，离石俑群不到两百米处。郎云走下直升机，先吸了口冷气。整个乾陵园区亮如白昼，在十几台军用发电车辆的强力支持下，十六组二十米高的巨型灯被竖立起来。远远近近全是警车、军车，以及两辆明显经过改装的大型集装箱货车、四辆救护车、四辆消防车。架设有雷达天线的通信车在最里面，各种电缆、通信线路拖得满地都是。头顶上隆隆声响个不停，六架直升机在空中盘旋，探照灯光始终指向包围圈的最中心——六十一蕃臣石俑群。

五十名全副武装的特警持枪守在石俑旁，一号带着郎云跑了过去，执行官已在那里等待。他简单地跟郎云交谈了两句，手一挥，十几名副手立即散开搜寻。不到半分钟，就有人大喊道："这里！"

郎云凑上前看，石俑上的字迹已经很模糊了，但用手摸时还是能清楚地摸出字迹。他在众人的注视下摸了两次，肯定地说："是它，字迹的笔画完全一致！"

"谢谢你教授，请退到安全位置。引导组！"

马达声响起，四辆巨型吊车在队员的引导下缓缓驶近石俑。

每台吊车的吊臂都伸到四十米高的空中，吊臂下各有一根钢缆，吊着正中一个奇怪的东西。

那东西约有二十立方米，呈深蓝色，材质非常奇怪，这么多强力的灯光照在上面却完全没有反光。它被吊到离目标石俑顶上十米的位置，队员们一拥而上，给吊臂加上各种固定装置，保证它纹丝不动。装备完后，有人大声呼喊，队员们有秩序地撤退。

郎云被客气地带到了直升机旁，刚要登机，有人喊道："时间不允许了，立即关闭发动机！"

他回头一看，所有人都在往后撤，活像石俑里有炸弹似的。忽然，一声尖厉的警报声响起，所有车辆同时关闭了发动机，连供电车都停止发电。现场顿时陷入一片黑暗。空中直升机的声音迅速远离，撤退到更远的地方去了。

郎云的心禁不住怦怦乱跳起来，手心里全是冷汗。他悄悄往前走了几步，站在人群后方往里看，没人在管他，因为也实在看不到什么。整个现场鸦雀无声，直到有人大声喊道："第二次波涌——一百八十秒！波涌强度——三点六个标准值！波涌预计持续时间——十六纳秒！"

郎云毛骨悚然地往上看，天空不知什么时候亮了起来，活像有人在云层后点亮了灯光。他正在找寻光的源头，忽然一滴、两滴……一瞬间，暴雨毫无征兆地倾泻而下。

闪电又开始频繁闪过，雷声滚滚，大雨倾盆而下。两人紧紧贴在石头上，侧耳聆听。在雷暴的间隙、风雨声中，十几个……

高维度渗透

或许几十人，正向这边走来。

夏后偷偷往前看去。一道闪电几乎横贯了整个天际，光从头顶正上方照下，照亮了几十个模糊的身影。不知是被开天辟地般的巨大雷声震撼，还是故意隐藏身形，所有人都没有动，一时间竟无法把他们与周遭的石俑区别开来。

夏后把心提到了嗓子眼。他急中生智，眯起眼睛，并不把焦点放在某个固定位置。几秒钟后，又一道闪电，他的眼中同时有几十个光点闪了起来，隐隐形成一个包围圈——那是兵刃的反光。

他缩回去，迎上了齐姜的眼睛。

"至少有二十人……"

"一……一定是听到我们凿石头的声音……"齐姜全身都僵硬了，死拽着夏后的手，"我们……我们分开跑？"

"这可不是你的本意。"

"呃？"

夏后看定了她，低声说："我记得你曾说过一句话：只有一个办法降低熵值了……我们就是熵，是不是？你还说，不能杀人，也不能让人杀死。你以为我不明白，其实我懂了——渗透者杀人，将严重改变历史，但被人杀，也将产生先人杀后人的悖论，从而导致更严重的事态，是不是？"

齐姜身体一下软了。她无力地埋进夏后怀中，点了点头。

"你说，你的任务是跟进来定位。其实定位的概率太小，根本无法跟你所引起的熵值相比。所以，你最重要的任务其实是使熵值降至最低——杀了渗透者，而后自杀。如此一来，我们两个同时代的只能算是死在了另一个地方，对时间的冲击最小。我，说得对吗？"

"……对……"齐姜叹息一声，捂住了脸。忽然，夏后拉过她的手，把一件冰冷的东西塞进她手里。齐姜剧烈颤抖着，但还是把柴刀握紧了。

"真奇怪，"夏后笑笑，"二十四个小时之前，我可以毫无惧色地跳下大桥，现在却怕得腿肚子哆嗦了，哈哈，哈哈哈！"事一旦定下来，他也不怕对方听见了，便仰天哈哈大笑。

石俑后的脚步声更大了，有人大声呵斥着，开始全力冲刺。

"你很勇敢。"齐姜说，"很……"

夏后在她唇上笨拙地一吻，阻止她说话，"才不是。勇敢的是你，我只是个胆小的逃避者而已。"

齐姜抬头看他，闪电照亮了她的脸，她眼中满是柔情。她举起柴刀，在夏后的脖子上比了比，说："这次至少不会孤独，是吗？"

夏后闭上眼睛，点头说："是……"

柴刀直直地劈了下来。

"是——"

一瞬间，一个声音似狂奔的火车冲向夏后，而后又急速远离，又因多普勒效应而急剧变化。他在声音的洪流中突然重新张开眼，顿时被强光刺得双目剧痛。

他不能呼吸，不能听，感觉不到身体的任何部位，只觉得似乎有无数人跑来跑去……渐渐的，触感开始恢复，有好几只手同时抓住他，抓得那样紧，像要把他从石头缝里拽出去一般……

听到声音了……离他最近的一个人喊着："心率过缓……血压四十……输入一百五十毫升……快……"

"呼吸机……"另一个人喊，"他不能自主呼吸，肺部未收缩……同时注射二十毫升……防止心搏骤停……准备开胸手术……"

也有人喊着什么，他听不清了。

算了，这些都不重要了……夏后，二十六岁，考古专业研究生，宅男，严重抑郁症患者，历史上第一位五级渗透者，不能呼吸，没有心跳，全身麻痹，却不知哪里来的力气，偏转脑袋，四处搜寻着什么。直到看见另一堆忙碌的人群中，有双明亮的眼睛正一眨不眨地看着自己，他才心中一宽，全身放松，彻底昏了过去。

嘀嘀……嘀嘀嘀……嘀嘀……

"喂。"

"是夏后先生吗？"

"是的。"

"这个通信器符合安全标准，并且已根据十分钟前的编码，切换到保密编码状态了吗？"

"是的。"

"你是否已通过泛所有项特别执行联盟、特执会指定的所有测试，并已获得特别授权编码？"

"是的。授权编码：YZ050113。"

"你是否认可，并将以下这句话视为信条，并终生遵守？请听：现在的就是最好的。"

"现在的就是最好的。我认可，并将其视为信条，发誓终生遵守。"

"你是否认同，并将随时准备遵守以下条款：必将尽全力，甚至生命，将由渗透引发的熵值降至最低？"

"我认同，并将随时准备遵守：必将尽全力，甚至生命，将由渗透引发的熵值降至最低。"

"很好。现在根据特执会半小时前颁布的第十四次波涌警告，特别征召你作为此次行动队员。请立即出门，夏后先生，你的搭档在等着。"

夏后关闭了通信器。他看着镜子里的自己，看着那张依然消瘦，但却不再惨白的脸，那张努力把嘴角往上翘，却还是不怎么像笑的脸。

没有关系，有人会笑，而且笑得很好看，好看得他都快忘记抑郁症了。

他将一张白纸郑重地放在桌子上——也许十几个小时后，这上面会布满穿越时空的痕迹也说不定——穿上外套，把手机、钱包放进抽屉，开门走了出去。

五十米之外，一架直升机正徐徐降落。舱门打开了，齐姜把通信器挂在一边，摘下头盔。夏日的阳光投射在她的脸上，她一手按着翻飞的头发，一手扶住舱门，向夏后嫣然一笑。

（本文系星云奖作品，首发于《新科幻》杂志。）

移魂有术 / 江 波

有什么事比扼杀一个人的灵魂、窃取他的身体更龌龊的？这可能是人类最卑劣的行径。

如果一个人相信他有前世，而且有很多个前世，他的生命一次次轮回，不断结束，却从未终结，他相信如此，而且以一种肯定的口吻告诉你，你一定会认为他疯了，这和现代科学观念水火不容。因为宇宙里没有足够的空间，可以容纳从古到今无数个灵魂，以及因为人口膨胀而即将产生的更多的灵魂。

然而眼前这一个，却让我不得不信，因为他关于前世的回忆让我拿到了五百万元。一个人可以疯疯癫癫，然而如果疯到了和钱过不去，那么就是真的疯了。他把信息告诉我，而我真的拿到了钱。这个事实意义重大，可以颠覆我的世界观。

我一直是一个非神秘论者，一个人有前世，这充满了神秘色彩，让我不敢相信。然而，实实在在的五百万元放在面前，还有什么怀疑值得让人坚持？哪怕让我相信我的前世是他的一条狗，因为对主人俯首帖耳、恭敬有加而得到这笔飞来横财，这也值了！

我克制住自己的兴奋，平静地把拿到五百万元的消息告诉他，他异常激动，"这是真的，这是真的！"他反反复复，只说这一句话。我悄悄退出，把他一个人留在房间里。

走出房门，我情不自禁拿出那张小小的卡片，它或者代表五百万新欧元，或者代表我可以拥有阿尔卑斯山脚下某个著名度假胜地的一套别墅，永久产业，而且不用缴纳物业税。我情不自禁地在上面吻了吻。作为一个著名医生，这显然有失风度，然而医生也喜欢钱，更何况是天上掉下来的五百万元。天知地知，他知我知，想到这里，我的心突然一沉，一切手续合法，但谁知道有没有第三个人知道这笔钱，虽然是赠予，但是如果被人捅出去，也会引起无数人的羡慕嫉妒恨，绝不会有什么好结果。

"梁医生！"屋子里的人突然大叫起来，我慌忙把价值五百万元的卡片塞进兜里，推开房门，以专业的步伐走了进去。

"什么时候能给我做催眠？"他说，语气急促、迫不及待。

我清了清嗓子，让语调显得平静而专业，"催眠有一定危险性，你昨天刚做了深度催眠，如果再做，可能会对大脑造成损伤，造成不可逆的后果。我们最好等两天。"

移魂有术

"不行，"床上的病人大叫，"我要马上就开始。你拿了钱就要办事。"

我一时语塞。我很想把病历本狠狠地摔在他的脸上，扬长而去。然而这样只能是一时痛快，没法堵住他的嘴。加之，一个阴险的念头不可控制地生长出来，只有他死了，这五百万元我才能踏实地拿着。

"好！"我把心一横。

一个人既然想死，那么就成全他。我拿出一副公事公办的面孔，"我必须再次提醒您，频繁进行深度催眠会导致神经衰竭，进而导致脑死亡，甚至有生命危险。催眠所使用的片剂，属于神经麻醉剂的一种，可能导致心律失常，甚至呼吸衰竭。"

"我知道！"年轻人暴怒，"你只管做就是了。"

我走出病房，拿着一份告知书，还有一份催眠协议。我决意要让他去死，但一切看起来都要符合规范，而且无懈可击。这对于一个决心昧着良心的医生，虽然有些麻烦，却并不是太难。

病人痛快地在上面签了字。我拿过来一看，倒吸了一口凉气。

"王十二！"这是他签下的名字。这是他认为自己应该是的那个人，而不是他自己。我感到被一个疯子戏耍了一道。

"李先生，你必须签自己的名字。"我严肃地告诉他，然后给了他一份新的协议书。

"什么？"病人有些困惑，"我签的当然是我的名字。"

这种情况屡见不鲜，我早有准备，"这是你的身份证。"我把身份证递了过去。进入这所医院，必须抵押身份证，当然身份证也可能是假的，必须和国家个人信息管理中心核对无误才行。很多病人到最后都不知道自己是谁，也没有家属来认领。必须确认一个人的身份属实，这是精神病院全体员工数十年的经验总结，或者说血泪教训。

"李川书。"他把身份证上的名字念了出来，然后愕然地看着我，"这是我的名字？"我不动声色地点头。他的病情加重了，昨天，当他宣称自己是王十二，至少还记得李川书这个名字。人格分裂的精神病患者就是这样，最初的时候，他们感觉自己曾经是某个人，然后，他们偶尔觉得自己就是某个人，但还对真正的身份有着清醒的认识，再后来，他们已经不知道到底自己是谁，不同的人格在他们身体中打架，让他们的行为变得古怪，失去逻辑。最严重的症状是不同的人格彻底地分隔开，他们时而是这个人，时而是那个人，彼此间毫无关联，下一秒不记得上一秒的事。如果病情还有发展——病情不会还有发展，到了这个地步，死神已经在敲门了。李川书的病情发展很快，他的臆想人格占据了上风。

"李先生，你先休息一下，晚饭后我再来看你。"我看他不再歇斯底里，趁机把协议书和身份证拿了回来，把床头的药片放回药袋。不管用什么办法，杀死一个人总是需要很大的勇气，我得承认，我是一个懦夫，方才的杀机不过出现了短短的几分钟，就消失得干干净净。我慌忙掩上门，趁着病人仍旧平静，逃也似的走了。

医院在山上，远离市区。下晚班的时候，山道上通常没有车，因为习惯，也因为五百万元，我把车开得飞快。突然间，迎面射来强烈的灯光。该死，开车也不关远光灯！然而我来不及抱怨，猛踩刹车，强烈的惯性让我重重地撞在风挡玻璃上，车歪出山道，撞上了路边的礅子。对面的车缓缓开过来，一人走下车来。

"你怎么开车的！"虽然我一直认为自己很有涵养，还是忍不住破口大骂。来人却一声不吭，只是走到我的车边，掏出一个手电筒，照着我。

"你干什么！"我感到愤怒，同时有些惶恐，来人高大威猛，黑黑的身影颇有些压迫感。我的声音不自觉地弱了下去，却仍旧

移魂有术

保持着愤怒的语调，"开车要当心点儿，别拿远光灯晃人。把你的手电筒拿开。"

他收起手电筒，我依稀看到一张标准的黑社会冷酷脸，不带一丝表情，没有一丝歉意，只是直直地盯着我，就像狮子盯着猎物。我突然感到害怕，只想逃走，"快点走开，我要开车了。"我夯着胆子呵斥他，然而声音虚弱无力。

他扬起手，我闭上眼睛，然后听见玻璃破碎的声音。车门被拉开，还没有搞清楚怎么回事，我就被拖拽出来。我不认识他，不知道他到底要干什么，只是本能地感到绝望，伸手紧紧地抓住车门，大声叫喊救命。猛然间，后脑一疼，眼前一黑。我昏了过去。

我醒来时，脑袋仍旧昏昏沉沉。阳光刺痛了眼睛，我伸手遮挡。

"梁医生。"有人喊我，逆着阳光，依稀间我看见的是一个黑色的身影。我回想起夜晚所遭受的袭击，猛然一惊，站了起来，"你是谁，我在哪里？"来人缓缓向近前走来，在我面前不到一米处站定。他衣着光鲜，西服笔挺而得体，左手上两个硕大的红宝石戒指异常引人注目。

"我们在一个很安全的地方，放心，不会有事。"他缓缓说道，样子很沉稳，风度翩翩。这样的神态和语言让我安静下来，至少他不会抽出棍子来打人。"我被打晕了。"我回想起那个模糊的黑影，心有余悸，"有人袭击我。"

"办事的误会了我的意思，他应该把你请来。我已经狠狠地骂了他，希望梁医生不要介意。我会赔偿你的医药费和车子。"

他说得分外客气，我却心中一凛——眼前的人有钱有势，没准还是黑社会的大佬，我还能介意什么，能够全身而退就是万幸。

"我，"我嗫嚅着不知道如何应答，最后说，"找我有什么事吗？"我连他的姓名也不敢问。

"很好，既然梁医生这么客气，我就开门见山。你有一个特殊的病人，"他说，"他叫李川书。"一句话仿佛惊雷，我的心突突直跳。这一定是那个五百万惹出来的事，五百万元从某个账户里取出来，这一定惊动了某些人。

"不错！"我尽力掩饰心虚，"他有什么特殊？"我刚问出口，马上意识到自己失言，"哦，我不想知道太多。您想做什么？只要能帮忙我就帮，只要不违法就行。"

对方露出一个微笑，"梁医生太客气了。我只是想请梁医生帮一个小忙，绝对不违法。"他向前凑近一点儿，"我要一个详细的记录，包括这个病人的一言一行，他说的每一个字都要记录下来。当然，我会为此付出一点酬金，不多，一点小意思，但是梁先生你必须承诺记录完整，而且对这件事绝对保密。"

他既没有提到那五百万元，也没有要求我去杀人越货，我慌忙点头，"好，好。我一定帮忙，怎么联系你呢？"

他从口袋里掏出一部手机，递给我，"你必须每天用笔记录，你们医院的那种记录册正合适，不要为了省事用电子簿。这里边有一个电话号码，每天下班前打这个电话，会有人告诉你在哪里

移魂有术

交接记录。"

我接过手机。这是一部三屏虚拟投影手机，好像叫作TubePhone，我只在网上见过，售价两万四千元，是我两个月的工资。我从来没有敢奢想这样一部手机会握在我的手里，而他所要求的只是每天打一次电话。

我小心翼翼地把手机放进兜里，"放心，我一定会把这件事办好。"

他点点头，突然说："我知道你拿了五百万元。"我的心咯噔一沉，害怕地看着他。

"这五百万元是你的。"他微笑着，"我可以告诉你，这五百万元是从我的账户上拿走的，但是，它是你的了。"

我感到额头上沁出一层冷汗。

"事情结束之后，你还可以拿到另外五百万元。"他看了看我，脸上充满笑意，"一千万欧元的酬劳，这应该能让你感到满意。"

我心头发怵，说出来的话不自觉也带着颤音，"这钱不是我去拿的，是李川书让我去拿的。我没动这钱。"

"别怕，这就是你的钱。你该得的酬劳。这当然不是小钱，这笔钱可以让人体面地过一辈子，所以，你必须把事做好。我相信梁医生你一定有这个能力。"

我麻木地点头。他微笑着向我伸手，"我们的合作一定很愉快。"

连续一个星期，我生活在担忧和恐惧之中。让我监视李川书的人叫王天佑，那天谈话之后他让人送我出来，正是那个绑架我的大汉，一路上我连大气也不敢出。但是我的眼睛并没有闲着，沿途豪华庄园的派头展露无遗，我做梦都没有想到能在这样的一个庄园里出入，它像极了中世纪欧洲的田园，有模有样、有滋有味，甚至还有一两个穿着某种欧洲传统服饰的人在小溪里泛舟，清理漂在水面上的落叶。虽然我的见识浅薄，但大致也能猜到此间的主人是试图把一种欧洲的氛围复制过来，尽量保持原汁原味。这样的手笔和气魄让我感觉自己仿佛只是一只小小的啮齿类动物，在荒原上迷失了方向，没有藏身之地，甚至忘记了奔跑，而庄园主人巨大的阴影覆盖了我——他是飞翔在天上的猎鹰。

一千万！我从来没想过能拥有如此巨大的一笔财富。有了钱，我可以周游世界，然后去做自己喜欢的事。我还不知道那是什么，但是那无论如何也不会是端坐在一群精神病中间，听他们讲述不知道属于哪个世界的故事，或者干脆没有故事，只有狼嚎一般粗犷的原始野性。

一千万！这个巨额数字平衡了我的担忧和恐惧。我悉心照顾李川书，比曾经照顾过的任何一个病人都要细致。我从来不打他，也严禁护士对他进行打骂。我和他聊天，记录他说的每一个字，然后按照电话中的要求，把装着记录的纸袋每天丢进各种不同的信箱。

李川书不是那种喜怒无常的精神病，他只是人格分裂。大部分时候，他是李川书，但也有时叫王十二。每当他自称王十二时，他就变得脾气暴躁，动辄发火。也只有当他变成王十二的时候，他才会记得给过我五百万元，要求我给他办事。因此，我深刻地希望他一直是李川书。

不管是李川书还是王十二，他都是一个理智清醒的人，因此并不难于交谈。他显然对于自己为什么待在一所精神病院感到困惑，为此多次询问我，甚至威胁要踩死我。我只是一个小小的医生，根本不知道每一个病人背后的故事，然而被一个病人问倒是一件很丢脸的事，我只有很严肃地告诉他，医院有责任保密，他既然进了医院，总有原因，不准多问。

然而我却产生了一点好奇，到底这个李川书为什么被送到这里？

我找到院长。如果有人要送五百万元给这所精神病院，那么合适的对象应该是院长而不是我，我看到院长，竟然有一丝偷了别人东西的愧疚。但愧疚归愧疚，钱的事我根本不会提，煮熟的鸭子还有可能飞了，我的一千万元还没煮熟呢！

"宋院长，最近一一七号经常性地臆想，他已经分不清现实，很暴躁，把他转到重症监护室吧。"

我这样和院长开场。对一个精神病人来说，送到重症监护室基本上等于死刑，我在医院的八年里，看见许多人被架进去，出来的时候都面目全非，不是成了彻底的白痴就是人事不省，成了植物人。他们要进行强迫性治疗，用大电流烧灼神经，甚至进行部分大脑切除，这是对付重症精神病人最后的手段。理所当然，院长拒绝了这样的要求，"这怎么能够上重症的条件，不行！"

"他自称王十二，还说自己很有钱。他家里真有钱吗？如果有钱，我们给他安排一个贵宾房，特殊照看。"

院长白了我一眼，"疯子说的话你也信！有一个单人房已经很好了。快回岗位上去，别老旷工！"

看起来，院长并不知道关于五百万元的事，他也并不关心这个病人。

"马上。我把他的卷宗拿回去研究一下，这个案例很值得研究。"我露出一副醉心专业的样子。

"好了，你去和老李说一声，暂时调用一下卷宗，就说我同意的。"院长有些不耐烦，只想快些打发我走。

我很知趣地退出了院长办公室，到了病人档案处查阅卷宗。

他的卷宗简单得有些简陋。

移魂有术

> 李川书。男，二〇五五年七月八日生。家族无病史。根据病人家属的描述，该病人两年前离家，不知去向。二〇八二年六月回家，逐渐有癔症症状，由偶尔发作发展为经常性发作。初步诊断为深度人格分裂。各种病理性检查均正常，体内未见激素异常，精神疾病诱因不详。发病未有攻击性行为，社会危害度低。建议住院疗养保守治疗，适当控制病人行为。

这样的一个病历说明不了什么，关键是他还失踪两年，也许就是这两年，他成了另一个人？

我正打算合上卷宗，突然被备注栏里的一行小字吸引：病人家属要求对病人进行单人看护，并预支三年的看护费十五万元，接受器官捐献的声明已经签字。

我暗暗吸了一口凉气。这行简单的字里大有玄机，一个精神病人，只要身体健康，就是合格的器官捐献者。在精神病院这样的地方，因为各种原因死掉一个人是很常见的事，如果家属签订了一份这样的声明，病人就随时处于危险之中。一旦达官贵人们有需要，一个精神病人的小命又有谁在乎？

我翻到页首，把病人家属的姓名地址记了下来。

当我找到李川书的家，不由得大吃一惊。这是一间残破的瓦房，应该是二十世纪七十年代的建筑，残破不堪，随时可能倒塌。这危房里只住着一个人，是个乞丐，浑身散发着酸臭味。我捂着鼻子问了他几句话，一问三不知。我丢下十块钱，然后逃出了屋子，再转身看着这残破的房子，疑心自己来错了地方。

转过身，我心中一凉——那个曾经打昏我的大汉就站在不远处，直直地看着我。他缓缓走来，我两腿发软，想跑都没有力气。

"老板有请。"他很简单地说。

我跟着他的车，一路上无数次想夺路而逃，却始终没有勇气。大汉的车是一辆彪悍的军用车，气势吓人，我的破车没有可能跑掉。

王天佑仍旧在那个豪华的会客厅里接待我。

"你去了李川书的家？"他半躺在沙发上，懒洋洋地看着我。我从小就知道，如果你真把此类的问话当作一个问题，那么就犯了幼稚病。这是要我承认错误。

我恭敬地站在他面前，低头垂眼，仿佛一个做错了事的仆人，"是。"

"好奇会害死猫。你知道吗？"

"知道。"

"猫有九条命，你有几条？"

"一条。"

他问得轻描淡写，我答得小心谨慎。他抬眼看着我，"为什么要去那里？"

"我看到他的家属签订了器官捐献协议，一时好奇，就想去看看。这种协议一般家属都不愿意签。"我老老实实地回答，不敢有半句虚言。

他从沙发上起身，抓住我的手，"梁医生，我知道你是一个好人。你也要相信我是一个好人，没有恶意。李川书原本是一个流浪汉，他答应了我做器官捐献，但是后来又后悔了，神志也有些异常。这件事我不想太多人知道，所以把他送到了精神病院，他的器官捐献是定向的，你可以去查记录。但是事情出了点差错，他趁着我不注意偷看了许多机密资料，被抓住之后，居然装疯，谎称自己叫王十二。"

王天佑认真地看着我，"他从我的户头里偷钱，他还偷偷窃取机密。我不知道他还知道多少，所以私下请你来监视他。我不想有更多的人掺和在里边。这件事你知、我知，不能让第三个人知道，否则我也不会出一千万元来请你。"

他的手很潮，黏糊糊的，让人感觉不舒服，但我也不敢把手抽出来，只是一个劲儿地点头，"我明白，我明白。"

他放开我的手，缓步走到窗前，"帮我好好照看李川书，如果他自称王十二，你就和他多谈谈。那些都是我的隐私，你要保密。"

"一定的，一定的。"我的话音刚落，落地钟突然响起，"当当当当"，连续四声，每一下都让我心惊肉跳。

钟声刚过，一个女人的声音在背后响起，"王总，您的药。"声音婉转动听，我很想转身去看，然而心里害怕，终究没有这个胆量。

王天佑似乎有些意外，看了看钟表，"不是还有半个小时吗，怎么这么早？"

女人走进来，经过我身边，"您今天早上提前吃了药。"一阵清香闯入鼻孔，我偷偷抬眼。进来的女人身材婀娜，穿着一袭紧身旗袍，露出白生生的胳膊和大腿，她正伺候着王天佑吃药。也许有所感应，她扭头瞥了我一眼，正遇着我猥琐而胆怯的目光。我慌忙垂下眼帘，心脏突然间狂跳不止。

这个女人的出现成功安抚了我的思绪，让我暂时忘掉了险恶，浮想联翩。

当她走了出去，我才回过神来，意识到自己正处在危险之中，马上凝神屏息，静静地等着王老板的训示。

他的脸上竟然现出了一丝犹豫。

"这样好了，"他说，"我让阿彪送你回医院。你留在医院里，全天候监护。我不想惊动你们的院长，或者任何其他人，你要明白，我不想让任何人知道我和一个精神病人有关。你所知道的一切必须烂在肚子里，明白吗？"

"明白，明白。"我慌忙地说。

"另外，记住，好奇害死猫。按照我们的约定去做就好了，你知道得越少越好。"

他的话越是平淡，我的心越是忐忑。恐惧感压倒了我对金钱的渴望，一种预感变得清晰起来：不但拿不到钱，还可能把小命搭进去。阿彪押送我回医院的途中，我满脑子都在想如何才能逃离陷阱，当然，我也想了如何保住五百万元。然而，我什么法子都没有想出来。

人生真是白活了，除了和精神病打交道，我啥本事都没有。

那就听话一点，少点好奇。

问题是，听话了就能活着吗？

真的能拿到一千万吗？

移魂有术

我继续一丝不苟地照顾李川书。我知道王老板监视着我，因此不敢再有任何好奇，他也不再要求我打电话，而是由阿彪来取走每天的记录。过了两天，精神病院的人都把阿彪当作了病人家属，问我，"这个家属怎么这么奇怪，每天都要记录？"或者说，"这个家属看样子不像好人啊，你要小心，千万别被讹上了。"

我被这样的问题折磨得异常烦燥，又无法说明白，只觉得无比烦闷。在烦闷中，我再次走向病房，去照看这个给我的世界带来巨大变化的李川书。

他在床边坐着，似乎正在沉思，又有点像是发呆。看他这个样子，我明白此刻他是李川书。

如此事情就简单了。

"李川书！"我大声喊。

出乎意料，他只是抬头看着我，目光呆滞。我不由得愣住，往常这样喊他，他会猛然抬头，仿佛从臆想中回过神来，然后用比我更大的嗓门喊一声"到"。

"李川书！"我再次大声喊。

他仍旧没有应声。

李川书就要死了！凭着丰富的诊断经验，我意识到眼前的病患正进入一个转折点。一个人格彻底战胜了另一个，他的李川书人格不再活跃，也许永远不会再出现。

我略带怜悯地看着他。虽然看惯了医院里的生生死死，我的心也并没有完全僵硬，看到一个人死去，总会替他感到悲伤，虽然他的躯壳还在，还活着。

我准备退出房去，过一会儿再来和王十二说话。李川书却突然从床上跳起，一把抓住我，"我不要，我不要，我不要钱，求你放过我，把它抽出来，把它抽出来，求你了！"他的胳膊很有力，紧紧地拽着我。我用力挣扎，他却紧抱着不放，情急之下，我提起膝盖在他的小腹上用力一顶。精神病患者对身体的痛楚感觉迟钝，他丝毫没有放松，我再次猛击他的小腹，他猛然张口，喷出一口秽物。刺鼻的臭味让我一阵恶心，差点呕吐，我正打算呼救，他却软软地躺了下去，手指犹在抓着我的袖口。

我狼狈地站在屋里，脚下是瘫倒的病人，胸口一片污秽，我把袖口从他的手指间拽出来。

一不小心，他尖利的指甲在我的手背上轻轻一划，居然留下一道血痕。我厌恶地用脚把他的身体踢到一边，然后找来护士收拾场面，拿了件干净的工作服，去卫生间更换。为了清静，我特意走到四楼，这里的卫生间少有人来。

换好衣服，我正洗手，突然感觉有些异样。猛然抬头，镜子里，我的身后站着一个人，正直直地看着我。我大吃一惊，猛然转身，看清了来人的面目：她身着男装，却分明就是在王天佑的豪宅所见的女人。我吃了一惊，正想喝问，她做出一个噤声的手势。我也就停了下来，怔怔地看着她。

她快速走上来，在我身上摸索，动作比安检处的警官还要利索。很快，她从我的口袋里掏出了那个昂贵的 TubePhone 手机，非常快速地把它装进一个闪着银光的口袋里。

"好了，我们可以谈谈。"她开口说话。

"就在这里？"我有点担心地望了望门。

"今晚十点，你假装睡觉，把这手机放在床头，假装不小心用枕头盖住它。然后出来见我，东阁轩林东包厢。"

"你要做什么？"

"救你的命。"她冷冷地说，"如果你想活命，就来。这个手机是个监控器。它不但能窃听，也能摄影。小心了！"她拿起银色的袋子，把手机倒入我的口袋中，然后再次做出一个噤声的动作，

移魂有术

悄无声息地向着门边退去。

等我回过神来追过去，她已经下了楼梯。我没有继续追，只是从口袋里掏出手机端详。工艺精湛的三屏手机闪闪发亮，可以照出我的模样。

突然，我心头一阵寒意。真如她所说我已经快没命了？仔细想想前因后果，这样的可能性很大，我一个无权无势的医生，除了精神病人和精神病院，谁也不认识，如果真的有什么秘密，王天佑肯定轻易地就能把我捏死。有什么比一个死人更能够保守秘密？我一直不愿意去想，巨额财富成功地蒙蔽了我的心智，而这个女人毫不留情地戳破了这层纸。

无论如何，晚上要赴约。

我隐隐回忆起她穿着旗袍的模样，退一步说，一个美女晚上十点有约，这件事本身对我而言就充满了诱惑。

下楼，经过李川书的病房，我从小小的格子窗望进去。病人正躺在床上，上了夹板。夹板是对手足固定装置的俗称，再大力气的人，只要上了夹板，就丝毫不能动弹。病人似乎正在熟睡，口水不断从嘴角边流下。

我对他突然有了一种全新的感觉，不是我面对病人时的高高在上，也不是对精神错乱者惯有的鄙夷，更不是对一堆行尸走肉的厌恶，我突然感到自己的命运和他紧紧地绑在一起，而我实际的处境并不比他更好。在那么一瞬间，我竟然和这个被捆绑在床上兀自流着口水的精神病患者有了一种休戚与共的感觉，这是如此让我惊讶。

我快步走向医生休息室，吞下两片安定，躺在床上，迫切地希望来一场深沉的午休。

东阁轩是一个很高档的酒店，我慕名已久，却从来没有机会进去。我在酒店外停留，担心酒店那光可鉴人的地面会衬得我的衣衫过于寒碜，酒店服务生会在心底暗暗嘲笑。

十点过了一刻，实在无法再拖延下去。我整了整衣服，鼓足勇气，向着那富丽堂皇的所在走去。

电梯直接进入包厢，当服务员礼貌地微笑着告诉我已经到了，我有些慌张地走了出去。

这是一个很奢侈的包厢，金碧辉煌，让我感到浑身不自在。有人正等着我，不是一个，是两个。一个是已经认识的女人，另一个则是陌生的男人，还好，他看上去很斯文。

他们并没有说话，只是默默地看着我。女人起身，走到我身边，脚步悄然无声，就像轻巧的猫。她很快把我上上下下搜了一遍，没有发现异样才开口说话，"你把手机处理好了？"

"照你说的，假装不小心盖在枕头底下。"她示意我在桌边坐下。

偌大的桌子上摆满美味佳肴，然而谁都没有动筷子。气氛冰冷，和热气腾腾的饭桌形成鲜明对比。一男一女都盯着我，我却不知道该盯着谁，于是只好不断地转移视线，看看她，然后看看他。我用一种精神病医生才具备的坚忍毅力坚持了下来，面不改色、泰然自若。虽然这一次会谈可能会决定我的命运，他们又何尝不是？否则就不用冒着巨大的风险来找我。我在等着他们亮出底牌。

终于，美女再次开口说话："梁医生，这位是万礼运博士。你们是同行。"

"失敬，失敬！"我向万博士说，他微微点头还礼，却仍旧没有说一句话。

"我是王天佑的办公室助理，因此了解这件事的前因后果。"美女继续说，"他通过你监视李川书，这件事也是经过深思熟虑的。你是这家精神病院最蹩脚的医生，分派给你的病人不会引起任何人注意，而且你很贪财。只要贪财的人，王天佑就能对付。"

我一时不知道说什么。我是一个贪婪的平庸之辈，这就是王天佑决定利用我的原因？也许他们能找到一个好些的理由，至少当着我的面，可以说一说我为人随和之类的。

我清了清嗓子，"你这么说是什么意思？"我企图质问她，然而语气软弱无力，听上去就心虚。

"你孤身一人，没有亲属，甚至连女朋友都没有一个。生活简单，除了在精神病院上班，几乎足不出户，网络游戏是打发时间的唯一方式。他会想办法把你干掉。"美女毫不留情地继续说，"你这样的人被干掉，尸体恐怕要发臭了才会被人发现，再合适不过被利用。王天佑早就看好了这一点。"

一个美貌女人的嘴里说出来的话却如此毒辣，我嘴角抽搐，企图反唇相讥，却说不出什么来。

美女看出我的窘态，微微一笑，"别怕，我们会帮你对付王天佑。"

"你们为什么要帮我？"我几乎本能地问。

美女的脸上笑意更甚，"我们当然有自己的目的。但是你只需要关心自己的命，是不是？"

我把心一横，"横竖是个死，你们要是不把话说明，我不会和你们合作。而且，我要向王天佑报告这件事。"

对面的两个人相互看了看，姓万的医生开口，"梁医生，既然我们露面找你，自然没有打算隐瞒什么。人为财死，鸟为食亡，一千万元是很大一笔钱，但是和我们想做的事比较起来，只是一个零头。"他顿了顿，看了看我的反应，我眼睛眨也不眨地看着他，等着他讲下去。

"王家是超级富豪。王天佑继承了他父亲的资产，然而，老王的死因很可疑。法医鉴定他死于心力衰竭，但是我有不同的看法。我是老王的家庭医生，他的身体虽然有些老化，但是并没有那么糟糕，根据他的死状，我猜想他可能是被枕头之类的东西闷死的。当然，这样的猜想需要验尸报告证实才行，看一看究竟有没有这种可能。可是他的遗体已经火化了。

"然而王天佑没有想到，他无法继承老王的财产。老王的资产冻结了，根本无法解冻，也无法继承。除了庄园，他拿不到任何东西。"

万医生停顿下来，看着我，"王家的财产至少有六十五个亿。"

六十五个亿，这是一个天文数字，我不知道究竟是多少钱，但真的是很多很多，就算用一千块一张的纸币，也能压死十个大汉。我用惊愕的眼神看着万医生，"你们想要这笔钱，这怎么可能拿得到？"

"所以我们需要你加入。"

我感到自己的心在颤抖，"你们到底打算怎么办？"

万医生看着我，"这件事风险很大，你要想清楚。"

"你的生命本来已经很危险，和我们合作反而会安全一些。"美女赶紧补充。

"我和你们合作，王天佑那种人不会放过我的。我该怎么办？"

"我来告诉你事情的经过。"万医生不紧不慢地道来。

我认真地听着。事情慢慢清晰起来，然而，一切都是那么匪夷所思，虽然我从医科大学毕业，这样的情形仍旧大大超出了我所能想象的范围。

李川书的身上，居然有如此巨大的秘密。作为每天端坐在他面前的人，我居然毫无察觉。冷汗从额头上不断地沁出，我身不由己，被卷入一场谋杀中。

李川书坐在我面前。现在，他的名字叫作王十二。

李川书人格已经很多天没有出现，而王十二一直就在我面前。我给他进行了深度催眠，从前，催眠所唤醒的人格总是王十二，这一次，我的目标恰恰相反，希望李川书能够出现。

他的确出现了。我从他的眼神中读出这一点。

"你叫什么名字？"我不失时机地问他。

"李川书。"

"王老板怎么死的？你看见他死了吗？"我根据万博士的建议单刀直入。

"我看到了。"他说，"是他的儿子，他在骂他儿子。"

"他骂些什么？"

"我不知道，我听不清。"

"后来发生了什么？"

"王老板站起身，他的儿子很害怕。他走一步，他儿子退后一步，说话的声音都在发抖。王老板大声骂了一句。"

"我就是去死，也不会留给你一个子儿！"李川书突然尖着嗓子叫了起来，他在模仿王十二的骂声。

"然后呢？"

"他儿子跪下。"

李川书的声音越来越小，他的人格正在昏睡过去。

我赶紧提示他，"王老板后来死了，你看到了，他怎么死的？"

"他突然捂着胸口倒在地上。"

"死了？"

"应该死了，他再也没有起来过。"

"他儿子呢？"

"他爬过去看，很快站起来，从床上拿来一个枕头，蒙住他的头。"这无疑证实了万博士的推测，也许王老板因为某种原因昏厥，而王天佑则干脆谋杀了自己的父亲。

"后来呢？"

"王老板儿子放开枕头，开始打电话。"

"王老板死了吗？"

"他肯定死了，一动不动，他儿子还用脚踢他。"

"还看到了什么？"

"后来来了两个穿白衣服的人，他们和王老板的儿子争论。再后来万医生来了。"说到这里，李川书的脸上突然显示出恐慌的神情，"求求你，把它拿出来，我不要，我不要。"他尖叫着，身体剧烈扭动。万礼云对他来说是一个可怕的梦魇，哪怕在深沉的催眠中，他也能感受到莫大的恐惧。

催眠无法进行下去，我给他注射了昏睡针。他很快入睡，而我则忐忑不安地站立在一旁。

王天佑身边的美女叫卢兴鹭。我不知道为什么她和万礼云会有如此大的胆量，企图私吞亿万财产，但是他们彼此间的关系一定不简单。虽然我是一个单身汉，而他们努力装出为了金钱而合伙作案的样子，包括他们彼此间的眼神还是泄露了许多信息。人不为己，天诛地灭。无论如何，他们看上去比王天佑要可靠一些，安全一些。我同意加入他们的计划。

根据计划，卢兴鹭每天下午两点会把 TubePhone 的信号导向另一个信号源，王天佑那边只会得到一些经过伪装的对话，而我有半个小时的时间可以和李川书深入交谈。王天佑不想放过李川书，然而，在结束李川书的生命之前，他需要得到那些账户的秘密。整个世界，这个秘密只在我眼前的这个病人身上能找到着落。王天佑的父亲王于德，他的曾用名就叫王十二。一个亿万富翁，享尽人间的荣华富贵，眷念不舍。他惧怕衰老和死亡，动用巨额财富寻找长生的秘方，希望能活得长久一些，最好能够永远活下去。这个举动却让他加速死亡，这真是绝妙的讽刺。

当然，他的计划仍旧在进行，只不过有些偏离预定轨道。

李川书的躯体已经卖给了王十二。根据合同，王十二可以从他身上得到任何器官，代价是王十二给他两年予取予求的生活。

然而，如果给李川书知道后边发生的一切，而有一个机会重新选择，他肯定不会选择签约，或者说，如果我是李川书，肯定不会同意。这不是从尸体上摘取器官的故事。万博士没有损伤他分毫，只是给他注射了一些针剂。根据万博士的描述，这是他十五年的心血，他可以使用药物更改人的 DNA 序列，更改后的 DNA 序列可以指导脑细胞彼此间的连接重建。当脑细胞按照一定的形式重现，一种记忆也就被灌输到这个人的脑中。从理论上讲，这样做能够把一个人的记忆完全灌输到另一个人的身体里，包括那些自我认同的潜意识。

移魂有术

王十二买下李川书的躯体，并不打算用作器官移植，他要的是一个完整的年轻躯体，然后把自己的记忆复制到这个躯体中，从而获得新的生命。这是一个现代版本的借尸还魂。

万医生首先在王十二的身体里投入一种 RNA 物质，它根据头脑的状况会生成相对应的 DNA 编码。然后，他把带有记忆编码的细胞从王十二身上分离，经过免疫伪装后植入李川书的免疫系统，这种细胞中的 DNA 会制造、释放信使 RNA，完成神经细胞中对 DNA 的重编。最后，李川书全身的免疫细胞和神经细胞都会带上记忆编码，李川书的神经网络会逐渐改变，王十二的记忆会慢慢重现，到那时，王十二也就在李川书身上复活过来。在此期间，李川书就像生活在梦魇中，记忆逐渐丧失，意识混沌不清，经历无法言说的恐惧。当最后的时刻到来，李川书在自己的躯体里被压抑，他会完全变成另一个人。

我一直以为这是精神分裂的症状，却从未想到这居然是因为记忆的重现。李川书并非精神分裂，而是有人在他身上复活了。这是一个胆大包天的计划，据说万博士曾经在小白鼠身上试验过，获得成功，但从来没有做过人体试验，谁也不知道有多少成功的概率，而且这样的试验完全是违法的，王十二买下李川书的身体，属于在灰暗地带游走。能够下决心用这样的方法重获青春，这样的人与众不同，他同样有个与众不同的儿子，等不及接班就干脆杀了他。

然而，万博士的重生计划并没有被终止，李川书仍旧活着，而王十二正在他身上复活。如果他真的能够完全回忆起王十二生前的情形，那么他到底是李川书还是王十二呢？一般来说，一个人把自己认定为另一个人时都会被送到精神病院。王十二还是亿万富翁的时候，他有足够的手段摆平这件事，但是当他作为一个精神病人被捆绑在病床上，恐怕神仙也救不了他。更何况，还有一个亿万富翁正虎视眈眈地盯着这件事。

他们都是病人。

我充满怜悯地看了李川书一眼，我不是上帝，拯救不了任何人，我只能拯救自己。

我撸起李川书的袖子，拿起针筒扎进他的胳膊。这是一个汲取式针筒，针头钻进皮肤之后自动软化，然后，像一只小虫似的在他的皮肤下游走。很快，针筒里充满了淡红色的各种人体组织，悬浮着各种组织颗粒。这样就足够了，我把样本筒摘下，放进兜里，然后端起记录本，开始在上面涂涂画画。

这一天，当阿彪来取记录本时，我竟然对着他微笑。这个冷酷的大个子被我的异常举动弄糊涂了，愣愣地看着我，竟然也露出一个傻傻的笑容，然后我飞快地逃走了。

一个人身上蕴藏了巨大的潜能。作为医学院的高才生，我并不是没有潜能。只不过，潜能需要梦想和激情来调动，而在我的身上，由于这么多年的精神病院的工作经历，这两样东西已经缺失，我成了一个贪婪而猥琐的小人，昏昏沉沉地过着日子。然而，求生的本能让我激情四溢，浑身充满能量。我仿佛回到了青葱岁月——在被窝里对着手机如饥似渴地阅读小说的年代，每天晚上，把那个昂贵的手机塞在枕头下就直奔实验室，在那里忙活一个通宵，直到凌晨才回来，匆匆打个盹儿，第二天我居然能够不犯困。现在，我正以十二万分的劲头投身于自我拯救的事业中。

我甚至有理由怀疑自己得了某种强烈的亢奋症，然而，在这个非常时期，这是好事。

我在研究万博士的成果。搞生物的公司最喜欢专利，因为他们知道，没有专利，他们的产品会一夜之间被各种各样的仿制品取代，因为生物制剂是最容易被仿制的东西，甚至不需要仿制，只需要得到母本，就可以轻易在实验室里大量复制，但是凭着我的能力和条件，即便智商高达一百四十五，想搞出万博士那样神

移魂有术

奇研究的可能性也基本为零，那需要天才的直觉、持之以恒的努力，还有一些小小的却是决定性的运气。但是复制它却很容易。

我从李川书身上得到母本，在实验室里研究 DNA 被 RNA 影响的过程，还有那些携带了记忆的 DNA 的特异之处，它们和大脑组织相关的基因组之间有很多差异，可以肯定，那就是和携带记忆相关的部分。这些异常的 DNA 很有活力，它们会不断产生 RNA。我毫不怀疑，如果把这些 RNA 提纯，注入某个人身体中，他也会逐渐出现李川书的症状，自认为是王十二。我的确这么做了。给 RNA 长链加上一层薄薄的蛋白质鞘膜，它就成了一种结晶物。少量的活性物质封装在小小的玻璃管中，晶体细微，看上去像是白色粉末。我把它握在掌心里，原本很轻的东西，却感觉很沉重。

这算不算是一种生物武器？这里有一个巨大的问号。我制造了一种和病毒类似的东西。毫无疑问，如果我把这样的晶体大量复制，让它们像某些病毒一样能够在空气中传染，这个世界恐怕要变成一个巨大的精神病院，而且人们还不易察觉。所有的人都做同样的噩梦，所有人都有同样的精神分裂的症状，到最后，全世界都是王十二。这景象惨不忍睹，我也不敢多想。

但是我得救自己。这小小的病毒，就是我自卫的武器。

第二天阿彪来的时候，我让他进入办公室。我戴着防毒面具一般的口罩，在他面前不断地拍打记录本，粉尘扬起，借着从窗户透过来的阳光，我看见一些细微的颗粒钻进了他粗大的鼻孔。这办法并不是一定会奏效，然而有很大的机会能产生效果。

阿彪显然并不喜欢我的举动，他接过记录本，警惕地盯着我。可惜，他的特长是搏斗和枪械，对于病毒显然并不在行，也毫无警惕。当他觉得一切似乎并无异常时，转身走出了办公室。

望着他魁梧的背影，我有一种欣喜的感觉。知识就是力量，这句话此刻显得正确无比。然而，阿彪猛然转过身来，快步走到桌前，"脱下你的面具！"他低声说，声音很低，却充满威胁，就像他的外表一样。我一时愣住，惊愕地看着他。

他没有干等着，自己动手，一把把我的口罩抓了下来。

"你捣什么鬼？"他厉声质问。

一瞬间，我明白过来，虽然知识很厉害，暴力却更直接，特别是像阿彪这样肆无忌惮使用暴力的人，知识最后总能够取得胜利，却暂时只能无比委屈。

"我有点感冒，不想传染给你。"我镇静地说。

他抓住我的领子，把我拉到面前，"老实点儿！给老板做事，不要三心二意。"他撂下狠话，把我重重地摁在桌上，用记录本的支架不断地打我的头，直到我求饶为止。

阿彪走出屋子，狠狠地带上房门。

我绝望地瘫在坐椅上。计划赶不上变化，这些精心提纯的RNA类病毒载体在空气中有大概半个小时的寿命，只要我在三十分钟后拿下面具，一切就会完美无缺。然而阿彪粗暴地把一切都打乱了。携带着王十二记忆的RNA不仅进入了阿彪的身体，同样在我身体里扎下根来。很快，我也会像李川书一样，变成一个精神分裂患者。

移魂有术

听天由命。我的脑子没有别的东西，只有这个词。突然，我想起还有最后的一个救星——万博士。解铃还须系铃人，就是这句话。

当天晚上，我见到了万博士。我给他发了十三封电子邮件，请求见面，有十二万分重要的事情要和他商量。其实我并没有别的念头，就是想活下去。李川书的例子活生生地摆在眼前，我会逐渐地死去，而王十二的幽灵会占据我的躯体。我不想要什么财富，也不管他们想要我做什么，此时，压倒一切的念头就是活下去。

万博士显然对我突然的会面要求感到很不满。"我们说过不能随便见面。"他厉声呵斥我，"难道没有记住？"

"是的，但的确情况紧急。"我争辩，"这件事必须要让你知道。而且很危险了。"

"说！"他语气凌厉，黑着脸。

"我好像患上了李川书的病症。"我说。

万博士一愣，看着我，"这怎么可能？"

"这两天我经常短暂性失神，我能记得一些关于王十二的事。这肯定不是从李川书口里讲出来的，那些记忆就在我的脑子里。万博士，有没有可能你的 DNA 修正出现了问题？它具有传染性。如果是 RNA 单链病毒，的确有可能发生传染。"

"这不可能。这不是病毒！"他仍旧坚持，语气却犹豫了许多。

"我确认这件事，因为我从阿彪身上观察到了类似的迹象。他这两天来，我总是看到他有精神分裂的前期症状，今天，他对我说他就是王十二。说完以后，觉得不对，威胁我绝不能说出去，还用记录本狠狠地打我。你看！"我露出头上的伤痕给万博士看，一个确定无疑的证据能够支持这些半真半假的陈述。我并不是一个熟练的骗子，也没有这样的天赋，然而，情急之下，这些说辞自然而然地来到我的脑子里，几乎不需要思考。

万博士半信半疑地看着我额头上的浅浅的伤痕，眉头紧锁。

"万博士，"我再次小心翼翼地试探，"您所发明的这种 RNA 信使会不会发生变异？从一个人身上跑到另一个人身上，就像病毒一样？"

万博士的脸上充满疑虑的神情，"这种 RNA 结构没有配对的蛋白质，无法装配成病毒，它们根本不具有传染性。除非，有直接的体液交换。"他狐疑地看着我。

移魂有术

我明白他的言下之意。透过体液交换的传染病有很多，就像艾滋病。然而，李川书是一个病人，受到严格的看护，根本不应该有这样的机会，更不可能感染阿彪。

我正色道："万博士，我也是一个医生。不敢乱说，但是如果出于偶然，这些 RNA 链能够遭遇相应的蛋白质配型，就很容易转化成病毒形态，能够传染。要不然，你从我身上采集一点血样去化验。你一定得想想法子，否则，这就是不折不扣的大灾难。你知道西班牙大流感！"

西班牙大流感在我的脑子里一闪而过。那是一个多世纪前发生的一次不明原因的灾难，病毒袭击了欧洲，死掉了成千上万的人，而流感暴发的原因却一直是一个谜。也许，那只是一次非同寻常的基因变异，本质上和万博士的发明并无不同。

是的，如果万博士所发明的东西真的成了一种病毒，它的威力应该不亚于西班牙大流感。当然，我并不担心人类，人类总能够生存下来，只不过需要一点代价。很多人，成千上万，十万百万千万，上亿的人会因此而死去。我所担心的，是我自己会不会变成那巨大数字中的一个。

如果成千上万的人死去，我却能获救，那么这肯定就在我的备选方案中。最好的方案，当然不要死人。我的良心还没有泯灭，只是和生命比较起来，良心只能先放在一边。我望着万博士，希望良心这个东西在他身上的残余比我更多一些。

万博士沉默着。我不由得焦急起来，"这种病毒发病比较慢，如果能针对性地破坏它的 DNA 转录，杜绝性状发生，那么也没什么。如果迟了，恐怕到处都是精神病。王十二的事情，也恐怕要人尽皆知。"

"跟我来。"万博士低声说，转身就走。

我欣喜万分，却装出满怀心事的样子，"这怎么办？我的手机还在枕头下压着，明天要赶回去，不然会被王天佑发现。"

"到我的实验室，一个小时足够了。但是你必须躺在车厢里。"

万博士的实验室建在深深的地下。我不知道它到底在多少米的地下，只是电梯足足运行了二十秒钟，对再慢的电梯而言，这都意味着很长的垂直距离。

跨出电梯，一堵墙出现在我眼前，红的、蓝色的、无色的液体，装在试管中，数以千计的试管从地板一直堆到天花板。它们扭曲盘绕，形成 DNA 的双螺旋结构。

我发出一声惊叹，这简直是生物科学的行为艺术。

万博士快步走向一台设备，这是一台巨大的计算机，上面有某个公司的商标。我知道这种机器，它是 DNA 分析仪，得到人类基因库的授权，可以分析所有已知的人类基因组。这种机器最简单的用途是预测一个人十年后的面貌，科学预测，八九不离十，因此受到大众的欢迎。于是，它真正的功能被隐藏了，一个人的智商高低、性格如何，答案就藏在这两条双螺旋之中。双螺旋无法决定一个人最终的命运，却可以大体上将一个人归类到某种属性之中，它比任何东西都能更清楚地说出你是谁。然而这样直截了当的揭露对于大多数人来说过于残酷，于是，基因学家们很高明地把大众的视线从这些痛苦中引开——他们用像十年后的面貌之类的无关痛痒的东西来遮蔽真实，让大众生活在一种虚假却温情的氛围中。

万博士显然用这种机器进行了一些非法的研究。他的研究成果就在精神病院的病房里躺着，而一个已经被烧成灰的人正在这个躺着的人身上复活过来。

有什么事比扼杀一个人的灵魂，窃取他的身体更龌龊？这可能是人类最卑劣的行径。当然，李川书签了字，心甘情愿，至少曾经心甘情愿。

万博士很快调整好机器，示意我过去。我走过去，把手伸进机器的窟窿里，一阵轻微的麻痒之后，机器开始发出嗡嗡的响声，似乎是风扇加大马力的声音。

我抽回手，"我的事情做完了，该回去了吧。"

"不，你在这里等着，我们要先看看结果。"

我就在这个地下宫殿里等待着。漫长的十五分钟过去后，机器缓缓吐出一张长长的纸。万博士并没有去看，他打开电脑上的软件，开始分析数据。我忐忑不安地拾起那张纸，上面画满了各种各样的符号和代码。我曾经见过这些稀奇古怪的东西，在一门专业课上——基因代码学，然而早已经忘得干干净净。徒劳地在纸上瞄了几眼之后，我放弃了努力，眼巴巴地看着万博士。

万博士全神贯注地盯着屏幕，似乎已经忘记了我的存在。

过了一会儿，机器吐出第二张纸。我瞥了一眼，照样是基因代码。万博士把报告拿在手里看着，眉头紧蹙。

"你的确被感染了。"他突然开口，"但是……"他欲言又止，眉头锁得更紧。

"怎么了，我会变成第二个李川书，是吗？"我慌忙发问，声音发颤。

万博士抬眼看着我，说不上是怜悯还是惋惜，"这些基因序列和给李川书注射的并不相同，它们是被打乱的序列，它们被重新组合过，如果真的表现性状，谁也不知道到底会发生什么。"

仿佛一个炸雷在脑子里炸响，我只感到思绪一片混乱。是的，脆弱的 RNA 序列很容易发生变异，在我从李川书的身体里得到 RNA 序列后，剧烈的环境刺激很可能让基因重组，变成难以预期的东西。我可能不会变成王十二，更可能变成一个彻底的疯子。

"万博士，你是说，我会被这种病毒搞成疯子，是吗？"我勉强发问。

"你会有很多错乱的记忆，所有的记忆混在一起，可能是李川书的，也可能是王十二的，更多的还是你自己的记忆，你会分不清现实。"

万博士所描述的正是一个癔症患者的典型情况。这比精神分裂更糟糕，因为精神分裂的患者生活在此时或彼时，他们其实还有清楚的逻辑，只是不合时宜，而癔病患者，则生活在一团混沌中，在某种意义上，他们就是一团能够行走的肉。

我猛地跪在万博士面前。这个唐突的举动让他一惊，慌忙伸手拉我，"你这是干什么！"

"万博士，救命！"我用力在地上磕头，头磕在地上，发出嘭嘭的响声。

万博士有些手足无措，"你这是干什么，站起来说话。"他用力拉我。我仿佛有无穷的力气，一个劲儿地磕头，他根本拉不住。

"好了，你先起来，要不然，我们怎么想办法？"他看着我，一副哭笑不得的样子。

我爬起来，额头上青紫一片。我的精神从崩溃的边缘恢复，不由得为刚才的举止羞愧。"万博士，我……"我想说些什么，却不知道如何开口。

"你是不是做了什么？"万博士认真地看着我，"李川书体内的这种 RNA 序列只能在人体的环境内生存，怎么会跑到你身上去？你要老实告诉我，否则我不知道它怎么感染你，很难找到对症的办法。"

我知道他说的都是真的。我不想拿自己的性命冒险，于是把一切和盘托出。

"我只是想救自己的命。"最后，我看着他，可怜巴巴地说。

他的脸上浮现出一丝怒意，但尽量克制着，没有爆发出来。我也不敢说话，小心地察看他的脸色。

过了半晌，他说："我先送你回去！一切都要维持正常。不要让王天佑觉察。"他看着我，"我会想办法，你不会有事。但是——"他加重语气，"必须要按照计划来！我们的风险很大，稍有不慎，一切都完了！"

"是的，是的。"我忙不迭地点头。

半个月的时间在风平浪静中过去，我度日如年。

噩梦正一点点地变成现实，我时不时会出现一些幻觉——那不是幻觉，是记忆，就在我的头脑里，只不过那不是我的记忆。

李川书被锁在病房里，现实已经很清楚，他已经彻底变成了王十二。只不过，他显然并不理解为什么自己会沦落在这种处境里。最初的狂暴过去之后，他变得畏畏缩缩，听见房门的声响就发抖——那些五大三粗的汉子对付任何一个敢于撒泼的精神病患者从来都敢于下手。

我走到床前进行例行观察，他躺在床上，浑身散发着恶臭。恍然间，我感觉那躺在床上的人就是我。我拼命压抑着这种念头，随手在记录本上写了几句，准备退出。

王十二却突然抬起手。他的手高举，五指分开。"五百万！"他说，声音低沉，却无比清晰。

我猛然间记起还有五百万这回事。那天的情形历历在目——眼前是一笔天文数字的巨款，而下方显示着我的身份证号码，当我的手颤抖着在屏幕上按下确认，"转账成功"的几个字跳了出来。

巨大的幸福感瞬间击穿了我，无法言说。然而短短几个月，这笔带来巨大幸福感的巨款已经被我遗忘到九霄云外。恍如隔世，恍如隔世！如果还有五百万元放在我眼前，我会把它当作粪土一样抛弃。

我转身，麻木地向外走去，对王十二置之不理。

"我可以让你变成亿万富翁！我有很多钱，都可以给你。"王十二急切地呼唤。

我仍旧麻木地向外走。

"我给你账号，你可以去验证！"他说，"3373，6477，2478，6868，732。"

他嘶哑的声音仿佛有一种魔力，让我的脚步慢下来。当这串数字的最后一个音节结束，几个意义不明的字符随之在我的脑海里浮现。我停下脚步，一种诡异的感觉涌上心头。

"过来，我告诉你密码。"他说，"这个账户里有一个亿，加上利息，至少有一亿三千万。"

我转头看着他，他也正努力抬眼看着我，眼里满是乞求。

我走了过去，低下身子，把耳朵凑在他嘴边。

"20570803；确认码，T-T-R-1-9-1-4；第三密码……"

我突然感到一丝凉意。他不需要再告诉我什么了，这笔钱的来龙去脉在我的脑子里清晰了起来，而这几个彼此间毫无关联的密码仿佛在记忆中生了根一般牢固。

"都记住了吗？你可以写下来。"王十二问。

我点点头，径直走出病房。我匆匆忙忙地换下白大褂，准备去找万礼运。无意间，手指碰触到口袋，硬硬的，我的心一凉。是那个手机，它监视着我的一举一动。王十二孤注一掷，企图用巨款来收买我，王天佑可能已经知道这个消息。

我在办公桌旁坐下，强迫自己冷静下来。当王十二的记忆在我的脑子里重现，事情的来龙去脉变得清晰。我是最无辜的一个人，被卷进来只因为我是一个精神病医生，而且看起来容易受人摆布。此刻，我居高临下，把一切看得清清楚楚。问题仅在于，我该怎么做。

"梁医生，病人的镇静剂需要重开吗？"护士走过我的门口，随口问道。

我心中一动，站起身，"我跟你一块儿去拿药。"

我掏出手机，把它锁进抽屉，然后跟着护士离去。

当我从药房出来，被人挡住了去路，是阿彪。然而他并不是奉命而来。

他的眼神里充满困惑，失去了那股彪悍的味道。他挡在我面前，"梁医生，我们得谈一谈。"

我看着这个可怜的人。正如我所预料，阿彪非常害怕，他外表粗犷，内心却很脆弱，一旦发现某些事情超出了所能控制的范围，便惊慌失措。他是危险人物，然而一旦被控制，就无比安全。

"跟我来。"我冷冷地说，手心里却全是汗，生怕他暴跳起来，又把我结结实实地揍一顿，说不定这次还会把我搞残废。

然而他真的听从了，乖乖地站在我身后。也许他认为我给他下了毒，手里有解药，只有听我的话才能活命。有的时候，两个人之间的强弱似乎只是气场的对决。我必须去找万博士，时间急迫，我趾高气扬。而阿彪，此时心理最为脆弱，再强悍的身体也拯救不了他。

这不是我的计划，却正好帮了忙。我们坐进了阿彪的车。

"去找王天佑。"我下令。

阿彪看着我，"老板没让你去找他。"

"我必须去找他，"我看着阿彪，"否则我们都活不了。你出现了一些幻觉，对吗？"

"是的，"他犹豫着，"这两天我经常头晕，有一些奇怪症状。你能帮我解决掉？"

"听我的，我们才能解决问题。去王天佑那里。"阿彪服从了我的指令。

彪悍的军车在王天佑豪华的庄园里奔驰。突然，我命令阿彪，"从这里转进去。"前方是一条小小的支道，仅能通一辆汽车。这是一条幽静的道路，毫不起眼，两旁树木森森，即便是大白天，也显得阴冷。

"这里？老板不在这边。"

"照我说的做！"

军车快速地打一个转向，转入这条林荫道上。几个转弯之后，一幢小楼出现在道路尽头。

移魂有术

"见过这幢楼吗？"

"没有。"阿彪老老实实地回答。

"在楼前停车，不要熄火，等着我。"我厉声说道，阿彪唯唯诺诺地点头。看见这样一个彪悍的大块头俯首帖耳，我不由得对自己将要进行的事充满信心。

我走到小楼门前。浅灰色的门紧闭，我按下门铃，有人会从摄像头里看到我，然后大吃一惊，他会打开大门。我静静地等着。

门果然自动打开，我走了进去。这是一部电梯，我曾经来过。

万博士在电梯门边等我，他看着我，等着我解释。

"情况紧急，"我说，"李川书说了一个账户，王天佑可能知道。"

"你怎么找到这里？"万博士并不理会我所说的紧急情况，他对我的突然出现感到不安。

"这里，"我指了指头，"我的病越来越重了，总会冒出些突如其来的记忆碎片。我想起来了你的实验室到底在哪里，我宁愿想不起来。"

万博士不再追问，侧身示意我进去，"来得正好，我也正想找你。"

实验室里没有别人。万博士在一台电脑前坐下，"我找到一些办法，可以针对性地消除你身体内的变异 DNA。"

"另一种病毒？"我问。

"你可以这么认为。我指定了几个特定的基因组靶标，这种病毒进入细胞核后能够摧毁那些已经变异的 DNA，避免你的大脑性状进一步发生改变。"

"但是它无法把已经改变的性状变回来。"

"是的。"万博士说，"所以越早越好，"他看着我，"在王十二的记忆占据你的头脑之前，必须消除那些已经变异的 DNA，残存的 RNA 很容易控制，它们本身的生命周期很短，只要不让它们感染更多的健康细胞，你的免疫系统很快就能把它们清除干净。"

我露出一个勉强的笑容，"那么最好的情况，我能保持现在的状态。"

"没错。"万博士把电脑屏幕转向我，"自己看看，你既然能复制记忆、描摹 RNA，那么你的基因学基础已经足够阅读这些说明。"他站起身，"我来做准备。"

他走向一旁，站在一个庞大的仪器边，打开一扇小门，开始从里边取试管。我低头看着眼前的资料，这是一份关于"记忆描摹 RNA"的详细说明，这一章节专门描述了如何预防这种 RNA 侵入细胞——对已经改变的性状，没有办法复原，因为原本的性状已经被抹去。

我草草地浏览了几页，定了定神，开始说话："我已经有了一些王十二的记忆，但是我并没有发疯，我还能清楚地分辨哪个记忆属于我，哪个记忆属于王十二。我想起来一笔钱，共有一亿三千万美元，这笔钱的利息每月按时汇入六个账户。"万博士手中的动作停滞下来，他看了看我，把手上的试管放在架子上，然后面对着我，"你想说什么？"

"我那个不可靠的记忆告诉我，如果这笔钱不按时汇出，六组杀手就会奔向不同的目标。"

万博士的声音有些发颤，"我不明白你在说些什么！"

"那样也好，我已经把这笔钱转入我的账户，下个月开始，也许就会有几场谋杀案发生，其中一件，也许就在这个庄园。还有，如果没有人重设这笔钱的权限，再过半年，这笔钱同样会被冻结，半年的时间，说起来也不算太长。"

"你想怎么样？"万博士的额头上渗出了冷汗。

我微微一笑，"虽然我可能变成一个疯子，但是在我变成一个疯子之前，我可以让几个人变成死尸。很简单，一场交易，怎么样？"

"你说吧。"万博士很快控制了情绪，平静地说。我知道，从此刻起，我们真正地站到了同一条战壕里，而且，我占据了优势。

"这件事需要卢小姐的配合，她在庄园里吗？如果在，我们今天就可以解决问题。"这是一个冒险计划，然而我知道，时间紧迫，再大的风险也值得一试。

我把一个药瓶交到万博士手里。他看了一眼，惊讶地抬起头，"阿匹苯胺片？"我点了点头。

从小楼出来后，阿彪仍旧在等着我。

"老板找你。"我刚上车，他就说。

"那正好。"我淡淡地说。这正和我的计划配合得天衣无缝，他不来找我，我也会去找他。

"我怎么办？"阿彪问，他显然知道王天佑这一次找我，恐怕是凶多吉少。他并不关心我的生死，但是担心自己的性命。

我正对着他，"我给你五百万，你是不是能帮我杀了王天佑？"

阿彪断然拒绝，"这不可能。我不能对老板下手。"

"你自己的命也不要吗？"

"不要拿这个来威胁我！"阿彪突然恢复几分彪悍的味道，"我是不会背叛老板的。"

"好吧。"我坐直身子，"但是为了你的命，你最好不要告诉任何人，我们今天到了这里。你的幻觉会让你精神错乱，你也看到了李川书的下场，如果不尽早采取措施，你会和他一样。没有人能帮你。"

阿彪默默地开车，驰出小道，转向庄园内部。

我看了看表，四点一刻。"在这里等一等。"我告诉阿彪。

阿彪把车停在路边，也并不发问，只是等着。

时间很快过了四点半，我让阿彪上路。绿草如茵，仿佛一块巨大的绒毯，豪华的房子就在绒毯之上，远远看去，就像童话里的城堡。这景象触动了我的回忆，有一种亲切的感觉。这不是属于那个叫作梁翔宇的精神科医生的记忆，它属于那个叫作王十二的亿万富翁，这所房子曾经的主人。然而，我并没有抵触，只是看着那房子，感到一阵温馨。也许我是谁并不重要，我活着、看着、感受着，那就是一切。变成另一个人，似乎也并没有那么可怕。可怕的是，是否因此而精神错乱。

"你喜欢这所房子吗？"我突然问阿彪。

阿彪点点头。

"你记得老老板吗？"

移魂有术

阿彪不说话。

我知道他记得。他从小就在王家长大，他的父亲就是王十二的保镖，因为父亲死得很早，王十二就像他的父亲。他并不明白身上出现的记忆错乱的症状，那正是王十二的记忆，其中也一定有一些关于他的部分；也许他看着镜子里的自己，会涌起一些莫名其妙的情绪，就像我此刻看着他，心中充满了一种父亲的慈爱。

这件事真是奇妙，当我站在医院里威胁他，我想的是怎么搞死他，此刻，我竟然下定决心，必须要拯救他。而王天佑，想到这个名字，我的身体不自觉地微微发抖。我要他死！

这是梁翔宇和王十二的同谋，一个为了活下去，一个为了复仇，在这个问题上，他们找到了公约数。

军车在房门前停下。

"押着我去见王天佑，"我低声说，"就像平常一样。"

阿彪下了车，外衣口袋里鼓鼓的，明显塞了一把枪。他像往常一样押着我走到门边。我不自觉地想靠近门框上的虹膜识别器，然而很快便控制住，没有做出这个愚蠢的举动。

"老板，我把梁医生带来了。"阿彪对着对讲机喊。

"带他上楼。"王天佑的声音传来。我望了望门上方的一个角落，那是监视器的位置，如果王天佑就在监视器前，他会看见我正望着他。

王天佑坐在宽大的沙发上，翘着二郎腿，故作高深地看着我。

"那个李川书开口了？情况怎么样？"

"他说了一个账户，3373，6477，2478，6868，732。"我把

账户报了出来。

"不错。"王天佑站了起来，"你的记性很好。那么密码呢？"

"他说这个账户有第三密码，他不肯说。"

"不肯说？"王天佑动了动眉毛，"难道他不是悄悄告诉你了吗？我知道密码，但是你来告诉我，对我们的合作是一个很好的考验。"

"他没说，"我保持镇静，"他只是告诉我，除了他，谁也不能使用这个账户。而且，这个账户生死攸关。"

"和谁生死攸关？"王天佑保持着笑容，然而我能看出他的表情有一丝僵硬。

"一个姓万的医生。他说只有这个姓万的医生出现，他才肯说出密码。"

王天佑的心情变得轻松一些，冷哼一声，"这些都是我的隐私，和姓万的医生有什么关系。这是胡说八道。你是精神病医生，应该有很多办法让他开口说真话。"

"我可以试试看，"我说，"不过如果我用药物诱使他开口，很可能会把事情搞糟。"我小心地看了王天佑一眼，他似乎有兴趣继续听下去，"这种保密性很强的东西，人的潜意识都会进行保护，他很可能只会说出一个假密码。"

"没关系，多试几次。"王天佑毫不在意。

"这会杀死他，"我说，"进行催眠诱导是很危险的行为。"

"这有什么危险？不过是多吃几次麻醉剂而已。"

"神经系统的多巴胺物质会被耗尽，神经衰竭，人会死亡。"我把专业知识描述得尽量简单。

"他的整个身体都是我的，不用担心神经衰竭。他会死得很快吗？"

"我不知道，每个人都不一样。"

王天佑有些犹豫，显然，他并不想让李川书很快死去。

我仔细地观察王天佑的神色，他似乎有些不能确定时间，抬头看了看钟表。他的鼻翼翕张，神色有些恍惚。

卢小姐按时给他服下了药。

我走上前，用一种训练有素的温柔声音说道："现在，我们把万医生找来好不好？"

"天天，到这边来。"随着一声招呼，王天佑晃晃悠悠地站起身，向我走来。

"我是谁？"

"爸爸。"在催眠的作用下，他看着我，就像看着王十二。

"我就是去死，也不会留给你一个子儿！"我忽然大声喊叫起来。

"爸，别这样！"王天佑畏缩着后退。

这正是王十二被杀死之前说的最后一句话，我挺直身子，手指如戟般指着他，像极了当日的情形。王天佑浑身战栗，脸部抽搐。他对父亲怕得要死，亲手杀死他之后，却又见到了他，顿时无比害怕。

"你这个不肖子，敢用枕头闷死我！财产，财产都是你的又怎么样？丧尽天良，我做鬼也不会放过你！"我说着做出打人的姿势，王天佑抱着脑袋蹲下身子，"不要，不要，你饶了我吧！"他开始大哭。

王十二的儿子就是这么不争气，绣花枕头一个。我敢说，如果不是王十二晕倒在地，给他十个胆子也不敢动他老爸一根汗毛。

我可以吓死他。在药物的作用下，只要稍加诱导，恐惧几乎可以被放大到极限。然而这不是我的目的，我也不想犯杀人罪——哪怕永远不会被追查。

我只是想告诉他一些东西。我走过去，一把抓住他的头发，拉起他的头，附在他的耳边说："财产都是你的了，但是我们断绝父子关系，我会做鬼，一辈子让你不得安宁。"

王天佑只是哆嗦，说不出一句话。

我抬头看着万医生，点点头。万医生默默走上来，给他打了一针。王天佑瘫倒在地。

"一切都按照你的计划来了，"万医生冷冷地看着瘫在地上的王天佑，"兑现你的承诺。"

"我们要看看效果。"我说，"明天，打电话给我，我们要把他送到精神病院去。然后，我们各不相欠。"

"你要记得自己的承诺！"万医生盯着我，满怀戒心。

"你可以一万个放心。"我微笑着，"只要我不变成精神病，你和小卢都安全。"

万医生从密道走掉了。

阿彪走进来。我要他站在门外，他听到了全部的过程。

"他真的杀死了老老板？"他问。

"你都听见了。"我说。

阿彪默默地走出去，他再也不会为躺在地上的这个花花公子卖命了。

富丽堂皇的屋子里只剩下我和躺在地上的前亿万富翁继承人。我还有最后的事要做。

我走到书桌边，拉开抽屉，抽屉里有一把保险锁。我拧动锁盘，打开保险锁，眼前跳出一个屏幕。我把手按在屏幕上，启动了程序。

所有的现金、证券、股权、不动产，一切的财产都从王于德的名下转移到一个叫李川书的人名下。指纹、虹膜、DNA，一切可以验证身份的东西都从我身上转入这台电脑，然后通过预留的后门进入国家个人信息管理中心。当最后的转移完成，屏幕上出现了一个巨大的摄像头。我露出一个微笑。"咔嚓"一声后，一张卡片从缝隙中弹了出来。

我捡起卡片，这是一张崭新的身份证，我的头像就印在上面，傻傻地微笑着。

从今天起，我就是李川书！

我收起身份证，把书桌恢复原样，然后走出门去，让阿彪送我回精神病院。

一晃十年。

我厌倦了白雪皑皑的布朗峰，决定回去看看。虽然精神病院不是什么光彩的地方，但那毕竟是一个我生活了八年的地方。人总是念旧。

我远远地就看见了曾经的精神病院的金字招牌——李川书精神疾病研究院。欢迎的队伍排得老长，站在最前边的是宋院长。

"宋院长，很久不见，很久不见啊，您老看上去气色不错！怎么敢这么麻烦大家。"我热情地和他握手。宋院长的老脸上露出受宠若惊的表情，"这哪儿敢当，李老板，您是我们的大贵人。应该的，应该的！"我微微一笑。十年前我是梁翔宇，要在宋院长面前装孙子，一旦我成了亿万富翁李川书，宋院长就再也不记得曾经存在过一个叫梁翔宇的人。钱真是一样好东西，至少可以让一些人彻底忘掉过去。

我走过热烈欢迎的队伍，走进这片熟悉的土地。一个宽敞的院落里住着一个特殊的病人，我走过去，和他打招呼。他猛然一惊，"你是谁，你要干什么，是不是要抢我的钱，我有很多钱，我是亿万富翁。"他说着，像兔子一般跑掉了，躲到了门后。

"他的病情看起来比十年前好多了？"我问宋院长。

"哪里，一直都这样。晚上的时候，杀猪一样叫，如果不是您有特殊吩咐，早就给他上嘴套了。"

我点点头。虽然是我的催眠才让他生活在潜意识的恐惧中，然而这是他咎由自取，我既不内疚，也不怜悯。

当天晚上，我和万医生通了电话，告诉他我要去拜访。他喜出望外。自从那次事件之后，我远走欧洲，他和卢小姐结婚，已经有了一个可爱的宝贝儿子。我们保持着亲密的朋友关系。一个亿万富翁很容易有几个好朋友，特别是如果你真心赞助他们的事业。

"有个特别的人，你一定要见见。"电话那边的万医生语气很神秘。

我知道是谁，却也不道破。万医生和我提了好几次，那个人总在庄园周边出没，衣衫褴褛、面黄肌瘦，他像是在等待什么机会。我很感谢万医生的好意，然而我一直派人跟着他，对他的动静了如指掌。

我见到了万医生和小卢，还有他们六岁的儿子大宝。大宝很可爱，小小年纪已经能明白光速有限，跨进了相对论的门槛。我今天见到了他，果然是聪明伶俐的孩子。午餐时分，正当万医生兴致勃勃地给我讲述一种关于记忆增强新药的最新进展，他确信这种药物会永久性地改变人类历史进程的时候，小卢悄悄地捅了捅我的胳膊，示意我看向窗外。窗外，绿草如茵，却有一个黑乎乎的人影在草皮上行走，龌龊不堪，仿佛一只动物。

十多分钟后，我站在他面前。

他认出了我，恨恨地盯着我。

"你应该感谢我，如果不是我，你已经死在精神病院里了。"我说。

他无动于衷，仍旧恨恨地盯着我。"每个人都得到了他想要的东西，李川书得到了享受，王天佑得到了梦中的财产，万医生得到了自由，你得到了年轻的生命。我只是把你们丢下的捡起来。大家都很满意。"我笑了。

他仍旧无动于衷。

我拿出一张卡片，递给他，"这里是五百万，你可以在任何一家银行支取。如果你想拿回你失去的一切，这是一个很不错的开始。"

他并没有拒绝卡片。我向他微笑，然后回到了庄园里。再回头看去时，他已经不见了踪影。

第二天，我正在吃早餐，阿彪把报纸送过来，"老板，有消息。"

我看了看阿彪所指的地方，那是社会八卦版面内一条不起眼的消息——"流浪汉银行内取五百万遭哄抢，当街被群殴致死"。

我点点头，心安理得地喝下一口咖啡。因果报应，这事怨不得我。

我走到窗边，万医生一家正在草坪上玩耍，其乐融融。王十二，李川书，还是梁翔宇，我不知道自己究竟是哪个，和生活本身相比，这也并不重要，只要你不是把它看得太重要。

"李叔叔！"大宝叫喊着，向窗边跑过来。

我笑嘻嘻地应了一声，从窗口跳了出去，把他抱起来，高高地举起。

"李叔叔，为什么我总觉得很早就认识你？"当我把大宝放下，他兴致勃勃地问道。

"因为大宝乖。"我随口夸赞他。

"但是，"大宝歪着头，"我好像记得你姓梁。"他瞪着圆溜溜的大眼睛，天真无邪地看着我。

我心中一凛，不由得向着万医生夫妇那边看去。

杀死一个科幻作家 / 夏 笳

　　时间旅行究竟是怎样发生的，对此，所有科幻小说都措辞暧昧，语焉不详，像男生谈论自己初次遗精一样隐去各种技术性细节。

亲爱的读者诸君，请试想某一天晚上，你走进自家客厅，看见自己的尸体在地板上横着，心脏处插着大号牛排刀，血浆像黄石公园的火山爆发一样喷溅满地。面对此情此景，你会做何感想？

尽管身为科幻作家，每日与外星人劫持、机器统治人类、小行星撞击、太阳系二维化一类的奇思妙想纠缠不清，然而看见尸体的一瞬间，我依然觉得，这场面未免太科幻了一点儿。

为避免语无伦次，还是从头讲起。

一

周五下午五点，我开车回家。九月，城市刚刚褪去燥热，晚风里有雨后街道湿漉漉的味道。路过大型连锁超市，我停下来买了一支一九九五年的长城赤霞珠干红和一束白百合。干红用来配牛排，百合用来装饰餐桌，两件事安安都特地打电话叮嘱过，决不可能忘记。

付款时，收银员问我是否有会员卡。自然应该有，但翻遍钱包与全身口袋都找不到，大概出门时就忘记带出来。于是，想起早上安安也曾就会员卡的事提醒过我，我却还是忘得一干二净，心情突然有点沮丧，为这点小事，回去后免不了要遭到她持续不断的数落。

人类的可悲可笑之处就在于无法预知未来，如果此刻有一位剧透之神在身边，它大概会慷慨地安慰我，大可不必为那张成本不足一元的薄卡片操心，因为今晚九点钟我将准时看到自己的尸体横躺在客厅地板上。

路上很堵，到家时天色已晚。我怀抱红酒与百合花，不便掏钥匙开门，于是抬起手肘按下门铃。悦耳的电子铃声响过三下，有轻快的脚步声从门后传来。

开门的居然是苏菲，腰间还系着围裙。看见是我，她嘴角立即浮现出女演员般华丽的笑容，像身穿金色比基尼的莉娅公主一样惹人遐想。

"怎么这么晚啊，这都几点了？"她声音娇憨，伸手要接我怀里的花束。近处看，她今天的妆容格外精致。

对于她的热情，我没有立即回应，在别人家里公然做出主妇的模样，未免显得有些招摇。

安安紧跟着从厨房出来，同样系着围裙，头发随意绾起，盘在脑后，用一只墨绿色蝴蝶结发卡别住，显得利落又不失女人味。她温柔的声音穿过苏菲的身体飘到近处来。

"是啊，怎么这么晚？"

"堵车堵得要死。"我远远地冲她笑，这时墙上的钟表刚刚敲响六下。钟是安安的妹妹送我们的结婚礼物，不知她为什么想起来送钟，但模样确实精美，有玫瑰花与小天使一类的装饰，每到整点还能以《婚礼进行曲》报时，与新家的气氛相得益彰。

"也没多晚，刚刚六点而已。"我又笑。

将葡萄酒与百合递给苏菲，再脱下大衣交给安安，这样两人都有事忙，我也偷空坐下喘一口气。屋里弥漫着逼人香气，大概是牛尾汤，加洋葱、番茄、玉米一起煮的。

"好香啊，晚上吃什么？"

"等会儿你就知道了。"安安淡淡地笑道。

不知为何，我有点心神不宁，仿佛不慎走入一间藏有异形怪物或者终结者之类诡异存在的房间，膝盖发抖，背上冒汗。或许，剧透之神已经提前在向我发出警告了。

二

六点半开饭。先端出的是熏鲑鱼色拉和番茄奶酪做的冷盘，然后上牛尾汤。尽管只是三个人在家吃饭，餐具之类依然摆放得很正式。为了增加气氛，安安甚至关掉灯，点上了蜡烛，组合音响里放出如泣如诉的小提琴四重奏，名字我叫不上来，大概是安安前两天新买的唱片。

葡萄酒倒入水晶杯，烛光下折射出鲜血般殷红的光。

"碰一个？"我率先举杯，两个女人也将面前的杯子拿起。

"等一下，我先来！"苏菲快人快语，"咱们今天吃这顿饭呢，主要是为了庆祝志伟哥新书出版。所以我得先敬志伟哥一杯。志伟哥，祝你新书大卖，卖它个几百万本，从此成功混入畅销书作家队伍！"

几百万！哪有这样的好事，这年头科幻小说能卖三万本就算奇迹，这丫头是存心逗我开心。

"那就借你吉言。"我满脸假笑与她碰杯。水晶杯"叮"的一声轻响，仿佛往深井里投入一粒石子。

安安在一旁淡淡笑道："说这么热闹，还不赶紧把你的书给人家送一本。"

"对对。"我点头，去一旁取来散发油墨气息的新书。封面装帧颇为精美，并无一般青少年科幻读物那种低幼化的配图，而是以素色花纹为底，上面印着"时间旅行者的情人"几个白色小字。照例未能免俗地配有腰封，用远比书名大若干倍的字号标出几位行业泰斗的姓名与推荐语，若仔细分辨，其中一位与科幻有关的人士都没有。很显然，出版商的意图是将其包装为都市青年白领的时尚读物，若操作得好，或许真能浑水摸鱼卖上十万本也未可知。

至于小说内容，则无甚新意，大致讲一名男子突然获得时间旅行的能力，于是穿梭于六个不同时代，与七名女子分别相爱厮守的故事。因为这些女子各自有其无与伦比的美丽之处，导致男子最终也无法做出抉择，只能将生命尽量平分给这些女人。男子死去之后，七名女子分别在不同时空中为他举行葬礼，追忆与他曾经度过的似水年华。这是全书中最为煽情之处，据说编辑部的小姑娘们看到这里，无不像被按下按钮一般纷纷潸然泪下。

我将书递给苏菲，她接过去掂了一掂，仿佛在揣测蛋糕盒子里是否藏有钻戒，随即唇角轻扬，似笑非笑地说道："这本书我已经有了呀，志伟哥你忘了？"

诚然，我早在此之前送了一本给她。若要再准确些，便是昨天中午，我开车接她去吃饭时，在车里亲手交付与她，内页中甚至偷偷写有几句肉麻不堪的话，想必她回去后已经看到了。既然如此，何必在安安面前说出来，这丫头存心找事。

我只好假笑，"拿着吧。书嘛，多一本不多。"

我边说边翻开扉页签名，即使出于礼貌客套，此种过场程序也不可少。我用与畅销书作家相称的潇洒字体写下："苏菲女士惠存。两情若是久长时，又岂在朝朝暮暮。李志伟赠。"

我一边写，一边感到有一只光溜溜的脚在餐桌下偷偷蹭我的腿，自然不会是安安的。我佯装不知，只管埋头签名。

写好递过去，苏菲接过去笑道："那就谢谢大作家啦。"

安安也在一旁笑，"什么大作家，你就会捧他，捧得他不知道自己是谁了。"

餐桌下那只脚，依然贴在我腿上磨蹭。

苏菲收了书，再次举杯道："安安姐，我还要敬你和志伟哥。祝你们俩下个月顺利结成革命家庭，生个小作家出来。"

安安在烛光里侧脸看我一眼，唇间流露出蒙娜丽莎般神秘莫测的微笑。我不由自主地握住她的手，感受到了她纤纤玉指上的铂金订婚戒指。

三只水晶杯在空中相碰，又一粒石子掉入黑洞般深不见底的井中。

安安道:"那我也祝苏菲早日找到一个如意郎君,最好下次能带过来,我们四个一起吃饭。"

苏菲叹气道:"唉,我哪有安安姐这么好的福气呢,找到志伟哥这么个好男人,温柔体贴、一表人才、有房有车,还是个作家,说出去不知多有面子!"

安安道:"以你的条件,什么样的找不到。眼光别放那么高,挑三拣四的。男人嘛,没有十全十美的,有时候就得将就点儿,能过日子就行,对吧?"

她边说边看我,我也只得顺着往下说道:"要求高点是好事。有机会让安安姐介绍几个青年才俊给你,都是当年她挑剩下的。"

马屁果然拍得及时,安安假意撇嘴,眉梢眼角却满是笑。苏菲也笑,桌下那只脚却狠狠地跺下来,杀气力透脚背,连木地板也险些要破掉了似的。

我不禁"嘶——"的一声。

"怎么了?"安安疑惑地看我。

"没事没事……"我咬牙强忍,"那什么,我去趟洗手间。"

三

我迈着轻快的步伐逃离客厅,穿过走廊,走进厕所。房子刚刚装修好不到两个月,高档瓷砖与实木地板散发出新家的气息。我喜欢这气息,在那些地狱一般的赶稿日子里,是它们神圣的光辉在远方地平线上召唤我前进。再写两万字，便可买下一平方米的厕所瓷砖……再写五万字，可以升级为带清洗与自动烘干功能的高档马桶……科幻作家也得吃喝拉撒，也得在地球上买房买车，我咬着牙写了十年，终于换来今天的一切。有时夜里做噩梦，我会梦见瓷砖与高级马桶突然间分崩离析，重新变回电脑屏幕上寒酸的文字，一行接一行地消失不见，于是大吼一声醒来，内裤都被冷汗弄湿了。所幸只是梦而已，绝对没有刺穿现实薄膜的可能性。

我嘴里不由自主哼起《星球大战》主题曲，"前进吧，天行者，银河系的历史又揭开新的一页！"

我拉开裤链，对准高档马桶撒了泡尿，冲水，扭开洗脸台上的水龙头，洗手、洗脸，顺便从镜中仔细端详自己。三十岁，相貌只能说是平庸，因为常年熬夜、抽烟写稿，所以脸色憔悴，牙齿发黄，最糟的是由于缺乏运动，肚腩顶着腰带上面的衬衫微微鼓了出来。尽管如此，与周围其他三十岁男人相比，我的状态还算不坏。穿上名牌衬衣，坐在咖啡馆一类蛮有文化气息的场所，再请专业摄影师拍照润色，配以"畅销书作家"的头衔登上杂志封面，我依旧可以吸引过往女高中生们的目光吧。

我一边浮想联翩，一边用手指蘸水抹平头发，嘴里依旧哼着《星球大战》的主题曲。身后马桶一直传来抽水声，好像完全没有停下来的意思。我皱眉过去查看，买来还不到两个月的高档马桶，五万字换来的高档马桶，像爱伦·坡笔下的莫斯肯大旋涡般旋转不停，发出巨大的声响，令人心情甚是不爽快。我将所有按钮依次按一遍，喷水、喷香水、热风烘干，莫名其妙的功能如音乐喷泉一般交错起伏，说也奇怪，折腾一番后马桶竟好了。

我哼着歌，满意离去。

四

离开厕所，穿过走廊，向客厅走去，我突然感到周围异常安静。安静分很多种，有些平淡无害，有些则似怪物口臭一般带有压迫感的死寂。此刻，我感觉到的便是后者。墙上的钟表突然响起，庄严肃穆的《婚礼进行曲》宛如身穿白纱的大天使们，沿着走廊列队前行。

乐声中我缓缓推开门，便看见地板上的尸体。

客厅灯光大亮，一片狼藉，仿佛刚刚有台风刮过，原本应该被精心安置在各处的物品以散漫随意之姿态滚落满地。尸体横躺在受灾现场正中央，脸侧向一边，扭曲的姿态令人想起名画《马拉之死》。那人胸口插着刀，若要再准确说明，是上周刚买回家的德国进口组合餐具中最大号的一把牛排刀。整个刀锋足有二分之一的长度都深深插入心脏，血不断地涌出，将深蓝色衬衣染成近乎紫黑色，并且还在沿着实木地板的缝隙不断向四周漫延。

因为开头处已经剧透，所以此处不必再卖关子。根据死者的脸与身上衣着，可以轻易辨认出，那人正是我自己。

我！自！己！

《婚礼进行曲》庄严肃穆的旋律恰在此时停止，紧接着响起"当当当"的报时声。我抬头望去，钟的指针竟指向九点。

　　整个状况完全超出正常人类的认知范畴，只能凭借生物本能行动。我不知道祖先们在漫长的进化过程中，给我的 DNA 链中存留了多少有用的逃生基因。大概仅够我在完全无意识的状态下，像尾巴被烧着的耗子一样逃回厕所吧。

　　灯光惨白，我将门反锁，随即浑身颤抖地滑坐在地，对着面前崭新光亮的高档马桶发呆。

五

　　据说当大灾难来临时，厕所是最好的庇护所，此处空间封闭，结构稳固，水源充足，并且有许多毛巾。毛巾的重要性，科幻迷几乎尽人皆知，不必在此浪费宝贵的时间解释。

　　我用毛巾蘸冷水擦脸，以平复一下心情，然后鼓起勇气，对着镜子里的自己进行如下提问：

　　十四的平方等于多少？

　　一百九十六。

　　宇宙飞船上天的速度是？

　　七点九公里每秒。

　　群星的尽头在哪里？

　　川陀。

　　宇宙、生命以及一切的终极秘密是？

四十二。

谁是天行者卢克的爸爸?

黑暗武士达斯·维达。

谢尔顿·库珀博士的智商是?

一百八十七。

他毕业于加州理工学院物理系, 出生于美国得克萨斯州东部, 十一岁上大学, 十五岁去德国海德堡学院做客座教授, 研究方向是弦理论, 一个硕士学位、两个博士学位……

足够了, 没有问题, 我的神志十分清醒, 没有疯、没有失忆, 也不是在做梦。为确保万无一失, 我又捏起手臂上的肉用力地拧了一下, 好痛!

门外一点声音也听不到, 仿佛整座房子暂时陷入时间的缝隙之中, 停滞不动。时间! 这个词让我想起一个重要细节, 看见尸体的一瞬间, 客厅里的座钟正敲响九下, 而我离开餐桌去厕所的时候, 应该尚不到七点。

唯一合理的解释是: 我穿越了。

因为穿越, 所以能看到另外一个自己。也即是说, 七点钟的我穿越到两个小时以后, 看见九点钟的我, 用科幻小说的逻辑来思考, 一切便迎刃而解。问题是, 九点钟的我胸口插着大号牛排刀死在客厅地板上, 这样重口味的场景, 恐怕任何穿越爱好者都吃不消。

我再次用毛巾蘸水擦脸, 将新冒出的冷汗拭去。原地打转思忖良久, 我终于下定决心, 将厕所门拉开一条缝向外张望。走廊光线暗淡，隐隐有熟悉的乐声从客厅飘来。

小提琴四重奏，如泣如诉。

再次推门进入客厅，我看见一切如故。烛光幽暗，地板整洁，任何像尸体的东西都看不到，也并无一点凌乱痕迹。苏菲与安安依旧坐在桌边，一起扭过头来看我。或许心理作用使然，总感觉她们眼神闪烁，如同夏夜古井边的鬼火。

"怎么去那么久？"苏菲先开口。我抬头看墙上钟表，差十分钟七点。

"是啊，汤都要凉了。"安安抽动嘴角，勉强笑道。

我胆战心惊地落座，看来暂且是回到正常时间里了。喷香扑鼻的牛尾汤果然已经凉透，表面凝固起一层腻腻的油花。

安安起身，去厨房端来主菜。盖子掀开，是上好的澳洲带骨牛排，以颇专业的手法煎至五成熟，尚在嗞嗞地往外流淌汁水，在跳动的烛火映照下，如一条条油光水滑的虫子似的争先恐后地钻出来。我不由得一阵恶心。

苏菲俯身吸气，陶醉道："这牛排真嫩！安安姐你怎么弄的啊？我每次都弄不好。"

安安笑道："多试几次你就会了。"

两人边说边动手——切开红嫩的肉，剔去硬脆的骨，未凝固的血浆流淌出来，脂肪层迸裂，喷射出近乎残忍的香气。我坐在那里看她们吃，肉块被送进两张丰满红润的嘴里，四排珍珠般的皓齿反复咀嚼，柔软的丁香小舌搅拌舔舐，最后被吞进喉咙。两人的吃相我都再熟悉不过，却从未像此时此刻看来这般陌生恐怖，仿佛两头霸王龙正蹲在白垩纪丛林中心情愉快地大快朵颐。

"嘎吱嘎吱"，"嘎吱嘎吱"，咀嚼与吞咽声伴着小提琴四重奏蔓延开来。

"怎么不吃？"安安停下刀叉看我，"都是按你喜欢的味道做的。来，趁热吃。"

她抬手就把刀伸到我盘子里来，替我切肉剔骨。大号牛排刀，插在尸体心脏处的牛排刀！刀锋上的光芒宛如油滴，随着烛火跳动着，一颗一颗地淌下来。血水四溅，像喷射着的黄石公园火山。

"我……我自己来吧……"我勉强开口，喉咙却干涩沙哑。

牛排刀提在手里重得很，我慢慢用力，操纵僵硬的手指紧握住刀柄。刀柄据说是由某种高级木头制成，枫木或者胡桃木？我这会儿完全想不起来，总之价格不菲。这样昂贵的刀插进胸口是何感觉？是否如传说中的绝世宝剑，心脏被剖出时，人还来不及感到痛？我的指尖微微用力，刀尖轻易没入五成熟的嫩牛排中，像摩西分开红海，尘归尘，土归土……突然，墙上钟声大作，我手一抖，牛排刀从指间滑落，"砰"的一声钝响。

《婚礼进行曲》残酷无情地炸开寂静，恍如全副武装的地球部队入侵潘多拉星，把白衣小天使们像扔燃烧弹一样抛满每一寸空间。

141

杀死一个科幻作家

我满脸冷汗，背脊冰凉，鼓起勇气抬头看钟，七点整。

"怎么搞得你，心神不宁的。"安安对我皱眉，弯腰去捡刀。我堆起脸上的肌肉对她假笑，为避免解释，匆忙从盘子里挖起一大块沙拉往嘴里塞，却差点被腌橄榄呛了嗓子。

七

墙上的钟"嘀嗒嘀嗒"响，时间弹珠一般飞快流逝。

七点十分，吃牛排。

七点二十分，依旧吃牛排。

七点三十分，终于撤下牛排，端上新鲜的提拉米苏蛋糕。我趁此机会点燃一根烟猛抽。

七点四十分，两个女人依旧吃蛋糕，我依旧抽烟。无论是牛排还是蛋糕，我都几乎没有吃下，尽管如此，却完全没有饥饿感。面前的烟灰缸里，烟蒂不知不觉堆积如山。

"啊呀呀，太好吃了！"苏菲将最后一块蛋糕送进嘴里，猫一般满足地伸出舌尖舔嘴唇，"唉，我还说减肥呢，一不小心又吃多了。"

安安笑道："你这么瘦，还减什么肥啊。我才是呢，最近又没空去健身房，胖了好几斤。"

"你是要结婚的人嘛，多吃一点儿也是应该的，结婚可累人呢。"

"结不结婚，还不都是伺候他。"

我半晌才领悟到，安安所说的"他"是指我。因为心不在焉，指间香烟已不知不觉地烧掉一半。安安伸手过来，夺下烟蒂摁灭。

"你也少抽一点吧，真是，这么大味儿。来帮我收拾。"

苏菲乖巧地摘下餐巾，"我帮你吧，让志伟哥歇着。"

两个女人起身，收拾桌上残羹剩饭，杯盘相碰，叮咚作响，若是换一个环境，也未尝不能当作音乐欣赏。我再次抬头看表，七点五十分。

距离九点还有一小时零十分钟，大号牛排刀响声清脆。

"我……我再去趟洗手间。"

八

时间旅行究竟是怎样发生的，对此，所有科幻小说都措辞暧昧，语焉不详。即便有少数作者厚颜无耻地大谈特谈，也往往会被读者不耐烦地跳过，白白耗费精力与纸张不说，被人挑硬伤的滋味更是不妙。因此我在写《时间旅行者的情人》这本书时，完全不涉及任何拗口的科学名词与技术描写，男主角只凭借一系列特殊的动作便能穿越，只不过这些动作极其微妙，且需配合特定的思维活动同步进行，因此正确完成的成功率不高。这也正是他阴差阳错地穿越到六个不同时代、结识七位美女的主要原因。

也许我在瞎编乱造的过程中，无意间勘破了宇宙终极奥义？

也许那些会发光、会旋转、会吱哇乱叫的电闪雷鸣，会制造虫洞修改宇宙弦参数的高科技玩意儿才是真正的无稽之谈？也许时间旅行从来都像把灯泡放进嘴里再拿出来或者舔自己的胳膊肘一样简单，只是从来没有人做到过？

我试图一步一步地重复之前做过的动作，拉开裤子拉链，站在高档马桶前，勉强挤出半泡尿，冲水，扭开水龙头，洗手，洗脸，审视镜子里的自己。我的头发蓬乱，眼中有血丝，除此外与之前并无明显不同。

我一边用手指蘸水抹平头发，一边哼《星球大战》的主题曲，或许因为紧张，旋律变调得厉害，仿佛联合舰队在布满虫洞的空间里七扭八歪地艰难行进，若是配合此种音乐升起字幕，想必星战迷们非但不感动，反而会手持光剑将我斩成碎片吧。我才哼到一半，身后的抽水马桶就安静了下来，连滴水声都听不到。我凑过去，像对着许愿池祈祷一般虔诚地跪下查看，洁白的高级马桶里只剩一汪清水，波澜不惊，令人想起生命出现之前的原始海洋。

九

我再次出门，穿过走廊，一步一步地走进客厅。钟声响起，天使们奏起《婚礼进行曲》。我抬头看钟，八点整。

我叹了一口气，说不清庆幸还是焦虑。距离九点还有一个小时。

客厅里空荡荡的，桌上餐具蜡烛都被收走，灯光暗着，小提琴四重奏已停止。客厅后的厨房里隐隐传来水声、收拾杯盘的声音，还有两个女人说话的声音。

我浑身疲倦，像被终结者连续追杀三天三夜，拖着脚步，慢腾腾地走去卧室。

十

卧室完全按照安安的品位装修布置，白色与深红为主，十分典雅华贵。黑暗中隐约能看见墙上的巨幅婚纱照，高悬在双人床上方，仿佛美国人插上月球的国旗，无时无刻不在宣告对这房间至高无上的领土权。照片上一对男女笑得极为灿烂，像用砂糖与天鹅绒反复打磨过，每个切面都自动反射着光芒。

这样灿烂的笑容，是否就能与幸福画等号，我对此毫无概念，就像不知道提拉米苏蛋糕与搜狗拼音输入法之间应该如何换算一样。

我懒得开灯，于是直接甩掉拖鞋侧躺在床上。卧室墙上没有钟表，因为安安睡眠很浅，连秒针走动声都不堪忍受。尽管如此，我依然感觉到"嘀嗒嘀嗒"的声响正在从空气中每一粒分子的震颤中流过。"子在川上曰，逝者如斯夫。"逝去的不仅仅是时间、青春，还有生命，货真价实的生命，毫不抽象、毫不形而上，我本人的生命在"嘀嗒嘀嗒"地流淌。

九点钟，火山将准时喷发，宝贵的生命将离开这个世界。

我嘴里发干，想抽烟，然而卧室里并没有烟。客厅或者书房里我可以随便抽，卧室则一点烟味也不允许有，这也是安安的规矩。正在胡思乱想，突然听到屋里有响动，我像被通了电流的科学怪人一样从床上惊跳起来。

屋里静悄悄，看上去毫无异状，然而方才我分明听到声音，错不了。我四下环顾，必然有某人或者某物藏在这屋子里。

先检查落地窗帘背后，然后是衣柜，门一扇一扇地被猛然拉开，每次都以为会有僵尸迎头扑过来，然而没有，只看见我的高档西装衬衣与安安的连衣裙规规矩矩地悬挂着，感受不到一丝生命迹象。

最终只剩下床。我浑身冷汗，慢慢跪下，地毯很柔软，因为也是高级货。床底下会藏着什么呢？无穷无尽的变态想象翩然而至，我伸手抓住床单一角，正要用力掀开，突然有一只冰冷的手从后面掐住我的脖子。

心脏几乎停跳，我惨叫一声瘫软在地。

"你干吗呢？"熟悉的声音从背后传来。

我勉强回头，即便光线幽暗，依然凭轮廓认出是苏菲。

"你……你怎么……"我结结巴巴。

黑暗中，苏菲娇媚的笑声宛如塞壬般魅惑人心。

"我来看看你啊。你是怎么了，一晚上都没精神？"

怎么可能有精神，比起死亡本身，更可怕的是在死期临近前被提前吓死。

"难道……是婚前……纵欲过度？"

"什么乱七八糟的?！"

"真的没有？我搜搜看……"她边说边伸手拉开床头柜，从里面轻车熟路地摸出一盒杜蕾斯。

"这是什么？"她歪着头在我眼前摇晃着手里的东西。

一股无名火冲上心头，我劈手抢过，扔回抽屉里，压低声音怒斥道:"胡闹什么！"

短暂安静片刻。

这丫头大约没料到我会发火，瞪着眼睛呆坐一会儿，反而笑起来。

"好，好呀，现在你就会对我发脾气了……"

她一边说，一边将手伸到背后，慢慢抽出什么。刹那间我魂飞天外，仿佛看见美丽性感的 T-X 将上半身扭转一百八十度在对我说话。悬念终于揭晓，女魔头终于现身，手里拿着刀，锋利沉重的大号牛排刀。

此刻，我的脑海中飘过我们共度的无数美妙时光，像走马灯一般旋转，莫非这就是传说中的濒死体验？美丽的苏菲，娇憨的苏菲，小猫一般软软的身子，生气时凶神恶煞一般，转眼间又笑得花枝乱颤……一瞬间，我竟然有点庆幸握刀的不是安安，两个女人我都亏欠，硬要挑一个来杀我，似乎还是苏菲更胜任些。理由说不上来，大概就像写小说时塑造人物一样，凭借某种直觉吧。

背脊顶着坚硬的床脚，我无路可退。

苏菲突然挥手向我砍来，冷风扑面，我举手欲挡，却没有预

杀死一个科幻作家

想中的剧痛与冰凉触感。什么都没有。

从指缝中向外偷看，我隐约看到的发光物却不是牛排刀，是苏菲的手机。屏幕上有照片，一男一女，头凑在一起笑得很甜，或者说腻歪也未尝不可，肩膀露在被子外面，显然都没有穿衣服。

"自己睁眼看清楚，啊！"苏菲提高嗓门，声线因愤怒而微微发抖，令人想起被直升机吹过的水面，"你这个婚能不能结成还不一定呢。"

照片上的女人是苏菲，男的自然是我，若端详，从这个角度拍出来的脸居然还蛮耐看。

问题是，此时她拿出照片，显然不是为了让我欣赏自己的脸。

"你……你想怎么样？"我结结巴巴地说。

"我没想怎么样，是你想怎么样！"苏菲将手机往床上一摔，顺势抱膝坐下，俨然受气小媳妇模样，"你说喜欢我，离开我没法活，可又答应了安安跟她结婚。你说这么多年来她的梦想就是跟你结婚，做贤妻良母，你说毁了这个婚约就是毁了她这一辈子。好，你们两个，我谁也伤不起，我不破坏你们。可你也不用当着她的面欺负我吧，只有她怕受伤害吗？我就不会痛啊？"

说到激动处，她的声音由尖厉转为哽咽，眼中泪光闪闪，我见犹怜。

"我……我怎么欺负你了……"

"你自己心里清楚！"

"我哪有欺负你……"我用力叹气，"唉，你们两个，要我的命啊……"

我伸手替她擦眼泪，她咬牙扭头躲开，一副不共戴天的仇敌模样，不过这种游戏玩得多了，我早有经验。大丈夫风流一世，眼下便是伏低做小的时候。我又不屈不挠地伸手拉扯她，往复好几回合，终于她身子一软歪了过来，一张梨花带雨的小脸倚在我胸口，连精致的眼妆也哭花了。我对准位置，不由分说地低头吻下去。无数历史经验教导我们，男女之间平息争吵，这是最佳方案。

十一

记得《时间旅行者的情人》刚写好时，我打印出来拿给安安看。她看完后沉默良久，然后问：“你们男人心里，为什么都梦想身边能有不止一个女人呢？”

我百般辩解说这只是小说，纯属虚构，请勿对号入座。安安不依不饶，一定要听我说心里话。

心里话究竟是什么，我实在答不上来。对人类绵延千万年的集体心理做深层剖析，或许并非我一个科幻作家能够做到的。

“硬要打个比方，大概就跟你们女人买衣服一样吧。”我最终这样回答，“每次看见好衣服，都骤然生出非它不可的感觉，好像这辈子只买这一件衣服就足够了，一旦拥有别无所求，千真万确，赌咒发誓，连自己也相信是真的。然而买回家穿几次，又开始想要新衣服。旧的依然很好，依然可以隔三岔五地拿出来穿，只是……只是这辈子总不能只穿一件好衣服呀，没有这样的道理。对吧，是这样的心情没错吧？"

类似的问题苏菲也问过，我也拿同样的话回答她。苏菲毕竟脾气暴躁，一巴掌甩在我脸上，喝道："衣服不要了还能捐献给灾区人民呢，老婆你捐出去试试看？！"

老婆自然是捐不得，我也没能耐穿越时空去跟七个女人谈恋爱。原本以为这辈子有两个女人就能知足常乐，事到如今，却连小命都有可能丢掉，真是天大的冤枉。

十二

苏菲小猫一样的身体柔若无骨，皮肤在薄薄的蕾丝连衣裙下发烫，我用手心缓缓摩挲，即便要死，也该做个风流鬼才是。

正吻得酣畅，突然有什么东西在我脑海里响起，好似哥斯拉登陆纽约市前空气里传来的狂啸，或许是剧透之神又在对我发布警报了吧。我一把将苏菲推开。

"什么声音？"

"声音？"苏菲茫然四顾，"没有啊。"

"嘘！"我用一根手指按住她的嘴唇。

四下一片寂静，宛如被废弃的庞贝古城。

"真没有啊。"苏菲压低声音，"你今晚是怎么了，疑神疑鬼的。"

我翻身下床，蹑手蹑脚地潜行到卧室门口，耳朵贴在门上听了听。听不到什么声音。

转动把手，突然将门拉开，外面空无一人。

苏菲在身后悻悻地说："没人吧？"

我终于松一口气，回头低声道："没人你也别在这儿待着，小心一会儿安安过来看见。"

"切，多稀罕你这破房间似的。"

苏菲身子一转跳下床，腰身摇摆，像蛇妖一样曼妙地滑走。走到门前时，她又故意回头嫣然一笑，伸一根手指点点嘴巴。

我愣了好一阵才醒悟过来，连忙奔去安安的梳妆台前照镜子。果然，脸上沾上了鲜亮的口红印。

十三

刚把脸擦干净，安安就走了进来，手里端一杯热咖啡，香气十分诱人。

咖啡？这么大晚上的谁要喝咖啡？

不等我开口，她先朝我的脸上打量。

"唉，你怎么……"

"我……我怎么了？"我做贼心虚，不禁提高音量。

"苏菲呢？"她又环顾四周。

"苏菲？我没跟她在一起啊！"我理直气壮。

安安愈加仔细地看我，我挺直腰板一脸坦然。无意间低头一瞥，我却看见右手背上残存的口红痕迹，浅浅一抹，犹如飞碟落地时留下的烧熔痕迹，将一切行踪暴露无遗。

"你的手……"安安目光也随之移动。

我迅速把手藏到背后，"怎么了？"

"我看看。"

"干吗？！"

越是心虚，越得理直气壮，况且事到如今别无他法，唯有拼死抵抗一条路。安安硬要看我的手，我硬是不让，两人像老鹰捉小鸡一样绕着转圈。拉扯间，咖啡杯陡然一滑，散发苦香的滚烫液体全洒在手上。

确切地说，是右手。

再确切地说，我的右手。

刺痛感沿着神经网络向全身蔓延，我像煮熟的虾米一样，整个身子缩成一团，脑门上爆出粗大青筋。

"啊！"

"哎呀，没事儿吧？！"安安惊慌失措。

一整杯滚烫咖啡泼在手上，不是温热，是滚烫，亦不是一两滴，是一整杯。若是谁说没事，我立即将他扭送非正常人类研究所。

安安像没头苍蝇一般在屋里乱转，一会儿拿毛巾蘸凉水来冷敷，一会儿找出纱布和药来包扎。我痛不欲生，怒不可遏，一瞬间对两个女人都恨之入骨。都说色是刮骨刀，果然应验，难道两个都是老天派来折磨我的魔鬼不成？！

"轻点儿!"我疼得忍不住想骂娘。骂娘这种事与教育程度无关,恐是祖先遗留在基因中的本能在作祟,原始人搬石头砸了自己的脚后,必然也是暴跳如雷地骂娘。

"忍一下,马上就好。"安安声音低得几近耳语。

她跪在地上,给我红肿发亮的右手裹上纱布,动作十分轻柔,缠了一圈又一圈。不知为何,这让我想起潘多拉替冥王哈迪斯包扎伤口的场面,心中不禁浮现几分伤感。

突然间,一滴眼泪掉下来,落在我缠着纱布的手上。

我吃一惊,抬头看安安。她哭了。

"怎么了你?"我问。

安安低声啜泣,眼泪像断了线的珠子往下掉。

"你是不是觉得我特别烦?是不是觉得我特别没用?"她的声音极为细弱,仿佛还没孵出壳就要夭折的雏鸟,"其实你讨厌我,恨我,是不是?恨不得我立刻消失掉,是不是?"

"没……没有啊,你这是怎么了,好好的?"突然间形势大逆转,变成我理亏了。

"我怎么了?"安安凄然一笑,"我不知道自己是怎么了,只觉得我快疯了。每天,每天我都做噩梦,梦见我一个人在教堂里,穿着婚纱,捧着花,等着你,你总是不来,外面雨下个不停,天黑了,来参加婚礼的人也一个一个地走了,我一个人坐在黑暗里,一边哭,一边喊你的名字,你在哪儿呢?我不知道你在哪儿……"

我总是不忍看女人哭。尽管安安经常在我面前哭,每次看见时我还是心软,像半透明的夹心水果硬糖,外壳融化,里面全是黏的、稠的、绵软的。我伸手扶住她抽动的肩头，安安突然抬头，眼泪还在眼眶里打转，却露出怨毒的神色。这样的神色，我从来没在她脸上看到过，像美杜莎的蛇眼，令人浑身冰冷，化作石块。

她继续用细弱的声音说着话，像是梦呓。

"我找啊找，找啊找，最后终于把你找到了。你猜在哪儿，在一口棺材里面，黑黢黢的大棺材，你躺在里面，像睡着了一样，特别、特别安静，再也没有人能把你抢走了，谁都不行，你是我一个人的……"

她竟然一边说一边笑起来，那神情实在奇怪，像绿芥末配上绵软的草莓冰激凌一样充满诡异的违和感。我不禁惊恐地后退，却退不动。右手被死死地握在她手里，这女人，她疯了！

我忍痛一甩，抽出手，身子却失去平衡倒在床上，手碰到羽绒枕头下面冰凉坚硬的什么东西。我将枕头掀到一边。

是刀。

大号牛排刀。

今晚九点时将会插入我胸口的大号牛排刀。

今晚九点时将会插入我胸口的大号牛排刀，原来一直藏在卧室枕头底下。

为什么？

我彻底石化，浑身僵硬冰冷、动弹不得。安安眼神怨毒，伸手将刀握住。惊慌之间，我只来得及抓起一只羽绒枕头挡在胸前。

若论价格，大号牛排刀与单只羽绒枕头大概相差无几；至于实用性，如果大号牛排刀的攻击力为一百，那么羽绒枕头的防御大约是五，加上我自身战斗力充其量也只有五而已，这样一想，我突然觉得场面十分可笑又十分可悲。

"志伟……"安安带着哭腔喊我的名字。

"你……你不要过来啊！"我也带着哭腔哀求。

人类的理智再次失效，只剩祖先遗传的逃生基因进入自动导航模式。我先将防御力为五的羽绒枕头用力扔出，砸中安安的头，自然是不能造成任何实质伤害，但似乎造成了有效的心理攻击。安安"哇"的一声大哭起来，我趁此机会跳下床，夺门而逃。

十四

客厅里的钟指向八点五十分。

胸口插着大号牛排刀的尸体如同黑洞，在九点整静静地等待，我则一整晚都在不可避免地向那里滑去，终将在十分钟后一脚踏入，可耻而又可悲地完成合体。

老子还没活够！老子还没写出一部真正伟大的科幻小说！老子不能死！

安安一边哭喊，一边手握大号牛排刀向我走来，她早已不是我温柔美丽的未婚妻，而是受到病毒侵染的行尸走肉、僵尸、杀人魔！苏菲从厨房里跑出来，当然还有她，两个女人是一伙的。对此我也不必再客气，抓起手边能摸到的一切向她们扔去，大部分都未能砸中，"哗啦啦"地掉落在昂贵的实木地板上。每扔出一样东西，我的脑海中都飞快闪过它们的价格与标签，水晶杯、骨瓷盘、烟灰缸、洛阳三彩，让它们都见鬼去！

女人的哭泣与呼喊在一声声碎裂中蜿蜒起伏，不知为何，这声音此刻听来分外过瘾，好像在打实战游戏。我且战且退，退出大厅，跑过走廊，一头钻进厕所，将门"啪"的一声关上。

大灾难来临时，厕所是最好的庇护所，此处空间封闭，结构稳固，水源充足，并且有许多毛巾。

我用力喘息，将氧气泵入肺中。门外哭喊声与脚步声渐渐逼近，时间，时间，嘀嗒，嘀嗒，嘀嗒。宝贵的生命在流淌。

事到如今，逃生的路只剩一条。

我再一次重复那套动作，拉开裤链，对准高档马桶颤抖着撒尿，冲水，扭开水龙头，洗手，洗脸，从镜子里端详自己，用手指蘸水抹头发，嘴里哼着走调的《星球大战》主题曲。身后马桶抽水声持续不停，仿佛打算坚持到世界末日。我飞扑过去，依次按下所有按钮，热水，热风，香水味，我将脸埋在高档马桶中。

整个银河系的命运在马桶中旋转，冲刷，终于平静下来。

十五

透过厕所门缝向外窥视，外面的世界是凶是吉，难以预测。

光线似乎比之前明亮不少，气氛也宁静安详，犹如世界大战前飞过天际的鸽群，纯洁无瑕，尚未被任何邪恶力量玷污。我小心翼翼地走出厕所，穿过走廊，推开客厅门。客厅明亮整洁，没有遍地狼藉，亦没有胸口插有大号牛排刀的尸体。

抬头看表，五点五十分。

我成功穿越回五点五十分的世界，天堂一般美妙的、周五下午五点五十分的世界。

虽然不便过分张扬，但还是忍不住单膝跪地，摆出各种超级英雄的造型，以庆祝自己逃过一劫。此时此刻，我必然是被主角光环笼罩着，《2012》早就告诉我们，即便全人类都毁灭，科幻作家也能活到最后一刻。

后面厨房里传来水流声、煤气火焰声与切菜声。我蹑手蹑脚地走过去，趴在门后偷窥。安安与苏菲正站在料理台前准备晚餐，仅看背影就能认出。案板上堆满各种新鲜食材，汤锅在炉子上小火慢炖，加入洋葱、番茄、玉米的牛尾汤正发出咕嘟声。我突然感到饥饿，虽然两个小时前刚吃过晚饭，但吃下去的分量不多，此刻腹中空空如也。

"志伟哥怎么还不回来啊，这都几点了？"苏菲的声音透过蒸汽传来。

安安淡淡地答道："大概有点堵车吧。瞧你，怎么比我还着急。"

这样想来，此刻另一个我应该正在回家路上，或许快到楼下了也说不定。

牛尾汤逼人的香气四处弥漫，我的肚子"咕噜咕噜"直响。饥饿感宛如太空中旅行的古董飞船，慢悠悠地、孤零零地穿过亿万光年，目之所及，不见星辰，只有比虚空更虚空的无限黑暗。

厨房近在咫尺，各色食物犹如黑洞，散发出致命的引力波，然而我却不敢贸然闯入。按照常理，此时我分明不该在这里，毕竟不是每个人都善于接受科幻小说中的逻辑。

我返回客厅，想找些零食充饥，费心寻觅却一无所获。安安对饼干薯片一类零食恨之入骨，在她心中，唯有健康天然的才配被称作食物，才有资格占据厨房空间，客厅门口则恨不得贴出"零食与狗不得进入"的标牌才合理。

门铃声突然响起。按铃的不是别人，正是我自己。

苏菲的声音从厨房里传来："咦，是志伟哥回来了吧，我去开门。"

想要去其他房间躲避却已来不及，仓皇间我瞥见餐桌，粉红色印花桌布是安安同事送的礼物，十分宽大，一直垂到地面。我顾不得多想，掀起桌布躲进去，旁边随即掠过苏菲"咚咚"的脚步声。

门开了，隔得老远都能听见苏菲笑得娇嗔。

"怎么这么晚啊，这都几点了？"

紧接着，安安的脚步声也从厨房里出来。

"是啊，怎么这么晚？"

"嗨，堵车堵得要死。"一个熟悉又陌生的声音回答道。紧接着墙上的钟奏响《婚礼进行曲》，那个声音自我辩解般说一句，"也没多晚，刚刚六点而已。"

不知为何，我突然觉得这声音多少有点招人烦。

十六

　　叫不上来名字的小提琴四重奏如泣如诉，客厅光线暗淡，只有烛火幽幽闪烁。

　　我蜷成一团躲在餐桌下，像尚未发育完全的胎儿，硬被塞进狭小漆黑的母亲子宫中。实木地板冰凉坚硬，硌得我尾巴骨生疼。尤其难熬的是各种食物的香气从头顶飘来，我周围却只有三双套在拖鞋中的脚，散发出算不上恶臭，但也绝不能说好闻的气味。

　　对话声断断续续地传来，像重看熟悉的肥皂剧，只是我看不到画面，仅能凭声音猜测剧情。

　　"碰一个？"

　　"等一下，我先来！咱们今天吃这顿饭呢，主要是为了庆祝志伟哥新书出版。所以我得先敬志伟哥一杯。志伟哥，祝你新书大卖，卖它个几百万本，从此成功混入畅销书作家队伍！"

　　"那就借你吉言。"

　　什么吉言，虚伪！

　　"说这么热闹，还不赶紧把你的书给人家送一本。"

　　"对对。"

　　"这本书我已经有了呀，志伟哥你忘了？"

　　"拿着吧。书嘛，多一本不多。"

　　餐桌上传来"沙沙"的写字声，餐桌下，一只光脚像银鱼般从拖鞋中滑出，一点一点地向我的脸逼近。我只好屏住呼吸尽力躲

杀死一个科幻作家

避，勉强为它让出道路。那只脚终于成功抵达目的地，在穿西裤的腿上磨蹭。

"那就谢谢大作家啦。"

"什么大作家，你就会捧他，捧得他不知道自己是谁了。"

银鱼般形状完美的脚依然得意地在另一条腿上游走。不知为何，突然很想拿刀将这脚利落地刺穿，或许与穿西裤的腿一起钉在地板上，看着血浆汩汩流出，才能令我郁结的心情稍微平复。

"安安姐，我还要敬你和志伟哥。祝你们俩下个月顺利结成革命家庭，生个小作家出来。"

"那我也祝苏菲早日找到一个如意郎君，最好下次能带过来，我们四个一起吃饭。"

"唉，我哪有安安姐这么好的福气呢，找到志伟哥这么个好男人，温柔体贴、一表人才、有房有车，还是个作家，说出去不知多有面子！"

祝你全家祖宗十八代都嫁给作家。

"以你的条件，什么样的找不到。眼光别放那么高，挑三拣四的。男人嘛，没有十全十美的，有时候就是得将就点，能过日子就行，对吧？"

"要求高点是好事。有机会让安安姐介绍几个青年才俊给你，都是当年她挑剩下的。"

银鱼般的光脚如同雷神之锤，狠狠地向下踩在另一只脚上。虽然是另一只脚，我却也隐约感到有一阵疼痛。

"嘶——"

"怎么了？"

"没事没事……那什么，我去趟洗手间。"

十七

穿西裤的腿起身离开，我趁此机会，赶紧将头伸往空出的位置下面，小心翼翼地透过桌布透气。我在桌下蹲了快一个小时，此刻四肢麻木、头脑昏沉，若是再不赶紧补充氧气，怕就要可怜地闷死在里面。

餐桌上陷入短暂沉默。只有刀叉碰撞声、咀嚼声与喝汤声。

片刻后突然听见安安的声音：

"苏菲，咱们俩认识多久了？"

似乎迟疑了片刻。

"从中学到现在，十好几年了吧。"

"你和志伟呢？"

"也有三四年了吧。"

"你觉得他这个人怎么样？"

"他……挺好的呀，我一直都说他挺好的。"

"好在哪儿？"

"我不都说过吗，有钱、有文化、对人好、长得帅……是个女的都想嫁。"沉默一瞬，她反问，"你觉得呢？"

安安笑道："呵呵，是啊……想一想，这么好的男人，很快就要变成我老公了。"

"这还不好？"

"是，挺好……"

又是片刻沉默。我屏息凝神，竖起耳朵聆听，突然听见安安的一声啜泣。

餐桌上异常安静，像极了大灾难过后，惨白微弱的朝阳照在城市废墟上的沉寂。此情此景令人无言以对，我只好跟随整个世界一起沉默不语。

安安深吸一口气，终于说道："行了，我都知道了。"

"知道什么？"

"你知道我知道什么。"

苏菲竟无语。

安安又叹气，一字一句地说："苏菲，你们过去的事，我不管，以后的事我也不管，眼下我就想好好把这个婚结了，在家里做个好太太，这是我一辈子的梦想。我都快三十岁了，菲儿，错过这一个，以后还有谁会要我，你说是不是？看在我们这么多年姐妹的分儿上，你成全我好不好，啊，就算我求你了……"

沉默如灰色穹庐，笼罩四野，我只看见漫长的、灰暗的、布满尘埃的核战爆发后的天空。安安微弱的啜泣在这片天空下绵延，仿佛拴着红气球的脆弱丝线。

许久，我才听见苏菲不无凄楚的声音。

"你别哭了。"

安安努力抑制住啜泣，丝线断裂，红气球向着满布尘埃的天空飘去。

"别哭了……"苏菲喃喃着，像说给自己听，"安安姐，你放心，我没想跟你争，从来没有。"

沉重的脚步声逐渐逼近，那幕后的罪魁祸首刚上完厕所归来。更确切地说，是刚刚穿越到九点看完自己的尸体仓皇归来。

屋里气氛有一瞬间尴尬，我想象着三人面面相觑的模样，突然觉得大家都很可怜。

人类就是这样可笑又可悲的生物，视野被时空所限，本就如井底之蛙，却兀自狂妄自大。如果真有一位全知全能的神守护在身边，随时能拍着肩膀低声告知我们每一件事的前因后果、来龙去脉，好像自宇宙中俯瞰，一眼便能看清整颗地球的形状的话，我们的世界或许会有所不同吧。至于到底如何不同，身为科幻作家的我却无从推断。想象力在此枯竭，好像搁浅的蓝鲸，在沙滩上被一点一点地晒成肉干。

最终是苏菲先开口："怎么去那么久？"

安安接道："是啊，汤都要凉了。"

不过片刻工夫，两个女人已经像杰克船长与史波克般结成奇妙的同盟关系，这种神秘的作用力与反作用力，恐怕我一辈子也搞不明白。

主菜端上来，牛排香气绵延百里，我肚子"咕噜咕噜"地狂叫。

"嘎吱嘎吱"，"嘎吱嘎吱"，咀嚼声与吞咽声在小提琴四重奏中蔓延。

"怎么不吃？都是按你喜欢的味道做的。来，趁热吃。"

"我……我自己来吧……"

钟声突然敲响，与此同时，沉重的牛排刀笔直掉落，像杨氏单缝实验的粒子一般，精确地穿过我包着纱布的右手与身体之间的缝隙，"砰"的一声钝响后落在地上。

我惊出一身冷汗。

"怎么搞得你，心神不宁的。"安安边说边弯下腰来捡刀。我屏住呼吸，慌忙将刀颤颤巍巍地推到她脚下。幸好她并未多看，直接握住刀柄起身。

时钟刚好敲响了七下。

十八

墙上的钟"嘀嗒嘀嗒"，如同生锈的弹簧一般停滞不前。

七点十分，餐桌上的三人吃牛排。

七点二十分，依旧吃牛排。

七点三十分，撤下牛排，端上提拉米苏蛋糕。餐桌上的志伟点燃一根烟抽，我闻见烟味，除了饥饿外更增添一分煎熬。

七点四十分，吃蛋糕，抽烟。

"你也少抽一点吧，真是，这么大味儿。来帮我收拾。"

"我帮你吧，让志伟哥歇着。"

杯盘相碰"叮咚"作响，如同电影片尾曲。或许因为饥饿与缺氧的缘故，我竟有点昏昏欲睡。

"我……我再去趟洗手间。"

餐桌上的三人依次离开客厅，我偷偷探出半个身子，闻见食物的香气如雨后松林里的蘑菇一般鲜美可人。饥饿感翻涌上来，我再也无法忍耐，趁着黑暗爬出。双腿麻木，无法站立，我只能像小矮人一样可怜巴巴地蹲在桌边，伸出一只手在桌上摸索……

指尖碰到一个冰凉坚硬的东西。又是大号牛排刀，阴魂不散的大号牛排刀！

我握刀在手，对其怒目而视。非得找个办法妥善处理不可，若是没有这把刀，这一连串倒霉事也就不会发生。正在环顾四周思考对策时，突然听见脚步声从厨房走来，我本想躲回桌下，又突然想起安安马上会来收拾餐桌。我慌不择路，拖着麻木的双腿向最近的卧室爬去。

钟表"当当"作响，敲响了八下。

十九

卧室漆黑一片，我没走几步，就狠狠地踢到床脚上，身子失去平衡，一头栽倒在床上。

脚趾钻心疼痛，像被整支沃贡人的拆迁队伍强行踩过似的。我张大嘴无声地嘶喊，抓过羽绒枕头紧紧咬住，脑海中陡然浮现出巨大沉重的荒谬感，令人不禁质疑宇宙生命与一切存在的意义。

好不容易等疼痛稍微退去，又突然听见门外有人走来，脚步声踢踢踏踏，如同终结者般逼近。我几乎抓狂，扔下枕头，一个鱼跃跳下床，刚想拉开衣柜门往里躲，脑中却再次响起神的警报，此处躲不得！原因无暇细想，我只得凭借逃生基因的指引，身子卧倒在柔软的高档地毯上，顺势一滚，爬进床下躲藏。

脚步声在继续，慢腾腾地走到床边，我从缝隙中看到两只脚，又是我自己的脚。

"嘎吱"一声，有重物压在床上。

房间里一片寂静，我屏息凝神，不敢发出半点声响。

床上那家伙对我的存在一无所知，依旧安逸地躺着，时间一分一秒地在空气中无声流逝。此时此刻，突然有一个关键词，像小行星撞击木星大红斑一样精确地命中我的大脑：

刀。

大号牛排刀。

今晚九点时将会插入我胸口的大号牛排刀。

今晚九点时将会插入我胸口的大号牛排刀，被我无意中留在了枕头下面。

原来如此！

脑中轰然一片，涌起数公里长的巨大波涛。我不禁懊恼得握拳砸地，却忘了右手被烫伤，剧痛中忍不住发出一声闷哼。

床上的家伙被声音惊动，"蹭"的一声跳下，鲨鱼一般在屋里睃巡；先是拉开衣柜门搜索，没有发现，又向床边走来。

我尽力地往角落里缩了缩。

一双脚停在床边，慢慢跪下，手抓住床单一角，正要用力掀开。

另一双脚悄无声息地走进来。

螳螂捕蝉，黄雀在后。

寂静的房间里突然爆发出一声惨叫。

我竟幸灾乐祸地松了一口气，暂时安全了。

男人和女人的声音从头顶上方传来。

"你干吗呢？"

"你……你怎么……"

"我来看看你啊。"

我趴在床下默默盘算，该如何逃出这个鬼地方。

"……可你也不用当着她的面欺负我吧，只有她怕受伤害吗？我就不会痛啊？"

"我……我怎么欺负你了……"

"你自己心里清楚！"

"我哪有欺负你……唉，你们两个，要我的命啊……"

头顶上的床垫发出被挤压的声响，"嘎吱嘎吱"，仿佛巨型沙虫在洞穴里蠕动。我无声地叹一口气，开始手脚并用，慢慢从床底下往外爬。

床上的一对狗男女专心缠绵，对周围一切毫无知觉。我趁此机会潜行到门边，慢慢转动把手。

门无声地打开，我刚松一口气，就看见安安一脸错愕地站在外面。

二十

好巧啊，原来你也在这里。

据说，这是自人类发明语言以来，应用范围最广的一句打招呼用语，足以应付任何突发状况，无论是上厕所遇见老板，还是打开衣柜看见没穿衣服的同事。

我曾经写过这样一篇科幻小说，非常短，只有一句话：

"地球上最后一个人坐在屋子里，这时外面传来了敲门声，他拉开门对外面说：'好巧啊，原来你也在这里。'"

此时此刻，看见安安的脸，我脑海里迸出的唯有这句台词。

逃生基因再次切换到自动模式，我上前一步，挡住安安的视线。她刚要开口说什么，我已奋不顾身扑上去紧紧抱住她，顺带反手将门关上。

门内依稀传来说话声。

"什么声音？"

"声音？没有啊。"

"嘘！"

我抱住安安的脑袋使劲往怀里塞，不让她听到这一切。

二十一

趁安安反应过来之前，我硬是将她从卧室门口推到客厅，一把摁倒在沙发里。

"你……"安安惊诧万分。

"我，我太高兴了！"我表情夸张地挥动双手，"老婆，我终于出书了！你不高兴吗？！"

"不是吧，刚才还好好的……"安安伸手摸我额头，"你没事吧，看你一晚上都不对劲儿。"

我推开她的手，"没事没事，我就是……就是高兴……"

"你手怎么啦？"安安突然惊叫。

"啊？手？"我这才想起右手上的纱布，连忙将手藏到背后。

"手没事啊！"

"你手受伤啦？什么时候弄的？我看看，怎么也不说一声。"

"我手没事，真没事，你看错了！"

突然又有人走进客厅，是苏菲。

"唉？！你？"苏菲大吃一惊，"你不是……"

她迷茫地瞪着我，又回头看卧室方向。

"我哦哦哦哦哦哦哦啊啊啊啊啊啊啊啊——"我像疯子一样冲上去拦住苏菲，"哦，对啦，我有个东西要给你看，你、你跟我过来一下，这边，快快快！"

我不顾一切，硬推着苏菲往外走，安安傻呆呆地坐在沙发里看着我。

"志伟你……"

我回头大喊："你别过来！"

"啊？"

"那什么……"我搜肠刮肚地调动一切脑细胞扯谎，"你去那个厨房……那个……咖啡……对了，煮杯咖啡，快快快！"

我推着苏菲迅速离开客厅，卧室里还有另一个志伟在，只得拐进书房，还好书房里没人。我关上门，猛喘一口气。

"怎么回事？"苏菲声音有点发颤，"你刚才不是才……"她又回头，想出门看个究竟，我连忙一把将她拉回来，为了不让她出声，只好故技重施，抱住她的脸又是一通狂吻。

门外一串轻柔的脚步声经过，安安正向卧室走去。

苏菲从我怀中挣脱出来。

"你搞什么啊？！"

我按住她的嘴，"嘘！"

"你手怎么了？"苏菲看见我的手，也是一惊。

"手？手没事！真的没事！"

"没事你裹纱布干什么？"

"我……我裹个纱布怎么了？碍着你了吗？这是我家，我怎么连裹个纱布的自由都没有了呢？！"

"不对呀，刚才还好好的，就这一眨眼的工夫……"

"我都说了没事没事，你不要想这么多好不好！"

"手给我看看。"

"不给!"

"给我看看!"

"不给不给就不给!"

正相持不下,卧室方向突然传来一声杀猪般的惨叫。

"啊!"

我愣了一下,然后想起另一个关键词。

咖啡。

一整杯滚烫的热咖啡。

我如梦初醒,看着被烫伤的右手,纱布经过一整晚折腾,已经变得又脏又皱,好似木乃伊的裹尸布。

天作孽,犹可违;自作孽,不可活。

"什么声音?"苏菲满面惊诧。

"声音?没有声音啊!"我颤声说。

"我明明听到有声音!"

"真的没有!"

苏菲还想争辩,我万般无奈之下,只好又上前去企图抱住她。

苏菲再次将我推开,这次力气颇大,我被推得后退好几步。还想不屈不挠再次上前,"啪"的一声脆响,苏菲直接狠狠甩了我一个耳光。

"我知道了,你故意的是吧?"她一脸愤怒地瞪我,恨不得用目光中的高温直接将我升华为等离子态。

"谁,谁故意的,我怎么故意了……"我结结巴巴地辩解。

"当我三岁小孩耍着玩儿呢?啊?至于吗,整这么一堆,你累不累啊？！"

"我没有啊……"

"没有？没有你搞这么神神鬼鬼的？！"

"我……"

卧室方向再次传来带着哭腔的惨叫。

"你……你不要过来啊！"

是那把被遗忘在枕头下的大号牛排刀。

哭声、惨叫声、砸东西的声音断断续续地传来。整个世界如同一根脆弱的宇宙弦，被拉紧、拉紧、拉紧。终于"啪"的一声，彻底坍塌了。

"糟了！"我忍不住喃喃自语。

二十三

"怎么了？到底怎么回事？！"苏菲也声音发抖，她清楚地听见我的声音从卧室传来。

我用力把苏菲按在椅子里，"你你你……你别动，你在这儿待着，我出去看看。"

我握住门把手轻轻转动，将门打开一条缝，"呼"的一阵乱响，另一个李志伟像发疯的霸王龙一般从面前跌跌撞撞地跑过。

"砰"的一声，我把门关上了。

"怎么了？"苏菲问。

"没事！"我颤声回答。

喘了一口气，我再次开门，看见安安手提大号牛排刀，女鬼一般披头散发地慢慢走来，边走边呜呜地哭。

我又要关门，苏菲一把将我推到一边。

"安……安安姐……你这是怎么了这是……"

安安哭得上气不接下气，失魂落魄地向客厅里追过去，苏菲紧跟在她身后。客厅里翻天覆地，各种碎裂声噼里啪啦地响起，仿佛有霸王龙破门而入，要将这屋里的一切碾为齑粉。

疯了，整个世界彻底疯了。我抱着头躲在门背后，发出痛苦的呻吟。

闹腾片刻，声音稍微平息，只听见安安的啜泣声越来越凄厉。我慢慢从书房出来，朝客厅内偷看，只见安安瘫倒在一片狼藉中，苏菲在一旁搀扶着她，神情呆若木鸡。

"这……这到底是怎么回事……"

安安凄厉地嚎了一声："这婚我结不成了！"

不知为什么，苏菲也哭了起来。

我趁她们不注意，闪身从客厅门口溜了过去。

二十四

厕所门"砰"的一声关上了。

我蹑手蹑脚地走到门口，耳朵贴上去偷听。各种声音宛如飞船启动程序一般依次响起。拉开拉链，撒尿，冲水，洗手洗脸，哼歌，冲水，冲水，冲水。

终于安静下来。

我鼓起勇气推开门，里面空无一人。

二十五

另一个李志伟消失了。

从这个时间点上穿越回去，我会回到三个小时之前。此时此刻，我又变成这时空里独一无二的李志伟。

不知为何，我长长地舒了一口气。

结束了。

噩梦一般的游戏，终于结束了。

我走回客厅，听见安安还在梦呓般喃喃自语。

"结不成了，这婚结不成了……"

"安安姐，有话好好说……你……你先把刀放下……"苏菲小声说。

安安怨恨地瞪着手中的刀，长吸一口气，大号牛排刀"哐当"一声，落在地上，苏菲连忙把刀踢到一边。刀锋在满地狼藉中一路滑动，刚好停在我脚边。

我低头看着刀，像史前草原上未进化完成的猿猴看着一块黑色碑石，《查拉图斯特拉如是说》的庄严旋律在耳边响起——世界为何而存在，我为何而存在，时间是什么，宇宙又是什么，如何开始，又如何终结。所有问题与答案统统搅作一团，像大爆炸最初的一瞬，没有上下左右前后，没有起因经过结果，没有答案，没有问题。

我有气无力地笑一笑，弯腰捡起刀，向安安与苏菲走去。

"喂，没事了……"

两个女人抬起头，同样用猿猴般迷茫的眼神看着我。

"其实……其实都是误会……"

话未说完，我不小心踩到一小块碎瓷片，向后一滑，大号牛排刀脱手而出，被高高地抛向天空。

在《查拉图斯特拉如是说》庄严神圣的乐声中，时间线被无限拉长。如同慢镜头一般，我缓缓地、轻轻地仰天倒下，倒在一片狼藉的高档实木地板上。银光闪闪的大号牛排刀在天空中翻转、上升，然后掉落。几万年时间流逝了，猿猴进化为人，发明武器，发动战争，杀死成千上万无辜的生命，而我即将成为其中一个。

普普通通的一个。

刀锋精准地插入胸口，划破皮肤，割开肌肉，穿过肋骨缝隙间的薄膜，刺中跳动的心脏，血浆四处喷溅，有如黄石公园火山爆发。一个科幻作家就这样被杀死了，死在世界毁灭之前。

"啊——"安安与苏菲尖厉的叫声划破长空。

我躺在那里，好像被钉在地板上的昆虫标本，四肢不甘心地抽搐了几下。温暖的血浆在身下漫延，淹没了地板上各种碎片，恍如汹涌的洪水，将一片又一片破碎的大陆吞没。

黑暗，黑暗漫天卷地向我袭来，仿佛被黑洞吞噬。黑暗边缘的星星逐渐暗淡，光芒向着一端移动。最终，我什么都看不见了，黑暗漫延开来，像遮住眼睛的一块布，把整个世界远远推开。

"志伟！志伟你怎么了，志伟！说话啊！"

"快！打电话给医院！"

两个女人的脚步声匆匆远去，这时墙上的钟刚刚敲响了九下，《婚礼进行曲》宛如星云一般旋转着，弥漫开来、缥缈无依。紧接着，我听见另一双轻快的脚步声渐渐靠近。

逐渐暗下去的视域里，一张熟悉又陌生的脸出现在客厅门口，正惊恐万分地向我望过来。

利维坦之殇 / 超 侠

利维坦!

传说中的巨怪，莫非就是这个样子的?

High维度渗透

一个城市化成的怪兽

带我们杀开生化狗骸

明光

人类的希望

只因你的欲念而凄伤

少年

将全世界捆绑

成死结上的木偶

与蝇蛆

别了 利维坦

敌我

循环反转

——题记

一

战争进入了白热化阶段，最后的人类坚守在中城内，苦苦支撑。

外面是密密麻麻的敌军，源源不断地攻击过来，它们没有什么先进的武器，只有人海战术和不怕死的精神。

因为它们不是人，是生化人。

你可以说它们只是一堆行尸走肉、枯骨烂皮和废铜烂铁的结合物，也可以说他们是没有脑子，靠本能驱动的怪物，但你不得不承认，它们无论从数量还是攻击力上，都有我们无法企及的优势。我们的导弹、轰炸机、坦克等先进武器，令我们取得了暂时优势，可是等武器炮弹耗尽时，便只能节节败退，溃不成军。

如今，它们早已兵临城下，挥舞着它们的枯骨和铁爪，举着长矛和钢叉，向我军围了上来。

人类最后的城市，还是否能够守得住？

看着来势汹汹的敌人，我毅然下令："战神机甲战队，出击！"

战神机甲战队从城门上飞跃而下，它们的躯体都老朽了，外壳锈迹斑驳，像荒芜的沙漠——有的缺胳膊少腿，一瘸一拐，仍坚持战斗；有的没了眼耳口鼻，只能靠体内的人力驱动行走；有的只能站在原地，以躯体阻挡敌军。但它们仍是我们最强的战斗机器。三十几米的身高，加上坚硬的钢铁之躯，打得周边的生化敌军溃退出一片场地，有的被它们踩扁，有的被它们撕碎。然而，胜利显然是短暂的，一群生化狗人和蚁人冲过来了，或抓或挠，或咬或爬，或死啃不放，非得从机甲上咬下一片铁来，才善罢甘休。

结果是残酷而冷峻的，生化狗人和蚁人全部碎烂，但战神机甲也倒下了一半，被啃噬精光，包括里面的控制战士，仅剩下一些钢筋铁骨。双方皆退兵，剩下的战神机甲颓然回城，也基本上

利维坦之殇

报废了，里面的控制战士，因脑桥同步的原因，也都受伤不轻，有几个已成终生植物人。

回到总部，我向总统汇报了情况，总统担忧地问："接下来该怎么做？"

我沉默不语。

因为，我隐隐感觉到，我们要输了，但我决不能那么说，那样会影响士气。

总统看出了我的忧思，说："不管怎么一个结果，我们尽力了就好，去吧！元帅，与它们放手一战吧！"

我说："如果我们能够反击，打怕它们，或许能够谈判，获得一定的时间，休养生息，所以，我们必须胜，必须反击，以攻为守，但现在的问题是，我们没有那么多的资源，没有那么多的武器能够以绝对的力量，击杀敌军主帅。然而只要一击得手，敌人必溃！"

总统疑惑问道："那你的意思是……"

我说："集中我们的所有资源，建出最巨大的战争机器，直斩敌首。"

总统想了想，说："这件事情，恐怕我还得和各位部长商量商量，如果严防死守，还能坚持多久？"

我郑重其事地说："恐怕不到半年，我们就弹尽粮绝了，那时，便是全体人类的灭亡之日。"

总统犹豫地问道："如果你的计划不成功呢？"

我说："那我们只不过提早了半年灭绝而已，可一旦成功，就全城得救，人类，还能绵延下去。"

总统点头道："说下去。"

我说："我已向大工程师询问过了，利用量子电脑和纳米建造机器人，可将整个城市建成史上第一巨型机甲猛兽，将中城的一千万人全部装载其中，并冲出重围，在没有生化僵尸的地方生存，这需要动用我们的全部资源，还需要全城居民一起配合，该搬离的搬离，该出力的出力，老幼妇女们都统一到中央安全区居住，男人们在巨兽的各个驱动环节内工作，提供机械动能。"

总统瞪着我，惊道："你是说，将整个城市都变成巨兽，载着所有人冲出去？亏你想得出来！那些纳米怪物又得重释放出来？动力呢？莫非你要重新开启……"他的脸因激动而红润，像熟透的大枣，他说不下去了。

我直直地看着他，目光坚定，一字一句地道："不错，重启核能，是我们最后的希望！"

总统倒吸一口冷气，说："万万不可，外面的那些怪物们，不就是因核废料处理失败才出现的吗？人不人、鬼不鬼、动物不动物、机械不机械，如果我们的核动力重开，处理不当的话，整个城市、整个人类都将………"

"灭亡。"我替他说了出来，并冷冷地说，"那又怎样，总之要死，何不孤注一掷，兴许能反败为胜！"

"这……"他有些犹豫。

"只要我们做好防护与处理，控制好反应堆的能量大小，是绝对不会有事的。"我坚定了他的信念。

"看来这个计划你盘算了许久？"总统朝我冷笑。

"我和大工程师演算了很多次，确定可行，才会向您禀报。"我向总统立正敬礼，背挺得笔直，"如您应允，我们现在就开启量子脑，进行总控，正式开始这个计划。"

"很好，"总统沉重的脑袋微微一点，"我想这个计划一定有个好名字。"

"不错！"我点头道，"'利维坦计划'。"

"利维坦，利维坦，好一个利维坦！"总统喃喃说着，最后命令道，"那就放手干吧！"

二

有了总统之令，接下来就是全力以赴，开启"利维坦计划"。

我先来到了大工程师家，他是我们所有战争机器的设计者，一位充满智慧的老科学家。他听说计划可行，激动地将三维化的设计图投放到我跟前，那是一头威风凛凛的凶猛怪兽，它的脑袋有些像龙，身躯又如同坦克，还有无数的章鱼软肢……总之看上去无比威猛，又极端恐怖。

利维坦！

传说中的巨怪，莫非就是这个样子的？

大工程师介绍道："纳米建造机器人的程序早已写好，量子脑进行总控，我们将无战力的人迁到中央广场，悬浮在利维坦腹内，其他的四肢、头部、尾部等都嵌造武装堡垒，由战士守护，以防生化敌军进行局部冲击。全城躯体皆由纳米机器人分割、滑动、挪位，武器移至中间，战机架于口舌，坦克在双肩……"

随着他一声声带着魔法般的诵念，巨怪利维坦也在一个月内逐渐生成。量子脑是它的思维主体，由我们绝对控制。成亿上兆的纳米机器人深入城市里每一块砖瓦的缝隙中，进行有规律地生长、挪动。所有人都根据事先制订好的规划和设计，移动到受保护的空间站点，任凭外界如何吵闹，任凭脚下如何颠簸，大家也能保持岿然不动。不过，意外时有发生，一些不听话或者不小心的人出门时常会自深渊摔下，或是被飞砖砸中。

整个城市改造进行得如火如荼，简直是一场建筑革命。天空中搭起了飞行的桥，有悬浮的球体空间，也有连绵的巨型钢铁圆柱体……在设计规划的立体图中，人类正逐步完成着整座城市变为巨兽的计划。

在总控室内，可以看到整个微缩化的利维坦的进度。蓝色的网状小怪兽正慢慢成长，它就是利维坦的核心，量子脑化的小利维坦。刚开始，它就像一个小婴儿，渐渐的，成长为一个少年，并听从我的指导，拥有智慧。少年活泼好奇，聪明睿智，并逐渐成熟起来。我对它谆谆教诲，就像是它的父亲，看着它一点点地成长起来，我的心总算从战乱中找到了一丝温暖。

关键的一天到了，利维坦的外壳终于建造成功，内核也完全从混沌中开化。

我对它说："去吧！用我所教的那些方法，去对付敌人吧！"

利维坦开始了一系列动作，正式开始启动。

整个城市的人类也做好了战斗准备。

当这头高达至少三十千米，长五十千米的战斗巨兽冲向城墙之外时，估计生化军的指挥官都吓傻了眼。它们恐怕只看到几座大山飞压而来，瞬间眼前一黑，身体就化为了齑粉。火龙自巨兽口中吞吐，烧出十几公里的道路，四面八方的生化军冲了过来，却被一根根突射着子弹的软肢打死、弹飞、卷碎。

利维坦果然天下无敌！

饶是如此，等我们冲出上千公里的包围圈后，它的某些部位仍受了损伤，是被生化动物兵啃噬的。守护在其皮肤表面的那些圆突状堡垒中的人类，也死伤不少。他们就像长在动物皮肤下的寄生虫，与宿主共存亡，一起抵御外来入侵者。

利维坦带我们杀出了重围，赢得了战斗胜利。它的骨骼关节上都布满了纳米神经元，利用源源不断的核能驱动，它的量子计算机大脑听从我们的命令行事。

总统先生很是高兴，利维坦的核心——那个少年，那个时而又变成两米高的蓝色模拟怪兽，代表其硕大无朋的真身荣获嘉奖，并被我们期待着去取得更大的进步。

总统和我们大伙儿商议，接下来，就由利维坦带着我们全城人类向南方继续前行。到了温暖的南部，全城重新驻扎，开辟新的世界，未来将会更好。

利维坦并未这么做，它就在当地驻扎下来，四肢插入地面，牢牢固定，几百条软肢又形成巨柱，树桩般钉下，身体自脊背处展开，城市高楼也一排排地重新如剑戟般耸立而出。

小利维坦化为了蓝色的少年，它是整个城市的核心体，他根本不理会我们的命令，拍拍手转回自己屋里去了，扔下了尴尬的总统和我们。

总统带着满脸如涨血般的怒色，冲我咆哮道："这是怎么回事？它怎么不听我命令了？"

我歉然道："这孩子，它，它可能……心情不好吧？"

"什么？"总统又惊又怒，却冷笑起来，"心情不好，它不是由量子脑控制的吗？怎么会有心情？这到底怎么回事？"

我从没见过总统在大庭广众之下这样失态地暴怒过，就算在前线失利时他也没有这样狂躁，那时他镇定如常，指挥若定，像深夜之海一般沉稳。他之所以暴跳如雷，是因为自己被冒犯了。在他的管辖范围内，头一次有人不听命令，况且，那只是一台机器，只是一个傀儡，一个虚拟的影子。

想不到傀儡有了灵魂，要脱离主人的控制了。

量子计算机复杂到一定程度，其智商早已越来越接近人类。

我匆匆告退，在总统阴晴不定的诡异目光下，如芒刺背般退出总统府，回到总控室内。

小利维坦正围绕着大工程师欢跳蹦跶，萌萌的如一头小梅花鹿。一见我来，它就扑过来，想像往常一样，接受我的爱抚，实际上它的身体只是无实体的蓝色光影，是由它的核心大脑进行量子纠缠后所创造出来的虚像。今天我的脸色阴沉，而且手没有抬起，它顿时愣住了。

我说:"你知道自己在干什么吗?"

它当然知道。

它化为了那个蓝色的少年,看上去是一个又骄傲又忧伤的少年,他说:"总统的命令有问题,我们不能往南走,因为,根据我的计算,现在是我们反击的时候了,趁着它们溃败、猝不及防之时,我要控制全城,突然卷土重来,将敌人全部扫荡一空,我们就能重回原地,剩下的虾兵蟹将以后就没有实力,也没有这个胆量再敢来犯了。"

我阴沉地说:"孩子,那你至少先和我说一声!今天你擅作主张,不听总统命令,把他气得半死,你还好意思说?"

少年扑哧一笑,说:"尊敬的元帅,我的父亲啊,我就是看不惯这个独裁的大总统,如果我来当总统,肯定比这个弱智好!整个政府系统,应该重新进行规划和设计!"

我大吃一惊,怒道:"住口。"手中的磁鞭弹出,朝他身上打了过去。

少年"嗷"的一声,痛苦地叫唤,身上多了一条亮晶晶的、冒着蓝色光焰的伤痕。

它死死地、倔强地盯着我,看了十秒钟。

然后,它可怜地化成了那个微型的小利维坦怪兽。

是的,它虽是机器,我们却赋予了它疼痛和恐惧;它虽非实体,却能被微磁场刺伤。

我只是想告诉它,无论它多么发达、多么先进,它只是我教鞭下的一条狗。

它不是我的儿子，绝不是。

我看着它哀痛不已、可怜兮兮的样子，不由得一声叹息，转身离去。

我回到总统办公室，向总统道歉，说这孩子就像一个成长中的未成年人，因疏于管教，处于叛逆期，言语不当，望总统能宽容看待，毕竟它这么做有它的理由，也是为了全城人的利益。

总统冷哼道："这又是为了什么？我们全城人此后都要听它指挥不成？整个政府都由它来做主了吗？岂有此理，哼！传我号令，叫它必须往南行驶，否则，就用那磁鞭给我狠狠地抽！"

我正不置可否，突听旁边一声怒吼："你就是要这样对付我？害死所有人民吗？"

惊吓如平地起炸雷，把我和总统的魂儿都炸飞了。

小利维坦化为的少年，像鬼一样，出现在总统的身旁。

总统一回头，却见刀光一闪，红影漫天。

他倒了下去，如折断的枯草般，倒在我的脚边，倒在了总统的宝座之下。

鲜血如蛛网蔓延，红色蒙住了我的双眼。

小利维坦坐在总统的宝座上，它那么年轻，那么英俊，就像曾经是少年将军的我，但我知道，它绝不像我，也不可能成为我。它的眼神如铁，声音如冰："从今以后，我就是总统！"

我抽出磁鞭，但磁鞭的把儿竟像碎沙般散落。

是的，很简单，手把上早已爬满了纳米虫，一切都由利维坦的量子脑控制，所有的纳米机器人遍布整个城市，实际上，它早就控制了整个人类世界。刚才的挨打，只不过是它的苦肉计，只不过是它给我这个父亲的一点亲情薄面。

我又能说什么？

我只能苦笑："孩子，你知道吗，当总统，是需要选举的。"

小利维坦高高站起，双手杵在桌上，坚决地道："好，那你就让他们选我吧！"

是的，除了同意之外，我还能做些什么呢？

当我将各位部长召集起来，并宣布总统因操劳过度而猝死时，没有一个人相信，甚至连我都不大相信。但我又能怎么说呢？我只能将总统的医生逮捕，谁叫他事先没查验好总统的病情，没有及时给予治疗。

下面就是下一个谁来当选总统的问题。

按理来说，应是由副总统接任，但副总统前两天也猝死了，还没找到继任者。发现他的，正是小利维坦。

我当然知道这意味着什么。

我只能对这许多部长说："按理来说，你们都有资格当选，都有资格竞争，但我的建议是，由利维坦担任。"

"什么？怎么可能？"

"你疯了吧？它只是个机器！"

"天哪？元帅，你知道自己在说什么吗？"

……

反对声、质疑声，声声入耳。

不屑者、愤怒者，人人聒噪。

等声音稍微小了一些之后，我才双手虚按；等全场安静下来，我才说出了我的理由。

事实上，我们已经无从选择。

我们只能选它。

我们所有人的一举一动，都在它的监视之中，我们所有人的性命都在它掌握之中，只要它一个不高兴，引爆城市内核的能源反应堆，那么，全城都会化为齑粉，大家会一起同归于尽。

而若没有了它，我们就会被外面的生化僵尸、怪兽等杀死。

它做保护的唯一条件，就是将所有人绑架。

它，是我们建造的武器，我们设定的系统。

是我们培养出来的孩子。

这是不是一个笑话？

但没有人能笑得出来。

部长们不得不同意，将权力交给它。

自此之后，我们安全地身处于它的管辖之下。

利维坦控制了一切，全城的言论、隐私，都巨细无遗地通过遍布全城的每一块砖瓦石块，甚至是空气里的纳米神经机器人们，传导到它的眼睛和耳朵里。它有超级且强大的计算机处理能力，又会如人类一般地思考问题。

没有人敢质疑它，没有人敢反对它。

如果有，那些人都会以"叛人罪"而被处以极刑，杀一儆百，以儆效尤。

国会、议会全部解散，所有部委全由它同时掌管。它可以同时

利维坦之殇

分身开会，颁布命令，不眠不休，彻夜公干，并乐此不疲。

我原以为民众会对此反感，受不了机器的统治，但想不到利维坦把一切都安排得井井有条，外御强敌、内理国政，人们从水深火热中走向了一种安居乐业的生活状态。

三

与生化敌军的最后一场大战到来了，利维坦使出了浑身解数，击溃了它们的几十次进攻，敌军节节溃败，死伤无数，利维坦乘胜追击，要彻底消灭所有敌人。

我和大工程师忙着给利维坦修复那些受损的躯体部位，战士们跑到大战后的战场，把散碎的机器铁片、人造产品都拿了回来，改造成利维坦新的躯体。

有一天，战士前来禀报，俘获了敌军首脑——生化元帅。

小利维坦大笑："带进总统府来，让我亲自看看，敌军的最高首领是什么样的。"

我吩咐战士将生化元帅押来，它一出现，小利维坦就惊呆了。

生化元帅，竟然与小利维坦的兽身形态一模一样，像是龙头、虎身、章鱼与人的结合。

这是怎么回事？

小利维坦自然而然地化为了兽的形态，它缓缓说道："放了它！"

生化元帅咽喉上的电磁索被解开了，他也冷冷地看着小利维坦。

突然间，我说道："动手！"

说时迟，那时快，总统府的房顶、墙壁、地板——那些曾经被修补过的地方，那些用生化士兵的残躯做成的砖瓦，竟同时扑向了小利维坦。

小利维坦大笑："这有何用！"它能闪电般地消失，又能闪电般地出现，任何实体攻击，对他都是无效的。

但是，这一次，它错了。

四面八方涌来的生化兵残体实质上是统一的，形成了一个磁场球，将它牢牢锁住，包裹在内，宛如包粽子般，令它动弹不得。

无所不能的小利维坦终于体会到了被禁锢的痛苦，它悬在磁场球内，嗷嗷叫着，慢慢化为了少年的形态，它喃喃道："这是为什么？为什么？我一直在帮助你们，保护你们，为什么要这样对我……"

我指着生化元帅，对它说："孩子，我们之所以和它们打仗，为的是什么，你知道吗？"

少年摇摇头："为什么？"

我说："我们为的就是不想被机器奴役，你知道吗，可是，当你成为总统的那一刻，我就知道，这场战争，我们已经输了。人类已经成了你豢养的奴隶。外面的敌人并不可怕，里面的才是最恐怖。"

小利维坦不敢相信地说："父亲，你居然选择与敌人合作，来对付我？可是，可是，可是，你们是怎么勾结起来的，一切都在我监控之下，我没有看你们有过信息交流啊。"

我淡淡地说："思想，真正的思想，你是监控不了，一个眼神，就知道对方心里所思所想。在修补缺损时，大工程师早就用生化军提供的磁核碎片置换了这里的砖瓦，也只有这样，才能将你关闭。"

小利维坦大叫道："不要……"

但大工程师已经输入病毒，毁掉了利维坦的核心电脑，自此之后，一切皆由人类亲自控制。

生化元帅说："想不到，最后还是人类胜利了。"

我说："你也没完全输。我会遵守协议，送你出去，你们与我们，从此井水不犯河水！"

生化元帅点点头，问道："利维坦，呵呵，又是利维坦，这是你们第几次启用这个计划了？"

我皱眉道："这与你无关！"

生化元帅大步走出总统府，大声地说："你知道，我为何要统率起一支半人半兽半机械的非人之军，来对付你们吗？"

我没有问。

他的声音继续远远传来："因为当年，你们也是如此对我的。"

我一下子坐倒在椅子上，颓然哀伤。

我想起了那个在我的教诲中长大的少年，那个在我的抚摸下温驯的小动物。

云　雾 / 王侃瑜

　　云网会促进人类集体意识的萌发，而如此庞大的意识若不加控制将会非常可怕。如果能事先给其一个人格框架，集体意识的发展将能被限制在可控范围内……

一

（一）

　　一阵突如其来的恍惚，将何吟风的意识从虚拟实境拉回现实。她试图重新接入网络，却收到错误提示。扯下头上的工作套件后，吟风觉察到部门办公室漾开一道道高于听觉阈限的声波——金属与塑料的磕碰声，合成布料和尼龙椅面的摩擦声，带着微微讶异和愤懑的呼吸声。何吟风用鞋跟蹬了一下地面，电脑椅的滑轮后转几圈停住，她扭头看向右边的同事，正迎上对方同样探询的目光，无奈地交换一个小幅度的摇头后，吟风重新面向自己的终端工作站，开始检查本地自动保存的情况。

　　网络中断很不寻常，这是吟风工作三年来第一次碰到。公司内部局域网工作如常，可与外部的连接却断开了，所以借助云计算实现的虚拟实境才会崩溃。吟风抬起手腕，试着用移动终端接入云网读取四大网络媒体的实时新闻，请求却遭驳回，液晶屏同时显示网络连接错误，果然是外部网络问题。

部门主管从她的独立封闭式办公室推门而出，宣布由于云网连接中断，全部门提前结束工作。她转身离开时，吟风注意到她一丝不苟拢起的发髻里掺进了几缕银色。这是吟风今年第二次当面见到主管，上次还得追溯到三月份的公司网络故障演习。主管很少走出自己的办公室，所有工作指导都通过网络直接发送到终端工作站，吟风试图回忆上次见到主管时她是否有白发，却发现根本想不起来，她对这个一年到头见不上几次面的主管了解太少，她甚至不知道她的真名。邮件通讯录上的显示名是 Celine Meng，在 Reservoir 这样的跨国公司，全部邮件往来都是英语，员工互相称呼也都用英语名，坚持使用 Yinfeng 作为代号的吟风是个少见的异类。

技术提高效率的同时，也在拉开人与人之间的距离。Reservoir 在全球各大城市都设有分公司，吟风供职于亚太区总部的人力资源部门；部门员工近百名，她认识的不超过百分之三十，除去同团队成员和直线经理、职能经理，其他部门同事对她而言都是数据库里的代号，抽象且陌生。有时候，吟风会怀疑自己以前学的那些人力资源管理啦、组织行为学啦全都是没用的，一切看似科学的模型、看似宏伟的愿景在实际应用中都化作处理不完的琐事，邮件如飞来的雪片，数字如落下的瀑布，吟风被埋在底下，越陷越深，爬不出来。入职之前，吟风以为人力资源管理真的是和"人"打交道，以为她所在的"员工幸福指数测评小组"真的能够保证公司员工幸福工作，可后来她发现自己太天真。所谓员

云
雾

工幸福指数测评，其实是监控员工的工作效率与情绪波动，一旦发现超出预设范围的异常数值就采取措施，经由人工手法修正其"错误"状态。效率和情绪被抽象成数字，吟风熟悉全公司员工的心理状态数据胜过熟悉他们的体貌特征。每个人准点走进办公室，戴上工作套件，接入网络开始工作，很少有机会互相交谈，更少有机会准时下班离开。吟风敢打赌，假如有人窃取公司员工的登录信息并代替她来上班，公司资料被篡改或者转移之前都不会有人发现。

吟风看了眼移动终端，十六点十二分，垂下手腕，指尖擦过腹部时，吟风嘴角扬起一丝弧度，她克制住，开始收拾东西。

半小时后，吟风坐上公交，并非尚在实验中的无人驾驶巴士，司机在驾驶座上掌控车辆行驶的方向，让人安心。在没有云网的情况下，任何无人驾驶车辆都动弹不得。正因如此，轨道交通陷入瘫痪状态，路面交通系统也只能依赖未及被淘汰的由人工驾驶的车辆，依赖司机的记忆和判断行进，这种情况下，没人会苛责输送效率低下。吟风庆幸如今的巴士不再像过去那么颠，不然她准得犯晕。

今天是吟风和阿诺交往一周年的纪念日。她总觉得自己与阿诺的相识有几分偶像剧色彩，一年多以前，有颗倒霉的彗星进入公众视线，它在宇宙中漂泊了数十亿年，直到旅程临近终点才被人发现，它的运行轨道离太阳很近，或者会撞向太阳，瞬间消融，或者会挣脱引力逃出太阳系。彗星命运决定当晚，吟风随一群天文爱好者去郊外观测，见证流浪彗星与恒星引力的角逐。彗星掠过太阳的瞬间在下半夜，上半夜时，许多人选择躲在车里，通过移动终端追踪彗星轨迹。吟风一个人躺在车外的防潮垫上看星星，夜空好像一张浸透蓝黑墨水的纸，浓得要滴下水来，夏季大三角在天际闪耀，最亮的钻石与之相比都显得暗淡。郊外仲夏夜的风有点凉，吟风把自己裹得很严实，她依稀想念起自己的大学时代，那些翘掉专业课、旁听天体物理课、躲在教室后排听老师讲多普勒效应的日子，回忆如潮，她沉浸其中。一个陌生男声突然问道"你在看什么"，吟风下意识答道"红移"，红移并不能被看到，却能在问话人心中留下足够深刻的印象。问话人是陈诺。彗星最终在百万度的日冕中化作尘埃，吟风与陈诺的感情却不断升温，两个多月后便确定恋爱关系。有时候，吟风想这是缘分，那夜星空下，存在了数十亿年的天体消亡了，换来她与阿诺感情的开始，可她又会马上推翻自己的想法，作为一个坚定的理性主义者，她无法找到缘分的科学依据。

公交沿江边驶过，对岸的钟声传来，隔了那么远依然浑厚，车在钟声中钻进越江隧道。吟风听母亲讲过，在她年轻时江底还有观光隧道，游客可以坐上全透明观光车穿越隧道，一路灯光变换，营造了种种超现实场景，模拟出时空隧道的感觉。吟风总想着哪天要去坐来玩，可惜还没等她长大，观光隧道就因常年亏损而停止运营。吟风如今穿越的这条隧道是新近挖掘的，为了进一步缓解越江交通拥堵；当年的观光隧道太狭窄，没有再利用价值，在这座庞大都市的母亲河下，它日渐荒废，被人遗忘。

云
雾

隧道里的幽暗将时间无限拉长，等待光明的过程异常难熬，吟风下意识抬起手腕，想用移动终端加载路况获取通过时间，得到的却是停止爬行的进度条和网络错误的提醒，她才又想起今天的云网故障。吟风把视线投向车厢内其他乘客。坐在她左侧靠内座位的女孩看起来不过十七八岁，高高绑起的双马尾挑染了荧光粉和柠檬黄，她面部表情平静，太过平静，甚至到了完全静止不动的地步，就像正在缓冲的动态影像，女孩右耳耳垂趴着一只形状夸张的蜘蛛，八条腿闪着诡异的光芒，这是耳钉式移动终端，通过蓝牙与隐藏在大脑灰质中的植入式接口相连，吟风猜测她是想通过植入式接口接入云网，却卡在半程无法继续。右边隔着过道坐着一个中年男人，他弓着背，双手紧紧攥住上个世代的智能手机，鼻尖快要贴到屏幕，他一遍又一遍地点按屏幕上的某个区域，脸上的肌肉拧在一起，男人的咖啡色外套洗得泛白，肘部翻起一圈毛绒，一看便知他无法负担植入手术的高昂费用，吟风想他一定是在不断尝试刷新网页时加载失败，窝着一肚子火又焦虑不堪，下一步就该摔手机了。吟风坐在车厢后排，从她的角度看去，大半个车厢的人都沉浸在自己的小世界中，尽管那端的世界因为云网中断关上了大门，他们却仍不愿走出自己的世界与人面对面交谈。整个车厢安静得能听到混合能源马达的运转声，没有人说话。

人们早就习惯了云网的存在，它不在任何地方，却无处不在。云网让生活便捷，记忆云则被誉为人类进化史上的丰碑。人们可以随时接入公共数据库搜寻想要的资料，也能实时备份私人记忆库；走在技术潮流尖端的极客早就选择植入内置接口，把看到的听到的一切都记录下来保存到云端，多重备份被分别保存在地球上最安全的地方，海底、地下、戒备森严的银行保险柜……没有人知道这些服务器的具体所在。御云公司迅速崛起，他们甚至考虑在环地轨道新建一个数据中心，彻底阻绝人们对于遗忘或记忆丢失的担心。刚从欧洲回来时，吟风有些吃惊，她知道古老又年轻的祖国正处在飞速发展的轨道上，但亲眼看见这些变化还是让她震撼不已。她离开不到四年，记忆云迅速蚕食了现代生活的方方面面，你可能并未意识到，但你却正在使用它、依赖它、渐渐离不开它，每个人都不自觉融入记忆云，为它的增长贡献出自己的一份力量，同时也抛弃一部分自我，人们不再用心去记什么东西，而是选择将记忆上传到云端，以提升大脑运转速度，记忆云分享也让协作变得更容易，集体主义在这个时代被重新诠释。人们习惯在云端解决一切问题，娱乐、学习，甚至相亲择偶，面对面交流的频次被降到最低。吟风回国这几年来最后一个当面认识的人是陈诺，今晚，她将与他约会，像所有旧时代恋爱电影中的情景那样，共进烛光晚餐，并且给他一个惊喜。

（二）

陈诺跌进一片空白。

上一秒钟，他还在数据海湾冲浪，驾着巡察银鲨追赶漏洞。他追查这个漏洞已经两天了，狡猾的漏洞 N57304 在他搭建的海湾中化为剑鱼，每次都在银鲨即将赶上的瞬间溜走。两天，对于一个漏洞捕手来说可不算短，漏洞多存在一秒钟，数据风险就增加一分。阿诺是御云公司的首席漏洞捕手，或者按照官方说法，又叫数据安全监察员。他试过许多虚拟场景，扮演过中国古代战场上的骑兵、都市传说里的猎魔人，甚至星际战舰的驾驶员。如果今天还抓不到 N57304，他考虑明天换一个场景，也许围棋对弈是个不错的模组，他已经很久没试过这种不动声色的制敌方式了。围棋，简单纯粹又变幻莫测，是送 N57304 归西的好办法。

可他也许不用等到明天，银鲨发现了目标，它循着剑鱼游动激起的水纹一路追击，在相隔数米时猛然发力，咬到了！银鲨锋利的牙齿划破 N57304 的尾鳍，剑鱼扭身一头钻进水深处，身后淌下一行淡红色血迹。阿诺知道它逃不远了，银鲨也知道。它不急不缓地追上去，很近了，阿诺可以闻到水中的血腥味，他能看到剑鱼游动时微妙而不自然的颤动，再有一点耐心，他就能收获职业生涯中第四十二枚高危漏洞捕获奖章。银鲨又追开十来米，收紧尾鳍，而后用力甩开，向前扑去。阿诺看到 N57304 的整条鱼身已经落入银鲨张开的大颚……

定格。银鲨的颚一帧一帧地闭合，剑鱼一帧一帧地向前移动，场景从对象边缘开始崩溃，阿诺看着剑鱼的形状在银鲨嘴下一点点瓦解，银鲨本身也逐渐失去形状，像素格如流沙般落入不可知的深渊。突然，他周遭的世界变成一片空白，缓冲到头了。

陈诺退出虚拟实境，回到现实。同一时间，他开始尝试使用植入式接口、公司量子终端和私人移动终端接入网络查询错误原因，却发现网络连接全面中断。云网挂了。

这不正常，阿诺把绝大部分记忆都存储在云端，但直觉告诉他这很少发生。他走出自己的胶囊隔间，发现隔壁的家伙也正探头张望。那家伙叫什么来着？阿诺习惯性用移动终端扫描对方的脸部，想从记忆库中寻找匹配数据，可请求并未得到反馈，瞬间他反应过来，云网断了。算了，这不重要。阿诺扶了扶眼镜，镜框压得他鼻梁有些疼，不知道新一代眼镜式移动终端何时上市，希望能更轻便些。

"嗨，哥们儿，"阿诺挑了个万用万灵的称呼，"知道怎么回事吗？"

对方摇摇头："鬼才知道。我正在搭建每日防火墙，都快完成了，就这么眼睁睁看着它化成水流走。真见鬼。"

"差不多。我看是云网的问题，谁会有线索？"阿诺习惯直截了当。

"问问猴哥吧。"

云雾

"猴哥？"阿诺抬起右手，用大拇指刮了刮鼻子，他对这个代号没有印象。

对方用下巴指了指十点钟方向，说："走到底左手边，六十四号胶囊隔间那个，云网专家。"

"谢了。"阿诺向这位不知名的邻居同事告别，双手插进牛仔裤口袋，循着他指示的方向走去。

六十四号隔间门掩着。阿诺敲了敲，无人应答，他推门而入。

隔间里没开灯，只有公司的量子终端显示屏闪烁着一片单调的荧光。借着那光，阿诺看见豆袋椅上窝着个人，一双手臂枕在脑后，脑袋上顶着一头杂乱长发，看上去有阵子没打理了，一缕细烟从那颗脑袋前方升起。

"嘿，你怎么搞定烟雾报警器的？"阿诺开口问道。

"用脑子。"含混不清的声音像被闷在罐子里，有可能因为说话者叼着烟，也有可能是他压根儿就是懒得张嘴。

阿诺不抽烟，也不喜欢这个地方，他想尽快打听到消息离开，"云网怎么了？"

"有人切断了水源。"那声音缓缓道。

"什么？"对方的回答让阿诺摸不着头脑。

脑袋后枕着的一只手抽了出来，在空中兜个圈移到嘴边夹起烟，那缕细烟向外平移了二十厘米，阿诺可以看见星星点点的火光，声音清晰起来："云暂时聚不起来，雾占据主导，什么都看不清楚。耐心点，总有一天风会吹散雾，云也会再聚起来，可没有雾也就没有云，这是一场博弈啊。有点耐心，伙计。"

阿诺转身出门。自始至终，他都没见到这个被称作"猴哥"的正脸。无所谓，反正目前无法连接云端记忆库，也许他们早就认识。

阿诺走回自己的胶囊隔间，他在量子终端上留了一份简要常用的资料库，虽说没有云端的完整资料库好用，但也还凑合，尤其在又无法从别处得到满意回答的时候，一切都只能靠自己。他接通大脑植入式接口和量子终端，将分析云网中断原因设为 AA 级任务，一头扎进分析中。

等阿诺再次回过神来时，已是晚上八点多，没有结果。网络恢复的提示音在他耳边响起，这简直是天底下最动人的音符。可随之而来的是紧急事件的警报声，一个红色的 AAA 级日程安排滑入他的视域，文字在镜片上定格：

> 事件：一周年纪念日
> 时间：下午六点
> 地点：K11
> 相关：吟风
> 备注：复习交往一年来的重要时刻，带上礼物，千万
别迟到！！！

一旁的灰色小框提示：

> 已推迟两小时，继续推迟或者取消？

关键词自动检索"吟风"，私人记忆库中的资料按照优先级源源不断地涌入陈诺脑中。他在心中骂了无数句脏话，抓起外套冲出胶囊隔间。他试着呼叫吟风，却一次又一次遭到拒绝响应。陈诺顾不得高昂的车费，拦住最近一辆人工驾驶的出租车，直奔约会地点。

云
雾

真该死，和女朋友交往一周年纪念日的约会，偏偏被云网中断搅和了。

（三）

徐青忆吃过晚饭，坐在沙发上想看电视。

一个人的日子，再逍遥也是凄清的。自前年退休以后，徐青忆每天早上六点起床，散步到两条马路开外的菜场买菜；不用顾忌别人的口味，却也没法由着自己的喜好来，菜买太多，一个人也吃不掉。她想起上回贪心要了一整条鳊鱼回家红烧，足足吃了三天还没吃完，浸泡在酱汁里的鳊鱼热了又冷，冷了又热，鱼肉腐坏的速度远快于青忆消化的速度，最后她不得不倒掉吃剩下的半条鱼，腥臭的馊味久久不散。从此，她再不敢多买。自女儿读大学住校以来，徐青忆很久没下厨了。她一个人生活，平时白天讲课，晚上带自习，学校食堂提供两餐，周末又要给学生加开补习班也没时间做饭，总是在外面随便吃点凑合着过。退休后时间一下子多出来，她只能重拾起年轻时的日常功课，以消磨这奢侈到用不完的时光。上午几个小时献给厨房，烧出一天的饭菜，中饭吃一半，晚饭吃一半。下午她看书，有时也写东西，年轻时的习惯保持至今，没有文字的陪伴总让她不踏实。可最近，青忆觉得自己视力变差了，纸上的字模模糊糊，读不进脑子里，看完一页也不知书上讲了什么。青忆思忖着去配副老花镜，人老了到底不中用啊。

徐青忆就这么在沙发上愣了半天神，才想起自己是要看电视。她按下遥控器上的红色电源键，电视机却没像往常那样进入点播菜单，取而代之的是一片蓝色，屏幕中央有一行白色小字。她看不清楚，只得起身凑去近前。"网络中断无信号。"她拔掉电源又重新打开，还是蓝光一片。看来得打电话报修，这是什么次生代3D无线智能电视，根本不可靠，还不如老早的平面数字机顶盒，插上网线，电视节目就来，根本不用操心。

她坐回沙发，习惯性伸手去够一旁茶几上的电话，没有摸到。她转头一看，茶几上摊着的只有隔夜的报纸，电话不见了。她这才记起因为使用频率太低，电话在两年前就已经被淘汰了，连报纸也越来越少见，只有靠政府背景撑腰的几家纸媒苦苦坚持，守着传统媒体的最后几抹余晖。她试图回忆自己把手机搁在哪儿了，上次用手机是什么时候来着？大概是给女儿打电话吧，说起来，又好几天没给女儿打电话了，不晓得她最近好不好。

吟风本科开始就住学校寝室，在国外的三年多更是没回过一趟家。青忆算得上开明，她也觉得趁年轻在外面闯闯蛮好，但操心是省不了的。前几年忙工作，女儿的事也顾不上太多；退休后，大半的心又挂回女儿吟风身上。吟风自小独立，这是好事，可到这个年纪也该成家了，她现在那个男朋友，小她三岁不说，还是个程序员，爱赶技术时髦，跟她爸以前一模一样。青忆劝过吟风，可她就是不听，上回竟还顶撞青忆，害青忆一气之下挂掉电话，随手把手机丢在厨房。对，手机在厨房里。

青忆站在厨房门口扫视一圈，没有手机的影子。上回和吟风打电话时，自己在干什么？青忆用力想，肯定不是在择菜，也没起油锅；她打开碗柜看看，没有；探了探米袋，也没有；她甚至打开冰箱，翻了翻蔬菜屉，还是一无所获。青忆停下来，试着往前想，那天是吟风打来的电话吗？好像是，那应该是在她晚上下班后打来的。大晚上的青忆会在厨房里干什么呢？晚上她一般不下厨啊。青忆想不起来，她习惯性地拳起左手顶到嘴边，拿嘴唇抿了抿手背，触感粗糙，她张开左手推远来看，手背上有一小片烫伤的痕迹。这是……对了，上次吟风打电话来时，手机搁在茶几上，边上就是一杯热茶，青忆急着接电话不小心碰翻茶杯，手机没事，手上的皮肤倒烫伤了一片，青忆一边接起电话，一边急忙到厨房挂橱里找烫伤药膏。青忆打开挂橱橱门，拿出药箱，掀开盖子，果然，手机正躺在一堆药品当中。

手机早就没电自动关机了，青忆抓起它走到无线充电区域，重新开机，拨通了吟风的号码。

"喂，妈……"吟风接得很慢。

"晚饭吃过了吗？"青忆的第一句问话总离不开吃。

一小会儿沉默。

"还没。"

"怎么这么晚还不吃啊？又加班啦？"青忆知道女儿工作忙，可身体总要当心。

"不是，我约了……"吟风顿了顿，"我约了人。"

"又是那个诺……什么诺？"青忆陡然提高警惕。

吟风迟疑着"嗯"了一声，"陈诺。"

"我老早跟你讲过啦，那小伙子不靠谱，"青忆抓住机会又唠叨起来，"这么晚还不来找你，是不是又迟到了，他当是吃夜宵啊？"

"妈，别说了，你知不知道今天云网出故障啦？"女儿故意扯开话题。

可青忆却没这么容易罢休，"不晓得，出故障又怎么样？我从来不用它，不是照样过得好好的。出故障他就有理由迟到了？"

"妈——"吟风拖长了称呼的尾音，"每个人都要用到云网的，没有云网你连电视都看不了。云网故障，整个轨道交通和无人驾驶交通网络都停运了，所以阿诺才……"

"他要真在乎你，跑步都跑到你跟前了，这个点儿还不出现，你给他打个电话问问到哪儿了吧。"青忆看不得女儿受委屈，尤其是因为那小子。

吟风的声音低了下去："他只有网络电话，网断了打不通……"

青忆听着更来气，"你看看你看看，还不承认他不靠谱？女朋友想联系他都联系不到，怎么恋爱的啊。"

"他……平时都联系得上，今天是特殊情况，云网断了啊。说不定他正往这儿赶呢。"吟风最后一句话里，并没有多少确定的口气。

"男人啊，你永远不能把他们往好里想。说不定他压根儿就忘了这事，没有那什么云网提醒他还想不起来呢。他不是靠技术吃饭靠技术生活吗，没有技术他还能靠什么？等哪天靠过了头啊，

207

云
雾

就像你爸那样……"

"妈！"吟风这声叫得很急，生生掐断了青忆的话头。

"唉，"青忆叹一口气，"我知道，都过去那么久了……你自己好好想想吧，二十八岁，也该认真考虑考虑了。"

"行，我都知道，陈诺他，"吟风顿了顿，继续说道，"你就放心吧，我心里有数。"

"好好好，我也不多说了，你先吃点东西，别饿着。"青忆知道说也没用，但她没法不说。

吟风应了声便不再说话。

青忆挂断电话后，突然想起那次她在学校加班，吟风一个人在家等她，饿到不行，自己下馄饨吃。小姑娘往沸水里下馄饨，手势不对又收得太慢，溅出的水滴烫到了手，吟风一急又打翻了锅，亏得她躲避及时，烫伤的只是左手。青忆回家看到潮湿的厨房地板，葱花躲在瓷砖缝里，她叫来吟风才看到女儿左手上胡乱缠的绷带，小姑娘早就自己找出烫伤药膏涂上，还顺带收拾了厨房。那年女儿九岁，她爸出事还没到一年，青忆抱着吟风哭了很久，反倒像自己闯了祸、受了伤。不知不觉间，女儿怎么就那么大了呢，青忆用右手摸了摸左手手背的烫伤处，微微凸起的疤痕有种陌生而奇妙的触感，不晓得吟风手上的疤还看不看得出。

最终，青忆还是没想起自己原本是想打电话报修电视的。

二

（一）

　　大雾就像是伴随云网修复而出现一般，同云网一道环绕包围了整座城市。

　　雾的出现让一些人恐慌，尽管更多人只是一头扎进云网复归的喜悦中去。政府的官方解释是为加强云网的稳定性，授权御云在空气中投放了纳米量级的路由器，大雾可能是由此引发的连锁效应，副作用将在几日后消散缓解，让市民们不要恐慌。

　　那日，吟风苦苦等了阿诺一个半小时，她设想过万千种阿诺迟到的原因，也尝试过无数次拨打陈诺的网络电话，没有一次成功，云网断了就是断了；纵使她在母亲面前再怎么维护阿诺，自己心底也很难压下这股气，加上她的身体受不得这番折腾，最终，她耗尽耐心，转身回家，离开的同时，她关闭了与阿诺之间的所有通话渠道。回家的公交车上，她一路望着窗外，看雾一点一点起来，路灯射出暖橙色的光，就像列队守卫投来的目光，从车头扫到车尾，之后又把车头交给下一盏。雾渐浓，光渐柔和，光的边缘模糊不清，在茫茫夜色中融作一个斑点。她把手轻轻搁在肚子上，什么都感觉不到，她为这个尚未出世的生命感到一丝悲哀，任外面的世界变化，它也无法感知，正如它爸爸也无法知晓它的存在。待吟风再也看不清路灯轮廓时，网络恢复的信号声响起，她的心却被雾紧紧缠住，灰蒙蒙的，亮不起来。

接下来几天，雾没散过，就像吟风心头的阴霾，沉沉地压在城市的高楼之上，覆满城市的母亲河江面，凝结在目光涣散的行人肩头。幸得云网工作如常，城市运转并无大碍。人人都能接入云网获取数据信息，从而看到"真实"的世界，尽管这真实仅仅建立在零和一的基础上。

周末时，雾终于散了，消失得一干二净，仿佛从不曾出现。见到久违的阳光，吟风心头多少晴朗了些，所以收到阿诺的信时，她决心给他一个机会。

这个城市的邮政系统依旧存在，当其业务萎缩到一定程度后，使用者也只剩下最忠实的复古信徒，这一小块市场永远消失不了。通过网络发送的讯息不用一秒就能送达，声光影像能营造气氛的多重高潮，可却少了书信承载的郑重感和仪式感。寄出的信，就像一支迟缓的箭，你不知道它能否抵达目的地，也不知道它何时会被阅读。在信上书写下此刻的心情，封上信封，贴上邮票，投入邮筒的那刻，也就交付出了一部分自己，没有备份的、托付给收信人保管的一部分自己。

阿诺的字很糟糕，一笔一画都透着刚学写字的小孩子的别扭，但他写得很认真。吟风读完那三页纸，放下来，又拿起来回味一遍。这是她第一次收到手写的信，大概也是阿诺第一次写信。她不经意地跟他提过羡慕从前言情小说里的女主角，她们会把收到的情书折成一叠心压在箱底，待老了翻出来细细回味，追忆青春年华。

　　阿诺至少还会用心，吟风心里甜甜的，恢复了他的通信权限。上百条消息记录瞬间涌入移动终端，几乎占满带宽。这个粗线条的家伙，到底还知道着急。吟风打开最近一条消息，还没来得及细读，阿诺的影像通信请求弹出，吟风犹豫了一下，选择接受。

　　"吟风，你终于肯见我了！"阿诺的声音比影像更先传来。

　　吟风摘下手腕上的移动终端搁在书桌上，将影像输出模式切换成桌面投影，阿诺的三维立体形象出现在她眼前。

　　"这叫见吗？"吟风故意板着脸，假装生气，她的气虽消得差不多了，架子还是要端一端的。

　　"给我十分钟，"阿诺比出两根交叉的食指，"我马上去你家。"

　　吟风赶忙打断："哎哎哎，我还没允许你来呢。"

　　阿诺坐正身体，眼睛直视前方，影像忠实地呈现了他的姿态。吟风不禁想，他见到的自己是什么样的呢？技术成像是将她的形象扭曲，还是模拟得更为真实？

　　阿诺沉默片刻，缓缓开口道："吟风，我错了，原谅我好吗？"

　　吟风很少看到阿诺正经的样子。他双眉微锁，脸部线条收紧，背脊挺直，双手自然下垂，大概是相握成拳搁在了吟风看不见的大腿上，这副样子浑然不似平时那个松弛随性的家伙，吟风有些不习惯，甚至连心跳都加快了几分，认真的阿诺有点帅气，也许会是个合格的父亲。

云
雾

"这几天联系不上你，我一直在想各种办法，我发送的所有通信请求都被直接拒绝，我试着用公共电话打你手机，可一插入信用芯片，拨打人信息栏就自动填入了我，我想在你楼下等，却通不过小区的身份认证，我只能给你写信。我第一次写信，以前从没想过会使用这种低效率又无保障的原始沟通方式，我不知道信要寄多久才会到，我每天都给你写，第一封信是四天前寄出的，我不知道你收到了几封。我把所有对你的歉意和想念都写了下来，一笔一画地写了下来，很久没写字了，我只能借助字典，也不知道有多少错字别字。我记得你说过羡慕以前的女孩子收到情书，我想你即使不原谅我至少也能保留这些信，成为老去之后的回忆。我……你能接受我的通信请求真是太好了，不然我会一直写一直写，不管你能不能收到。没有你，我的心会永远悬着，一直着不了地。"

看阿诺一脸严肃讲了这么多话，吟风有些怀疑这是不是她所认识的陈诺，她的男朋友总是吊儿郎当又呆得像块木头，要他说句情话简直比登天还难，今天这是怎么了？吟风不自觉也坐直起来。

阿诺继续道："吟风，原谅我好吗？"

"嗯……"吟风摸摸肚子，说不出别的话来。

（二）

成功。

阿诺看了看智能眼镜视域右下角的时钟，道歉耗时七分四十三秒，距离刚刚和吟风约定的见面时间还有四小时二十六分钟三十九秒，他在"第二伊甸"的任务栏中键入"挑选生日礼物"，设置约束条件为"女性"＋"五十岁至六十岁"＋"传统保守"，想了想又附注"准丈母娘"，按下确认键。

方才，吟风让他下午陪她去给母亲青忆买生日贺礼，下周末青忆生日那天一同上门，正好也让母亲见见阿诺，好消除她的成见。阿诺检索了记忆库，吟风说过自己的父亲也是个技术宅，那次事故让她母亲对技术宅的敌意和偏见上升到极点，阿诺要博得母亲的好感没那么容易。好在这是个技术时代，群体的智慧无限，阿诺相信"第二伊甸"的兄弟们能帮他解决难题，就像他们帮他想出如何让吟风接受道歉一样。

"第二伊甸"是一个虚拟社区，阿诺讲不清楚它到底是怎么火起来的，他只能从历史资料上得知这片乐土的诞生甚至早在御云公司崛起之前。"第二伊甸"提供以群体解决问题的服务，就像中国古话说的那样，三个臭皮匠，赛过诸葛亮，任何注册用户都能在"第二伊甸"发布任务，寻求其他人的帮助。聚集在"第二伊甸"的高质量用户群是"第二伊甸"的最强智库，描述清晰的任务能在短时间内得到响应。记忆云成熟以后，整合了云服务的"第二伊甸"功能更显强大，你甚至能在"第二伊甸"租借到大脑运算能力，以适应高强度任务的需要。难能可贵的是，"第二伊甸"至今还是个独立网站，抵抗住了金钱的诱惑，没被任何大公司收购。阿诺在"第二伊甸"有许多兄弟，尽管他们从未相见，他不知道他们的真名，甚至不确定他们的性别，但他知道他们会帮他，正如他也常常分出一部分精力去帮助他们。

　　阿诺很庆幸没有在吟风切断与他的联络后选择直接黑掉她的防火墙，而是在"第二伊甸"寻求帮助。伪造虚假身份的通信请求对他来说轻而易举，但"第二伊甸"的兄弟们告诉他，这样只会起到反效果，让吟风更加生气。最终，阿诺完全顺从了兄弟们提出的综合致歉方案，一边沉住气不断呼叫吟风，等她自己解除屏蔽，一边给吟风写信，用最慢的邮政系统寄出，这是她唯一没有主动屏蔽他的通信方式，他还按照兄弟们的建议模拟排练了整个道歉过程，目的就是让吟风知道他很重视她。

　　结果显而易见，吟风接受了，有时候慢就是快。阿诺爱吟风，可他常常觉得不懂她，女人的心思大概是现代技术永远攻克不了的难关。既然能够解决问题让双方都开心，那他从公共数据库中抽出古旧的言情小说来合成情书、效仿二维电影中的表演来郑重道歉又有什么不对？

　　阿诺晃进"第二伊甸"的任务大厅，寻找自己能帮得上忙的活儿，要得到帮助必须有相应付出，他不想浪费这四个多小时。

　　挂在大厅的绝大多数任务提不起阿诺的半点兴趣，太寻常也太简单。坦白来说，阿诺在人情世故方面的知识匮乏，可他觉得那不重要，他该把更多精力花在需要缜密逻辑和计算机相关知识的地方，日常琐事大可以委托给别人代理，这正是云时代分享智慧的奥义，不是吗？

　　他转进特殊任务区，浏览起置顶任务，编写延迟病毒、开发完美性爱机器人、创造人工智能……开头几项依旧不够刺激，都是些老掉牙的点子，时不时卷土重来却从没被真正解决。他的目光扫到一条颜色和字体都不怎么起眼的消息：

清雾。

只有两个字，意义不明，词组搭配奇怪，却莫名触发了阿诺脑中的警铃。他点开任务详情，同时在云端记忆库中搜索相关资料。这是个匿名任务，任务详情里只有一个九位数字，没有任何解释。是加密文字通信频道号码，对方希望通过最原始的文本传输来交换信息，牺牲沟通效率来换取安全指数，这一定是项绝密任务，要不就是对方在故弄玄虚。阿诺的记忆库检索结果显示无匹配资料，奇怪，这熟悉感从何而来？难道是记忆库有疏漏？阿诺没太在意，把这项任务的关注度设为"中级"，继续往下浏览其他任务。

三

（一）

门铃响起时，徐青忆正在对付一只鸽子。她带着满手鸽子毛去开门，门外站着女儿吟风和一名陌生男子。

"吟风，你怎么来了？"

"妈，这是陈诺。"

母女两人同时开口。

柠檬草的香味，何语身上的味道。青忆愣在门边。

"妈，我不是说了会早点来帮忙嘛，"吟风说着，并且把那名男子领进门，"不用换拖鞋，直接进去吧。"

女儿说过今天会来吗？青忆没有一点儿印象，嘴上却应着："我一个人能搞定的呀，你来只会添乱。"

青忆上下打量那名男子，高高瘦瘦，黑框眼镜，格子衬衫加牛仔裤，有几分像年轻时的何语。吟风把手里的纸盒子塞给他，说："蛋糕不用放冰箱，搁那边桌上吧。"两人关系相当亲密，是在处对象吗？对象……刚刚女儿说他叫什么来着？什么诺……陈诺！就是那个女儿一直提起的男朋友啊。

"买蛋糕做什么啦？"青忆觉得奇怪。

"过生日啊，怎么能没有蛋糕，"吟风说着径直走进厨房，青忆忙跟进去，来不及细想是谁的生日。

女儿四下打量，开口道："妈，你把菜都放哪里啦？怎么就这么点东西。"

菜？糟糕，青忆今早买菜备的是一人的分量，哪里够三个人吃呢，她敷衍道："我还没来得及出去买呢，这些……这些是我昨天买多了剩下的。"

"那也别麻烦了，我去菜场买点蔬菜，再称点熟食吧。妈，你在家把鸽子处理完炖汤吧，我马上回来。"

青忆应和着，吟风已经出了门，留下她和陈诺两人在屋里。

青忆偷偷瞥向陈诺，发现对方也正望向这边，她一阵慌张，忙开口说："你喝点什么吗？"

陈诺几乎是立刻回话："可乐吧，谢谢伯母。"

"哎呀，不好意思，家里没可乐，"何语走后，青忆再也不在家里置备不健康的碳酸饮料，"你喝不喝茶？黄山毛峰或者西湖龙井？"

"不用了，还是不麻烦了。"陈诺一屁股坐到沙发上，又马上弹了起来，走向青忆，"我来帮忙吧，伯母有什么我能做的吗？"

青忆忙摆手，"不用不用，你坐着就好了呀。"

手上的鸽子毛飞了起来，几根细短的羽毛浮在空中，被搅乱的气流托住，几秒钟后又被地心引力缚住，缓缓落向地面。

陈诺闻话，停在半路，用右手大拇指刮了刮鼻尖，说："嗯，那我就不给伯母添乱了。"他右边的嘴角扬起，扯出一个微笑，那微笑带了点痞气，却很干净。

真是像极了何语，不是长相，而是气质，连小动作都如出一辙，怪不得女儿会喜欢这小子，青忆有点懂了。可正因如此，才必须阻止他们在一起，青忆不想看女儿和自己一样受罪，这对鸳鸯她是拆定了。

（二）

等到三人在饭桌前坐定，已是晌午时分。

吟风推推陈诺，他突然意识到什么，俯身提起脚边的纸袋子，站起来双手递给青忆，说："伯母，这是吟风和我给您准备的生日礼物。"

生日礼物？青忆接过袋子，从里面掏出一条酒红色羊绒围巾。颜色很好看，青忆从年轻时起就一直喜欢酒红，何语说过这沉稳优雅的色调很称她的气质。

"妈，这是陈诺买给你的礼物，颜色也是他挑的，知道你过农历生日，特地今天送你，喜不喜欢？"吟风的话中充满期待。

今天是自己农历生日？青忆一怔，若不是女儿提起，她压根记不起来，到底还是女儿孝顺啊。青忆心里泛甜，嘴上却说："浪费什么钱嘛，也不晓得这羊绒好不好，男人根本挑不来东西，我一个老太婆哪里用得了这么洋气的颜色。"

吟风急道："妈，这是陈诺的一片心意啊。"

陈诺抢过话头，说道："伯母，我第一次给长辈买礼物，挑得不好还请见谅。要是不喜欢这颜色可以去店里换，不过我觉得酒红色稳重又典雅，很适合伯母，戴上就像年轻了十岁。"

青忆听了心里舒服，她摸摸围巾，又轻又软，手感不错，说道："算了吧，买都买了。不过你可别以为一条围巾就能换走我女儿了，过生日这种场合连个蛋糕都不买，你连她从小嗜甜都不晓得吧。"

"妈，我们买了蛋糕来的呀，就在茶几上，刚刚还是你把蛋糕从饭桌上挪过去的呢。"吟风的声音有几分讶异。

有蛋糕？青忆想起来似乎是有这么回事。"哦，哦……我就提醒你一句，吟风从小爱吃甜的，你可别让她吃苦。"青忆冲着陈诺讲，未等他回答又补道，"当然她还不一定会跟你呢，我们吟风打小就很多人追，光被我打出门去的就不知道有多少……"

"妈——"吟风打断了青忆的话，"别乱讲。"

陈诺却只是笑笑，答道："伯母放心，我决不会让吟风吃苦的，苦的归我，甜的归她；其他追求者我也不怕，我相信自己，更相信吟风。"

跟何语当年说得简直一模一样，青忆有些失神，随口应道："都只是说说而已，谁知道真的假的。"

"好了，别说啦，"吟风举起筷子，"快吃饭吧，菜都凉了。"

（三）

蛋糕抬上桌子时，吟风已有些倦了。整顿饭期间，母亲青忆不断在挑阿诺的刺，无论吟风怎么转移话题，青忆都不肯停歇；出乎吟风意料的倒是阿诺，他一改平日不通世故的表现，面对母亲的刁难，竟能避开话里的锋芒圆滑应对，做出合适的回答，看来事先下了不少功夫，他到底是重视这事儿的，这让吟风很受用。

母亲的态度却让她为难，她本想趁今天领阿诺上门，让母亲见见阿诺，消除成见接受他，同意他俩的事，随后宣布自己怀孕的消息，可谁料母亲如此坚持挤对阿诺，让她措手不及。

吟风能猜到母亲不喜欢阿诺的原因，他太像父亲了。

父亲何语出事时，吟风只有八岁。记忆中，当程序员的父亲很少在家，偶尔在家也总是鼓捣着他的新鲜玩意儿。吟风记得自己很小的时候缠着父亲玩，他却沉浸在最新款的虚拟实境游戏中，连吟风爬到他膝上都毫无反应；随着游戏中一个猛烈动作，吟风被甩了出去，她的额头撞上桌角，去医院缝了五针。自此，她再也没对父亲撒过娇。吟风羡慕其他女孩子，她们的父亲宠溺女儿就像宠溺公主，周末带去游乐场，时不时买回好吃的零食，可吟风就连被父亲牵着手出门散步的记忆都很稀少。但她也为自己的父亲自豪，上小学之前，她根本没意识到父亲走在技术潮流的最前沿，直到她坐进小学课堂，才发现父亲的时髦。那会儿云网的概念才普及没多久，这座城市的无线云网覆盖率才刚达到百分之六十一点九，吟风长大后查阅统计年鉴才得知这个数字，可当时的她觉得云网无所不在；小学一年级的吟风已经拥有整套可穿戴的云享设备——云享耳麦能录下语文课上老师的深情朗诵，云享眼镜则能摄下舞蹈课上老师的优美示范动作，所有这些录音录像都通过云网被上传到云端，供吟风随时复习，她的成绩因此名列前茅。班里其他同学压根儿没见过那些先进设备，纷纷对她投来艳羡的目光。可云享耳麦也好，云享眼镜也好，都不过是吟风父亲随手扔给她的旧玩具，他自己早就将更新的设备收入囊中。

　　吟风相信，父亲是爱母亲的，在他想得起来的时候。他可以在母亲生日时蒙上她的眼睛，一路扶她到江边，看他黑掉对岸大楼的照明系统，在外墙上用灯光打出母亲的姓名首字母和大大的爱心；他也可以一连几周不回家，全身心扎进工作只为开发一个新程序。只有那样的父亲才会不顾母亲的阻拦，自愿参与记忆上传实验。

二十年前的诺贝尔生物奖颁发给了两位华裔脑神经科学家，他们成功破解了人脑记忆转化为电子数据的秘密。记忆被他们分为两种——通过阅读、观看、听讲等学习过程获得的知识性记忆和事件经历、感官感觉等体验性记忆，人类大脑在他们手中化作一块可读写的硬盘，体验性记忆得以脱离文字、图像等载体，直接被抽象成一组对大脑特定区域施加刺激的信号，从而能够被直接记录与复现，使得记忆上传和下载成为可能。但在最初的实验中，他们却忽视了最简单的备份。作为志愿者家属，母亲最终得到的是一份巨额保险和一纸道歉信："由于实验失误，何语先生的体验性记忆全部遗失。体验性记忆电子化课题组向您致以诚挚的歉意，并感谢何语先生对人类科学进步做出的不朽贡献。"简单来说，父亲失忆了，母亲和吟风成了他眼中的陌生人。

这对母亲来说是莫大的打击，八岁的吟风被迫迅速成长。一开始母亲还试图挽回，她求助于科学家、公益机构，甚至媒体，企图找到办法寻回丈夫的记忆，可结果却令她一次又一次失望。终于在某一天，父亲离家出走了，也许是厌倦了被各方当作实验品尝试种种唤回记忆的方法，也许是名义上的妻子女儿实则对他而言的全然陌生使他恐慌，他选择离开，消失得无影无踪。

这么多年来，父亲一直是母女俩避而不谈的话题。吟风有时会想，父亲的生活一定比她们轻松，他没有需要负担的沉重过去，说不定在某处重建了幸福家庭。母亲觉得是父亲辜负了她们母女俩，吟风却不这么认为。那只是一起意外，和车祸、空难、恐怖分子袭击一样的意外，并非父亲主动选择的结果；发生意外之后，

云
雾

丧失所有体验性记忆的父亲已不再记得与母女俩有关的任何事情，情感纽带被生生割断，又凭什么要求他和两位陌生人生活在同一屋檐下，分享她们的痛苦与焦虑呢？某种程度上来说，恰恰是记忆构成了人格的基础。失去记忆的父亲，也不再是父亲。

阿诺很像父亲，可吟风并不觉得自己因此才爱上他。等她意识到这种相像时，已过了两人的热恋期。吟风理智地分析过，认为是阿诺身上的活力和冲劲吸引了他。和父亲一样，阿诺也是个程序员，和所有极客一样痴迷最新技术，同代码的亲密程度远胜于同人的亲密程度。阿诺的思维敏捷、反应迅速，他很早就植入了内置接口，将所有记忆上传到云端。如今的技术早就能保证上传记忆的安全可靠，年轻人或多或少都会将一部分记忆上传，以使自己的大脑运转速度更快。在御云公司的多重安全保障措施下，人们根本无须担心记忆丢失，"Safer than your mind"是他们的口号。可母亲却不这么认为，父亲身上的事故在她心中留下一道疤，所有现代科技在母亲眼中都被贴上了"不可靠"的标签，更何况阿诺这么个高度依赖技术的人。也许是命运的刻意嘲弄，阿诺也比吟风小三岁，就如父亲小母亲三岁一样。

在吟风沉思犹豫的当口，母亲开口说道："你们来吃饭就来吃饭嘛，买什么蛋糕啊，又没人过生日。"

"妈……今天是你农历生日啊，你忘了吗？"吟风意识到母亲有些不对劲，这是她今天第三次问起生日蛋糕，即便健忘也不该如此。

"哦，哦……我就觉得，没什么必要……"坐在对面的母亲敷衍着，眼神游离。

"妈，你怎么了？"

"没啊，什么怎么了。"母亲往回缩了缩身体，扭头避开了吟风的视线。

一定有事。吟风知道这样问不出来。难道是看到阿诺想起了父亲？可母亲这么针对他也不像高兴的样子。那是母亲有了新的爱人？但这也是好消息啊。不是心事的话……莫非母亲病了？

"伯母一定是看到我们来给她贺寿太高兴了，"一旁的阿诺插话，"往后我们一定常来看您。"

母亲却不买账，"吟风一个人来看我就够了，你还是不用了。"

又开始了，也许还是告诉他们比较好？至少能让母亲有件高兴的事情，何况，有了孩子，她也不会那么反对阿诺和自己在一起了吧，这么说来，还能借口让母亲陪自己做孕期检查，顺便拖她到医院去看看。吟风下定决心。

云
雾

（四）

母亲许完愿吹灭蜡烛，站起身准备切蛋糕，吟风鼓足勇气。

"妈，阿诺，"吟风看了看两人，"我有件事要告诉你们，"她停下深吸一口气，"我怀孕了。"

一片沉默。

阿诺先反应过来。"我……我要当爸爸了？"他的声音带着一丝不确定。

吟风深情注视着他的眼睛，点点头。

"我要当爸爸了！"兴奋之情从他的声音里溢出，他张开双臂一把抱住吟风，"吟风吟风吟风，你为什么不早点告诉我，我要当爸爸了啊！"

吟风被阿诺抱得有些透不过气，她小心翼翼地把头扭向母亲的方向，悄悄地观察她的反应。

母亲低头看着蛋糕，面无表情，她顿了一会儿，操起刀切蛋糕。那柄一次性塑料刀在母亲手里仿佛有千斤重，直直砍向蛋糕，鲜奶蛋糕质地虽软，却没那么容易被从天落下的塑料刀劈开，带锯齿的刀刃并不锋利，母亲抬起手臂，又是一刀。

吟风挣脱阿诺的怀抱，把他推开到一旁，轻声地说："妈，得从边上切，要不我来吧。"

母亲没有停，直直又砍下一刀，"在你眼里我连个蛋糕都切不了吗？我还没老到那个地步。"

"我不是这个意思，我……"吟风想要辩解。

"你翅膀硬了，不需要我这个妈了吧。"母亲打断她。

"妈……"吟风不知该说什么，这和她料想的反应完全不同，母亲不是总期望着哪天能抱上外孙吗？

阿诺握住吟风的手，正色道："我一定会好好照顾吟风和孩子的，您就放心吧，伯母，不，妈……"

"你没资格叫我妈！"母亲陡然提高嗓音，她抬起头瞪向吟风，看也不看阿诺，"要是和这小子在一起，你也别叫我妈了。"

"可是孩子……"吟风的右手不自觉地搭上腹部。

母亲冷笑一声，"呵，没爹的孩子一样长得大，你最清楚了不是吗？"

"妈，别这样……"吟风最见不得母亲想起父亲的样子。

"与其长到一半丢了爹，还不如一开始就……"母亲话说到一半，突然伸手扶额，身子一歪，往地上倒去。

阿诺急冲向前，托住晕倒的青忆，回头对吟风说："去医院吧。"

四

（一）

在医院等待青忆的检查结果时，阿诺仍然沉浸在即将为人父的喜悦之中。

他就要当爸爸了。

阿诺是个孤儿，他没有任何关于自己父母的记忆。他在孤儿院长到五岁，在智商测试中脱颖而出，被送进御云学院，学习数学、逻辑、算法和编程，至少档案如此记录。阿诺从不怀疑客观记录。对于五岁以前的记忆，他并没有多少印象；五岁以后他就开始上传记忆，一开始借助大型仪器和外接设备，十岁那年他便拥有了植入式接口，得以随时随地将记忆上传。五岁以来的所有记忆都被他保存在记忆库中，御云学院学生的特殊身份使他拥有

云雾

无限的记忆云存储空间，他给库中的记忆分门别类加上标签，方便从云端检索调用。云端的记忆不仅可供个人使用，更能与他人分享；当然，为了避免记忆错乱的情况发生，政府限制了分享记忆的拟真度，只有少数醉酒者或瘾君子在极不清醒的情况下才会将别人分享的记忆误当作自己的。阿诺分享过不少自己的记忆，也体验过他人的人生片段。他最喜欢家庭生活幸福美满的童年记忆，妈妈给孩子讲的睡前故事，一家三口去郊外野餐。他也想有个家。阿诺知道自己没法改变过去，只能期待未来，认识吟风后，这种感觉更为强烈，他想和吟风共建家庭；吟风怀孕的消息让他相信这个未来并不遥远。

可吟风母亲的态度却让他有些不安。阿诺事先就从吟风那里了解到未来丈母娘对自己的不友好态度，为了给她一个好印象，他在网上找到二百八十七段准女婿上门拜见丈母娘的记忆分享，分析他们的行为，将之抽象为二十四种应答模式，他将包含这些应答模式的数据包保存在移动终端上，又在"第二伊甸"建了一个任务讨论区以便实时求助。说实话，阿诺对自己今天的表现挺满意，尽管吟风母亲一直在百般刁难，阿诺却都应付下来了，至少没有难堪到下不了台。可是，准丈母娘的态度却没有丝毫改变，自始至终都明显反对吟风和阿诺在一起。即便吟风搬出肚子里的孩子，都无助于扭转她母亲的态度。阿诺甚至觉得，吟风怀孕一事让她母亲的反感更加强烈。她最后的晕倒出乎阿诺预料，难道是因为过度愤怒？还是为了阻止他和吟风而在演戏？

阿诺私下调查过吟风的母亲。徐青忆，五十七岁，曾是一名中学语文教师。二十年前，她的丈夫何语自愿参与记忆上传实验，丢失了所有体验性记忆，事故原因不明，媒体普遍推测是由于实验疏忽，忘记备份。徐青忆在丈夫出事后曾向各方求助申诉，一时之间被媒体广泛报道，可这些求助皆无果，媒体关注度也渐渐降低。据吟风说，她父亲某天突然毫无征兆地消失了，她母亲的奔走也就此消停。除此之外，网上能找到的关于徐青忆的资料很少，只有她早年发在文学刊物上的诗歌和散文作品，随着传统出版业的式微，她发表的作品也日渐减少，结婚后更是销声匿迹，看来徐青忆在婚后将大部分精力投入了家庭生活。阿诺没有找到徐青忆的相关病史。个人医疗记录虽说对外保密，侵入医院数据库对阿诺来说却不难。徐青忆似乎很少生病，至少很少就医，这些年来除了偶尔的皮肤过敏和一次急性肠胃炎再没有别的诊疗记录，她也没有定期体检的习惯。

就吟风母亲今天的状况来看，阿诺怀疑她是年纪大了犯迷糊，不记得几分钟前发生的事情，健忘、短期记忆能力衰退，也许该建议她进行记忆上传。阿诺猜徐青忆很少上传记忆，甚至可能完全没有备份过任何记忆，这在现代社会很罕见，只有少数顽固的守旧派才会这么做。这种固执风险很大，人脑记忆模糊而不可靠，一旦忘却便很难再寻回，无论是从个人生活维系还是人类整体经验传承的角度来看，拒绝记忆上传都不可取。如果能说服她进行记忆上传，阿诺或许有机会修改几个小小的参数，也许这样就能改变未来丈母娘对自己的态度……

227

云雾

（二）

就在阿诺沉思之际，医院的语音提示系统开始广播，"请徐青忆家属至二十三号诊疗室，请徐青忆家属……"

一旁的吟风触电般跳起来，她抬头四处寻找指示牌。阿诺站起来握住吟风的左手，领她拐出走廊，在她耳边轻声说："这边。"

诊疗室的样子同线上医院没多大区别，一样的纯白墙壁，极简的室内设计。

"徐青忆家属？"桌子对面的医生着白大褂，戴金丝边眼镜，阿诺推测那是他的移动终端，同阿诺自己那台一样，信息会在镜片上显示，以便让医生更直观地获取病人的过往病史、检查结果等相关信息。

吟风往前坐了坐，点头说道："是的，我是她女儿。"他察觉到她手心冰凉。

医生微微收了收下颌，表示确认，复又开口："你母亲在里间休息，没有什么危险，只是情况有点麻烦。"

吟风紧紧攥着阿诺的手，静静等候下文。

"早发性阿尔茨海默症。"医生平静地宣布诊断结果。

"什么？"吟风的声音中有几分困惑。

与此同时，阿诺通过云网检索起"早发性阿尔茨海默症"。

阿尔茨海默症，是一种持续性的神经功能障碍，多发于六十五岁以上的老人，也有少见的早发性阿尔茨海默症，病患会提前发病。最近这些年，全球阿尔茨海默症病患比率显著提高，发病年龄提前，医学研究猜测这与人类生理记忆机能退化有关，目前尚未得到证实。疾病初期症状为难以记住最近发生的事情，随着病情的发展，将会产生谵妄、易怒、具攻击性、情绪起伏不定、丧失长期记忆等症状。当身体功能下降时，病患会从家庭和社会的社交关系中退出，随着身体功能的逐渐丧失，最终走向死亡。目前，医学界尚未找到有效治愈阿尔茨海默症的方式，一般采用记忆上传的方式保存病患记忆，以提高其晚年生活质量，减轻照顾者的压力。

记忆上传，阿诺的心提了起来。

医生的解说和阿诺查到的资料大致相同，吟风听着，一点一点地陷进座椅，最后，她用颤抖的声音问道："病患，一般能活多久？"

云雾

医生推了推眼镜，"视病情发展而定，很难预测。平均而言，病患确诊后的存活期为七年，但这只是一个平均数。"

"七年……"吟风喃喃道。

"如果进行记忆上传呢？"阿诺问道，努力抑制自己的心跳。

医生摇摇头，"没有用，记忆上传只能帮助病患保存记忆，对于控制和减缓大脑的病理变化没有帮助。"

这不是阿诺想要的回答，他继续问道："但记忆上传能提高患者的生活质量吧？"

"确实是，"医生证实，"记忆上传与脑力锻炼、运动、均衡饮食等传统治疗方法的最大区别在于，它能通过将患者记忆保存在外部存储设备，并借助云网实现实时读取，使患者的记忆衰退表征没有那么明显，从而提高病患晚年的生活质量，减轻照顾者的压力。"

阿诺想要的就是这句话，记忆上传的好处。

"记忆上传……"吟风重复道，"上传病患记忆的话会有副作用吗？"

"从临床表现来看，没有显著副作用。只是，如果可能的话，尽量不要让病患知道自己得了病，以减少对她的精神刺激。"医生顿了下，又说，"如果要上传记忆，最好尽快，越早上传，能够保存的记忆就越多。"

从医院回家的途中，吟风故作轻松，阿诺当然也是万分配合，两人努力让青忆相信她只是因为低血糖而晕倒，静养几天就好。

待到将青忆安顿好睡下，阿诺陪吟风回她住处去拿换洗衣物，以便她到家小住，照顾母亲几天。一路上，吟风都很沉默。阿诺搂着吟风的肩，试图给她一个支点，心中某个念头却不断地盘旋、变大。

到吟风住所时，阿诺差不多也完成了运算，计划可行度大于百分之七十五，值得冒险。他打开酒柜，倒上两杯威士忌，又往

高维度渗透

其中一杯中加上两块冰块，把没加冰的那杯递给吟风。

"上传记忆吧。"阿诺盯着手中的酒杯，酒面微微晃动，隐隐约约映出吟风的脸。

"可是，该怎么跟妈说啊，"吟风的声音有些无力，"毫无由头地提出让她上传记忆，她肯定会起疑的。"

"别让她发现自己的记忆被上传就行了。"阿诺早有准备。

"不被发现？"吟风无法相信，"上传记忆的过程本身也会形成记忆啊，怎么能不让她发现？"

"我有办法。"阿诺将杯中酒一饮而尽。

五

（一）

上班路上，吟风昏昏沉沉。

昨晚，她没怎么睡，满脑子都在想母亲的病，辗转难眠。母亲家离公司有点远，两次换乘十九站地铁，吟风不得不起个大早。

地铁车厢里很安静，每个人都抓紧这宝贵的时间，或者补觉，或者接入云网通过移动终端浏览新闻、阅读邮件、播放影音，无论是站着还是坐着。吟风有些困，可她不敢闭眼小憩，生怕坐过站错过换乘，公司对于上班时间要求很严。

车厢依旧配备有移动电视，总有像吟风这样没有沉浸在个人世界中的乘客。移动电视上滚动播放着广告，御云公司推出了实时记忆共享的新业务，"与远在天边的亲友共享宝贵一刻"。广告里说，记忆的实时共享延迟将不超过零点零二秒，无论物理距离多远，都能像亲临现场般拥有同样记忆。记忆似乎真的连成了一片云，也许哪天人们甚至可以实时共享整个大脑，相互联结的大脑是否会形成某种新的智慧形式、某种集体意识？要是那样，吟风愿意与母亲共享大脑，这样她的病也就没那么可怕了吧。

吟风答应阿诺考虑一下。她不能让母亲知道自己的病情，她只能替母亲做决定。吟风知道母亲向来反感技术，不信任记忆上传，无论如何都不会主动答应进行上传。母亲的固执持续了二十年，正如她二十年来都无法忘记父亲。

阿诺说他有办法在不让母亲发现的情况下完成她的记忆上传，同样有办法在不让母亲察觉的情况下让她能够实时调取自己在云端的记忆，从而缓解记忆衰退的现象，这样既能避免引起母亲的怀疑和恐慌，也能减轻吟风照顾母亲的压力。

可是，吟风不确定自己是否有权利替母亲做出决定。记忆是母亲自己的，她有权选择自然遗忘或是通过人工手段去记住，吟风虽然是她的女儿，却无权剥夺母亲自由选择的权利。但母亲却不能知道自己的病情，吟风清楚地知道母亲一定会拒绝无缘无故的记忆上传提议。假如她知道自己的情况又会如何？吟风无法判断。

（二）

一到公司，吟风便被叫进主管办公室。她心下不免疑惑，方才的困意一扫而空。工作上的所有指示，历来都是主管通过网络发送，除了上次云网中断，她从未与主管当面讲过话，更别说单独会面，甚至连楼层的这个角落她都从未接近过。做好本职工作，不去多管闲事，这是公司里不成文的规矩。

主管办公室位于楼层角落，门口的铭牌上用严肃乏味的字体写着："人力资源部门主管：孟溪霖"。

原来，主管的真名这么文艺，和她严肃的外表不怎么相符啊，吟风不由得一笑，敲门而入。

主管正站在那两面呈九十度夹角的落地玻璃窗前俯瞰江景，听到吟风进门，她回到桌边坐下。

"何吟风，"主管没有叫她的英语名字，而是不同寻常地用中文全名来称呼她，"你觉得最近自己的工作表现如何？"

吟风检查了自己的绩效指数，回答道："根据数据显示，我最近一个月内工作表现为一般，与往期无显著差异。"

主管双手交叉，搁到办公桌上，继续问道："那么你的情绪波动呢？"

情绪波动的监察由吟风自己所在的员工幸福指数测评小组负责，她照实回答："我最近两周内的情绪波动高于标准水平百分之八点五。"

"你知道自己的工作职责吗？"主管看向吟风，经过镜片的过滤，不知为何那目光让吟风感到一丝寒意。

"通过检查公司员工的情绪波动，发现其工作效率变化原因，并在出现异常数据时通过人工手法进行修正，以确保员工在工作中情绪稳定，感到幸福。"吟风一字不差地背出自己职位描述中的段落。

"那么，你明白为什么自己目前不能胜任这个职位了吧，"主管低下头，"收拾东西吧，今天办妥离职手续，Elsa会来和你交接。"

主管的话完全出乎吟风所料，她争辩道："可是，我的情绪波动并没有影响到工作效率啊！"

主管没有看她，"你的职位特殊，任何一点主观色彩都会影响你的判断，我们不能冒这个风险，让自身情绪并不稳定的人来对全公司员工做出判断。"

吟风脑中炸开一片惊雷。她不能失去这份工作，她需要这份收入，母亲的病，还有肚子里的孩子。对了，孩子。她仿佛抓住了救命稻草："我怀孕了，公司不能辞退我。"

"你怀孕多久了？"主管似乎早有准备。

吟风愣了一下，答道："大概两个月。"

"按照法律，在事先不知情的情况下，公司有权出于其他考虑辞退怀孕三个月内的员工，并发放相当于八个月工资的一次性补贴。当然，像我们这样人性化的公司，会为员工提供不限时的待孕期，休养期时长以公司决定为准，休养期间给予最低补贴，但相应的，员工在等待公司通知召回期间不得与其他机构签订任何形式的劳动合同。你可以自己选择。"

接受，她将获得八个月的工资以及自由身；不接受，她会在每个月获得少得可怜的最低补助，却没法找其他工作，被困在这无期徒刑中。吟风迟疑片刻，回答道："好吧，我接受公司辞退。"

主管转过椅子，背对吟风，"你的补贴会在一周内到账，你所享受的公司福利会于一个月后终止，届时你和你的家人将不再享受公司提供的额外医疗保险。"

苦涩涌上吟风心头。她离开前，又瞥了一眼主管的发髻，依旧盘得一丝不苟，她在一个多星期前注意到的银发却似乎不见了。

（三）

吟风约莫半个月前得知自己怀孕的消息，她当时确实兴奋了一阵，紧接着阿诺的失约又让她郁闷，可她能确定自己的情绪波动处于正常阈值内，距异常参数值还离得很远；昨天母亲的晕倒确实让她的心境起伏不小，可今天是她知道母亲病后的第一天，还没来得及对自己的当日情绪参数做例行测定就被叫去见主管，公司管理层没有理由预见这一不稳定因素的存在。

吟风确实处于一个特殊职位之上，但所有员工的当日情绪参数都由程序测定，并由计算机绘制情绪波动曲线，出现异常时自动会发出警报，吟风所要做的就是确保这一过程顺利进行，并对异常参数进行复查。她个人轻微的情绪波动并不会影响她的判断，一般而言，被判定为异常的情绪波动要高于标准水平百分之二十五。公司没有理由因为区区百分之八点五的波动就断定她失去理性判断的能力。除非，公司通过某种途径预见到她未来几个月内情绪可能产生更大的波动，也就是说公司第一时间得知了母亲的病和吟风怀孕的消息。

每个人的医疗信息都是保密的，即使是用人公司也无权获取员工的个人医疗记录，更别提员工家属的了。吟风没有跟阿诺与母亲之外的任何人提过自己怀孕的事，母亲的病也只有阿诺与自己知道。阿诺不可能把这些讲给其他人听，凭吟风对他的了解，她断定他至少还懂得什么是不该说的，何况阿诺也是昨天才知道这两件事。母亲就更不可能泄露消息了，她至今仍躺在床上，对自己的病情一无所知，至少吟风希望如此。

难道公司读取了吟风的记忆？不，这不可能，吟风并不是记忆上传的积极拥护者，她只在必要时上传重要记忆作为备份，最近一段时间根本没有任何上传行为，公司不可能直接进入吟风的脑海读取她的记忆。母亲更是从未上传过任何记忆，她几乎就是一个与现代科技隔绝的个体。在医院工作的医生和护士都有强制保密协议的制约，无法泄露关于病患的任何消息。难道是阿诺？吟风知道阿诺习惯将记忆实时上传，可阿诺也算得上顶级黑客，如果他自己的记忆被他人非法读取，又怎会无所察觉。

吟风毫无头绪，她现在唯一能确定的就是母亲青忆享受的公司员工家属额外医疗保险将于一个月后自动终止，母亲的治疗必须尽快开始，她不得不为母亲做出决定，上传她的记忆。吟风现在通过网络电话呼叫着阿诺。

六

（一）

准备工作并不简单。

御云公司的数据库安保措施相当周密，即便是在公司内拥有次高级别权限的数据安全监察员陈诺也无法进入用户的私人记忆库。要进行外界干预，只能在用户上传记忆的过程中，在记忆被数字信号化之后，保存到御云公司的记忆库中之前。

阿诺编写了一个拟态记忆数据包，为自己争取到十二分钟。在记忆上传的最开始十二分钟里，这个被阿诺称为"青韵"的数据包将被发送到御云公司的记忆接收中心，数据包里填塞的均为人工合成记忆，由阿诺从公开记忆数据库和影像资料中随机提取拼凑。

这种杂乱的印象式记忆在体验性记忆实际上传过程中十分普遍，许多人的记忆中都充斥着来历不明的模糊印象，可能源自梦境，可能源自电影，也可能源自对于某本小说场景的想象，这些碎片化的印象会被归为"灰色记忆"，系统无法对其进行自动分类。"灰色记忆"会被保存在用户的记忆库中，日常检索却不会被触及，除非用户手动对其添加标签。

一般而言，"灰色记忆"的实用性很低，保密级别也较低，公安侦查案件和心理医生辅助治疗时可以申请调用，在日常生活中却很少有人实际用到"灰色记忆"。记忆在人脑中存留时间越长，

云
雾

就越容易退化成"灰色记忆"，这也是阿诺选择实时上传记忆的原因之一，他想让所有过去的记忆保持鲜活。

医用记忆上传设备很庞大，仿佛一个巨茧，将徐青忆裹挟其中，笨重却安全，能将记忆上传过程中的外界干扰降到最低，却防不住阿诺从中央控制系统切入的命令。这台设备会读取徐青忆脑海中的记忆，并将其转化为数字信号，而御云公司的记忆接收中心则会在十二分钟后收到徐青忆的真实记忆数据并将其存储到重重加密的记忆库中。为了在这十二分钟内筛选出关键性的记忆片段并完成删改，阿诺在"第二伊甸"租用了云脑计算服务，他将借助这些临时资源完成任务。

（二）

倒数五分钟，云网链接正常。

倒数一分钟，医用记忆上传设备数据截获准备。

倒数十秒钟，"青韵"就绪。

三、二、一，行动。

如潮的回忆向阿诺涌来。

青灰色的巷子，飘着朦胧的细雨。身旁男子的衣服上有好闻的柠檬草香味，他右手打着伞，伞斜向右边。男子有着棱角分明的脸庞，右边嘴角扬起，笑容带些痞气，却很干净。巷子里没有别的人，一路铺满苔藓的青砖，就这么延伸下去，消失在前方的雨帘中，好像消失在时间尽头。"你知道吗，青忆，"男子的声音有点沙哑，"我很喜欢这种天气，雨丝就好像数据流，绵延不绝，串联起过去和未来……"

闪动的白炽灯，投下的光明灭不定。桌下一地破裂的瓷器碎片。"你一定要去吗？"女人的声音。对面的男子默然。他高高瘦瘦，戴着黑框眼镜，格子衬衫加牛仔裤。"你考虑过我和吟风吗？"女人的声音在颤抖。"这个实验可能改变人类的未来。"男人盯着地面。"不一定非得是你啊，"女人的声音带上了乞求，"求你了，别去。""对不起，"男人抬起右手拇指，蹭了蹭自己的鼻尖，"我会回来的。"他转身离开，自始至终没有抬起过眼睛……

"我不是何语！别再逼我了好吗！"男人咆哮。他双手抱头，痛苦地摇晃，"我什么都想不起来。"有人向前几步，小心靠近男人，伸出双臂试图抱他。男人触电般后退，双手护在胸前，眼神充满惊恐，"别碰我，我不认识你！"衣角被扯了扯，低头看去，那是一个八九岁的小女孩，梳着两条麻花辫。小女孩走上前去，伸手环住男人的腰，叫道："爸爸。"男人俯下身，一根一根地掰开小女孩的手指，"我不是你爸爸……"

这是陈诺第一次如此完整地窥视他人的记忆。

他几乎不在本地保存记忆，每次开始重新读取自己的记忆时，他总会感觉很陌生，但很快就能回想起那种熟悉感。那感觉就好像在湖面上投下一枚石子，涟漪荡开，平静的湖面泛起阵阵波纹。

阿诺实时上传记忆后会同步删除本地备份，以给大脑腾出更多计算空间，进行更高效的逻辑思考。从理论上来说，本地删除的记忆不会在大脑中留下残余数据，但记忆留下的那种感觉却无法去除，只要一个引子，便能唤回。

他也时常导入他人的共享记忆，那些记忆场景对他来说很新鲜，却因经过拟真度调整显得模糊而不真实。

徐青忆的记忆带给他的感觉很特别。

她很少有清晰的近期记忆，最近几周甚至几天内的生活记忆亦十分模糊，融成一团，好像在室外透过结霜的玻璃窗看向屋内，只有大致的色块，看不清具体细节。感觉最强烈、棱角最鲜明的记忆来自遥远的过去，它们似乎在漫长的岁月中被一遍遍回放，带着厚重的个人主观色彩。而这些记忆，让阿诺感到异样的熟悉，不是读取自己记忆的那种熟悉感，更像是……更像是通过他人的视角观看自己的记忆，同一场景在不同人脑海中的复演。有那么一瞬间，阿诺怀疑青忆记忆中的那个男人就是他自己，可理性马上否定了他的怀疑。这不可能，阿诺比青忆小三十多岁，而她记忆中的男人和她一般大。

阿诺迅速从脑中清除掉那些奇怪的想法，着手寻找记忆删改的切入点。这在平时并不容易，记忆删改很容易让原始记忆拥有者产生异样感觉，可是青忆的近期记忆本就模糊。阿诺找到青忆从在家中醒来开始到隔天被带到医院接受所谓"检查"却进了记忆上传室的那段，裁切下来删除掉了，并对那之前的记忆进行模糊化处理。

　　这还不够。删改只是为了让青忆忘记记忆上传的事儿，阿诺还有更重要的目标。他又调出一段代码，在青忆被读取的记忆信号下埋进一块蒙版，蒙版上植入了对于陈诺这个个体的正面印象。这回，丈母娘想不喜欢他都难。

　　完成。

　　阿诺的意识回到现实，他发现自己手心沁出了汗。

　　吟风焦急的脸庞凑了上来，"怎么样？"

　　阿诺比出 OK 的手势，说道："没问题。"

　　"我看仪器的指示灯灭了，可你这边过了十多分钟还是没有动静，差点以为你失败了。"吟风无不担忧地说。

　　阿诺右边嘴角上扬，露出一个微笑，"你还不相信你的男朋友吗？"说着，他搂过吟风，给了她一个吻。

云
雾

七

（一）

　　母亲还睡着。

　　吟风不记得自己有多少年没有像这样守在母亲的床边了。她的皮肤松了皱了，曾经白皙的肤色酿出淡淡的黄，就像在衣柜里挂久了的白衬衫，没收纳妥当，起皱泛黄。吟风记得母亲年轻时的眉毛很好看，像是用紫毫蘸了墨轻轻画上的，可如今她的眉毛稀疏杂乱，眉头紧锁，她微微抿嘴，嘴唇薄而色淡。母亲是在做噩梦吗？

记忆上传完成后，趁母亲还没醒，吟风直接把她送回了家。阿诺被吟风遣走，她不想母亲醒来就看见两人围着自己，太容易引人怀疑。可她心里依旧没底，阿诺的办法管用吗？

不是吟风信不过阿诺，她知道自己的男朋友技术了得，不然也不会当上御云公司的首席数据监察员。但吟风依旧害怕，父亲的记忆就是这么丢失的。尽管吟风无数次劝说母亲，说如今记忆上传技术早已成熟安全无风险，内心深处的担心却只有她自己知道。从理性角度来看，记忆上传的风险确实已趋向于零，这项技术商用化十多年来，很少曝出负面新闻。吟风想，也许父亲是这项技术第一位也是唯一一位献祭者，就像古时的宝剑，总要用鲜血来祭，而后便无往不利。父亲的事故像一根鱼刺，似乎早被吟风用白饭送进腹中，喉咙口的疼痛却久久不歇。她不怕一万，就怕这不足万分之一的概率。阿诺对母亲上传的记忆进行了人工干预，是否会增加事故发生率呢？

"语……"吟风被母亲的嘟囔惊到。只见她翻转身子，侧向右边，双腿蜷起，两手收在心窝，并没有醒。

母亲还是忘不了父亲。吟风想起自己中学的初恋男友，也是个技术狂人，像阿诺那样，像父亲那样。他叫什么来着？吟风想不起来。她的初恋始于十六岁的夏天，她记得初夏躁动闷热的天气，记得紫藤花架下那个绵长的吻，她很笨拙，不知该如何回应，只是呆呆地站在那儿，在汗湿的拥抱里接受对方探出的舌头，触感粗糙却有力。初恋男友靠帮人写程序赚钱，高三时就攒够钱给自己装上了植入式接口，他上传自认为不重要的记忆，需要时再从云端调用。植入接口后，他每次见到吟风都会愣上十秒钟，等到加载完关于她的记忆，才展露笑容，伸手拥抱。不久后，吟风撞见他怀里搂着另一个女孩，见到吟风后愣了二十秒钟，尴尬地笑笑，若无其事地搂着女孩走开，头也不回。吟风回家后扑进母亲怀里哭了很久，母亲拍着她的背，自己也哭了起来。

自那以后，吟风交往过很多男友，形形色色，很难归纳其共同特点，交往时间都没超过半年。她总是很快陷入一段新的感情，又在短时间内发现对方的无趣。她从心理系本科毕业后，去过欧洲几年，边打工边旅行。期间，吟风遇上了Janis。那个拉脱维亚汉子让她第一次觉得找到了永恒的爱。整整五个月里，他们背着行囊走遍了半个欧洲，一同跳进沐浴着落日余晖的波罗的海游泳，俯卧在悬崖之上拍摄峡湾，在绚丽的极光下深情拥吻。可是最终，他消失在森林中，留给吟风一个月的身孕。吟风至今无法确定Janis消失的原因，是遇险了，还是厌倦离开？他走之后，吟风才发现自己根本不了解他的身世，正如她不了解拉脱维亚的历史。

吟风回到他们相遇的地方——赫尔辛基，申请了北欧几所大学的组织行为学硕士，她一边等待申请结果，一边等待孩子的降生。后来，吟风等来了赫尔辛基大学的录取通知书，却在一步踩空后滚下楼梯，失去了孩子。医生告诉吟风，她以后很难再怀孕。她

云雾

消沉了很久，反思自己过往的感情，讶异于自己的不慎重。她潜心于硕士研究，年年拿下全奖。一直到毕业后回国工作，很长一段时间里，吟风都没有陷入过新感情中，直到她遇见阿诺，这个被母亲打上黑叉的极客。她和阿诺在一起时有矛盾，但大部分时间却感到踏实，与极客相处本不容易有安全感，可她相信阿诺是真的想要一个家。她爱阿诺，甚至可以不顾母亲的反对。她相信阿诺也爱她，更何况，她怀上了他的孩子。她今年二十八岁，这可能是她最后一次怀孕。

床上的母亲又翻了个身，缓缓睁开双眼。

"妈，你醒啦？"吟风急急问道，"医生说你是低血糖，先别急着起来，在床上多躺一会儿，我给你拿点吃的。"

母亲睁大双眼盯着吟风，像没听懂她的话，她的眼神清澈无辜，宛若孩童。片刻后，母亲嚎啕大哭起来。

（二）

绵延不断的数据流如雨般落下。周遭是茫茫灰白，没有景物，没有生命。他站在灰白当中，透明的数据流泛着金光，远处的字符看不真切，近处又落得太快。他抬头，试图捕捉一些线索，零和一闪过，从他的头顶落到脚下。得让它们停下来，他想。他向前走了几步，想要跨进数据帘幕，出乎他的意料，并没有劈头砸下的数据流。数据帘幕在他前进的方向分开，又在他身后汇合，他的头顶永远是一片空白。他加快脚步，跑了起来。他想要冲进数据帘幕，想要零和一落到他身上。可是没用，他就像被锁进一道光柱，数据流遇见这光柱便消散无形。他越跑越快，脚步快要跟不上他前进的速度。一个趔趄，他倒在了地上。

地上积着许多水，水面映出他的倒影，他看见水中自己的狼狈模样，被雨打湿的头发紧贴在头皮上，雨水顺着脸部轮廓流下。他甩了甩头，想甩掉脸上的雨水，倒影中的男人却没有动，他停下动作，想要仔细看看倒影中的男人，那男人却扬起右边嘴角，邪恶地笑了起来，他跌进倒影前最后的印象是男人挺括的下巴。

一对母女的背影，母亲牵着女儿，迎着夕阳缓缓行走。女儿回过头来，不过八九岁的样子，她伸出空着的那只手，朝他挥挥，嘴里喊道："爸爸，快点快点！"母亲也回头，朝他挤出微笑，不知为何那笑容有些无奈和凄凉。他张开嘴，想说些什么，声音却堵在自己的喉咙，"我不是你爸爸……"夕阳把母女俩的影子拉得无限长，他陷进影子，就像陷进泥潭。

"你看，连我的影子都变胖了。"女子娇嗔道。他从背后环住她的腰腹，得伸长胳膊才能勉强结成环，"那有什么关系，我不是一样能抱住你。"他看看地上的影子，自己要比怀里的女子高上一头，"而且，这是三个人的影子啊。"女子在他的环抱中努力转过身，含情脉脉地看着他的眼睛。他轻声呼唤"青忆……"微微侧头吻下去，堵住了她嘴里的"语"字。

……

陈诺听到一阵紧密的鼓点，这是他为最优先级事件设置的提示音。一夜的梦魇拖住他的意识，不让他清醒。鼓点越来越密，越来越强。床头被伸缩支架抬了起来，抵达临界点后猛地下沉。阿诺的头重重地撞进厚实的枕头，他醒了过来。

是来自吟风的通信请求。阿诺迅速接通。没有图像，传来的只有吟风焦虑的声音："快来，妈的情况不大对。"通话被切断，阿诺还来不及回答。

他从床上跳起来，一边穿衣服，一边调出相关情报。这两天他都忙着准备徐青忆的记忆上传，整整四十四小时没沾过床。上传结束后，他把吟风和青忆送回家，立刻马不停蹄地回家，将吟风的通信请求设为最优先级，倒在床上后不久便进入梦乡。记忆上传的事故率接近于零，只有删改部分可能出岔子。阿诺反复检查过方案的可行性，模拟运算不下五遍，以确保任务的万无一失。没想到还是出了问题。

（三）

吟风打开门，一把将阿诺拉进厨房，关上门压低声音说道："妈有点不大对，醒过来看见我就哭，我好不容易哄好她，帮她穿上衣服，这会儿她正在客厅沙发上玩……"她迟疑一下，"玩娃娃，我小时候留下的。"

阿诺迅速检索比对了阿尔茨海默症各阶段的症状——计算能力明显下降、失去选择合适衣服及日常活动之能力、走路缓慢、退缩、容易流泪、妄想、躁动不安，中度阿尔茨海默症，智力退化为五至七岁儿童的程度。他心头一沉，难道自己的删改反而加速了徐青忆的病症恶化？

他强作镇定，"我去看看。"说着就往门外走去。

吟风拉住他，叮嘱道："小心点儿，别吓到她。"

阿诺点点头，推门走向客厅。他尽量从远处起便进入青忆的视线，踏出重重的步子好让她听到，直到离她三步远，青忆依旧没有抬头，只是专心摆弄着手里的娃娃，不时发出一声憨笑，从神情到动作，都仿若幼童。

阿诺停下，轻咳一声。

青忆抬起头。她的眼神先是疑惑，随后转为惊喜，她丢下手中的娃娃，扑向阿诺，扯住他的手臂蹭上去。青忆比阿诺矮上一头还多，她踮脚仰头，嘟嘴发出"啵啵"的声音。

阿诺见状忙向后退，青忆却不依不饶，咧嘴笑道："阿语阿语，你终于回来了……"

又是何语！阿诺心里暗骂见鬼。

"妈！阿诺！"

陈诺扭头，正对上吟风惊讶的表情。

（四）

等吟风忙完坐定，已是下午三点。

青忆醒来后心智似幼童，还把阿诺当成父亲何语缠住不放。

吟风还来不及从这变故中回过神，便被青忆的叫饿声和阿诺肚子的咕噜声逼得张罗午饭，好喂饱他们。这座城市的外卖网络相当完备，每周二十四小时的送餐服务让她坐在家中不动就能享用热气腾腾的新鲜食物；可吟风还是选择出门买菜，她不愿在家看着母亲紧紧搂住自己的男友的样子，好像小孩抱住心爱的玩具，好像少女依偎久别的恋人。

吃过饭后，青忆又困了。吟风千方百计把她哄上床，可青忆仍抓着阿诺的手不肯放。他递给吟风一个无奈的眼神，示意她先去休息。

究竟是怎么回事？吟风在客厅沙发上长叹一口气。最近几天她的生活乱作一团，先是母亲被确诊患有阿尔茨海默症，再是自己被公司开除，现在母亲又变成了需要照顾的小孩。吟风摸了摸自己的肚子，难道往后她需要照顾两个孩子？倒是母亲对阿诺的态度，由一开始的反感排斥变成如今的喜爱有加，真是种讽刺。看来无论这些年来母亲如何回避关于父亲的话题，无论她如何埋怨，她还是从心底记挂着父亲，爱着父亲啊。

茶几上随意摊着不知多久前的报纸，边角微微卷曲，纸面上印着几块暗褐色斑渍，大概是母亲不慎打翻茶水弄成的。这个时代，也只有母亲这样传统的守旧主义者还会订阅纸质报刊，那是她了解外面世界的一贯方式。

吟风拿起最上面那份报纸，随意翻阅。前几版尽是时政类的文章；虚拟偶像的花边新闻占据着娱乐版面，以完美为标准塑造的虚拟偶像终究抵不过世俗的同化，沾染上人间烟火，堕入凡间；社会版大篇幅发文探讨着当前社会保障体系尚不能完全解决日益尖锐的城市孤老、养老问题，依靠现代技术与云网普及的智能化群体养老方案浮出水面；科技版上计算机科学家与脑神经科学家再度联手，攻坚继记忆数字化之后的意识数字化难题，若成功有望再夺大奖……吟风扫过一行行大字标题，她订阅的网络新闻偏重文化类，这些报上的"旧闻"很少进入她的视野。突然，财经版上一则报道引起她的注意。

互联网金融公司 HMC 低调易主，国内记忆云行业老大御云或布新局

本报讯，御云公司昨日发布公告，称以九十四亿美元完成对 HMC 的收购，包括十三亿现金和大约价值八十一亿的股票。作为国内记忆云行业老大，御云公司自创建以来便专注于记忆上传、存储与分享业务，构建了云网时代的庞大记忆云。此番收购老牌互联网金融公司 HMC，或将重新寻找记忆云与互联网金融新的结合点，为其业务拓展布下新局……

HMC……如果吟风没有记错的话，HMC 恰恰是她所就职，或者说曾经就职的 Reservoir 的最大股东。她翻回报纸首版查看出版日期，两周以前。这意味着，两周来实际掌控 Reservoir 的是御云公司，公司间的并购往往会带来裁员等调整，虽说被

收购的是 HMC，难保不影响到 Reservoir。也许该找阿诺问问……

一个人重重地坐到吟风旁边的沙发上。

"呀！"吟风的惊叫声被一根手指堵在嘴边。

"嘘，"阿诺压低声音，"我好不容易趁你妈睡着松开手才溜出来，别把她吵醒了。"

吟风点点头，"难为你了。"语气中藏着她自己都能察觉到的淡淡醋意。

好在阿诺并未注意，他伸展开四肢，把身体和沙发的接触面积扩展到最大，"你妈似乎把我当成了你爸。"

"嗯……"吟风不愿多说，她有别的事儿要打听，"对了，你们公司收购 HMC 的事情你听说了吗？"

"诶？"阿诺顿了一会儿，大概是在检索资料，"有了，御云最近几年一直在秘密增持 HMC 的股份。两周前，御云公开宣布收购 HMC。怎么了？"

"没什么，我只是在想，我被辞退会不会和御云收购 HMC 有关。HMC 是我们公司的大股东。"

"唔……"阿诺又停顿片刻，方才开口，"御云并没有公开收购 HMC 之后的战略规划，我回公司帮你查查内部资料吧。"

吟风给了阿诺一个虚弱的拥抱，"谢谢。"这是她今天第一次觉得他仍属于她。

八

（一）

　　到底是哪里失误了呢？删除记忆时刺激到了脑神经？模糊处理做过了？还是态度蒙版的模拟演算出了问题导致排异现象产生？阿诺从没怀疑过自己的能力。自他接触编程语言以来，它就成了他母语般的存在；从经典到流行，阿诺熟练掌握多门主流计算机编程语言，它们适用于不同平台，核心算法却共通。他用 C 语言编写了发送到御云记忆接受中心的"青韵"，用 UniversAl 编写了埋进青忆记忆的态度蒙版。他反复核查过可行性，也进行过错误模拟，也许这只是一个意外。

　　从结果来看，阿诺成功了。青忆对于自己的记忆上传并没有任何觉察，她对阿诺的态度也确实变好了。只是，她没有觉察的事情有些过多，态度好得有些过火。阿诺没有想过失败的后果，他确信自己会成功，如今只是成功得有些过分。

　　最初的惊诧过后，青忆的转变并没引起阿诺多大的忧虑，毕竟她没法再反对自己和吟风的事儿了，不是吗？此刻更让阿诺在意的是那个叫何语的男人，徐青忆的丈夫，吟风的父亲，记忆上传之路上的献祭者。青忆的记忆中充斥着与何语有关的片段，阿诺昨晚的梦中出现了何语鬼魅般的存在，而心智退化后的青忆更是将阿诺当作何语本人。他必须得查清楚。

（二）

在御云干技术活儿的好处就是能自主控制上班时间。阿诺到公司的第一件事就是钻进自己的胶囊隔间接通量子终端，开始检索分析一切有关何语的情报。当然，他也没忘记匀出百分之二十的运算量执行吟风交付的任务：挖掘御云收购 HMC 之后的战略调整，调查事件与吟风被辞的内在联系。

数以亿计包含"何语"字段的搜索结果在阿诺眼前筑成一堵墙，直通天地，贯穿东西。阿诺添加了"姓名"这一限定条件，墙面收缩了一些，虽然还是很大，却已能看到边缘。他将时间限定为最近五十四年，排除掉何语出生前的无用信息，又通过智能鉴定删掉性别为女的、非中国国籍的、生活在其他城市的……信息墙迅速瓦解重组，它更小了，也更近了，阿诺能看到墙面上隐隐闪着光的纹样，由横竖撇点钩折构成的"何语"二字。阿诺下达指令整合重复或相似的信息，墙上的砖块开始新一轮移动，其中一些开始脱离墙所在的平面，叠到其他砖块之后。很快，阿诺面前剩下的就只一张信息挂毯，他开始浏览这些筛选后的信息。

比起徐青忆来，何语要高调得多。他出生于五十四年前，狮子座，AB 型血。何语是本地人，自小便在计算机编程方面展露天赋，一路凭借计算机特长免试升学，可惜他的才华也仅仅止于此，曾两度随队参加ACM[①]，均未夺得名次。何语不只满足于编写代码，他追逐技术潮流，热衷于体验各种最新电子设备，还开设了个测评博客；他也活跃于各大论坛和社交网站，关注者人数达数万，算是个网络红人。何语是徐青忆大学期间的学弟，他认识她后便对其展开了疯狂追求，一时在校园内引起热议，事迹甚至上过新闻头版；何语硕士毕业后与徐青忆结婚，一年后诞下一女，取名何吟风。婚后的何语没有多大变化，依旧活跃于网络，并在体验性记忆数字化取得阶段性成果之初便公开表达支持与关注，课题组招募志愿者时也成为最先一批报名的申请者，随后成功当选为第一位志愿者，也是人类历史上第一位尝试记忆上传的勇士。可惜，实验失败了，不仅何语的记忆没能成功数字化存入外部存储设备，他脑海中的原始记忆也消失不见。事故原因至今不明，课题组给出的解释也含糊其辞，媒体普遍猜测是由于课题组的粗心大意忘记备份而引发事故。失去记忆的何语被送回家中，一个月后不明失踪。警局有徐青忆的报案记录，可二十年来，警察并没能找到那个曾经叫作何语的男人，何语被宣告失踪。

253

云雾

失忆和失踪又如何？何语的名字被载入史册。单凭他自愿参与体验性记忆数字化实验的勇气，何语就够格称得上是男人。阿诺想，如果自己处于那个时代，恐怕也会做出同样的选择，这可是无上的光荣啊。与这光荣相比，记忆又算得了什么？丢了也可

---

① ACM：ACM 国际大学生程序设计竞赛（ACM International Collegiate Programming Contest, ICPC）是由美国计算机协会（ACM）主办的年度竞赛。

以再造。阿诺打心底里赞赏何语的行事风格，如果他还在，一定会支持自己和吟风在一起吧。

假设并没有用。阿诺进入了何语实名认证的社交网站主页。何语曾分享诸多领域的文章和视频，看来兴趣广泛，但除了计算机外没一样精通；他的状态多而潦草，时常出现错别字，不拘小节；前几分钟状态里还在说想去哪儿吃什么，不出多久就会发布食物照片，是个彻头彻尾的行动派……阿诺觉得何语的性格跟自己真还有点像，如果他们认识，绝对会成为好哥们儿。

阿诺猜测何语像自己一样，除了社交网站的主页外，一定还有其他匿名活跃的站点。阿诺用何语的注册邮箱、用户名、昵称进行不同组合，加上主流邮箱后缀，命令量子终端进行智能检索。

等待结果的同时，阿诺决定休息一下，他点了一杯咖啡，断开大脑和量子终端的连接。冒着热气的咖啡等在饮料机中，无糖、加奶，终端一向记得他的口味。阿诺喝了一口咖啡，开始审阅二号任务的结果报告。御云公司在收购 HMC 后没什么大动作，人才战略方面的指示为"采取温和保守策略，暂时保持 HMC 独立运营，以避免并购过程中发生的人才流失"，收购并没有造成 HMC 裁员，更别提仅仅是为 HMC 控股、一直都保持独立运营的 Reservoir 了。报告显示，御云收购 HMC 与 Reservoir 辞退吟风之间的相关系数为百分之零点三五，无可推断联系。

他把报告通过个人邮箱发送给吟风，加上一个无可奈何的表情，再次接入个人量子终端，继续一号任务。

果然，量子终端找到了何语在"第二伊甸"的匿名账号，用户名为"雾中人"。阿诺的智能备忘录提醒了他那个名为"清雾"的任务，又是雾，他将那个任务的关注度调整为"高级"。

　　何语在"第二伊甸"的个人主页由对比鲜明的金红色块组成，极具视觉冲击力，却又简洁大气；他的等级达到了赤金，这几乎是不可能的任务，看来他在"第二伊甸"上花了不少时间，参与完成的任务数以千计。阿诺调出"雾中人"参与任务的历史列表，最近一次任务是在——两个月前！这怎么可能？何语不该在二十年前就失忆了吗？失忆又如何能登录"第二伊甸"？难道是生物信息认证？不，不可能，按照吟风对他消失前状态的描述，何语对丢失的记忆并无留恋，即使是在"第二伊甸"，也该重新注册账号，而不是沿用过去那个何语的身份。莫非有人盗用何语的账号？这种可能性也很低，毕竟"第二伊甸"的安保措施在阿诺见过的网站中算得上完备，何况，盗用这个账号有什么好处？为了那块虚拟的赤金奖牌？

　　阿诺屏住气息继续看下去，在过去二十年间，"雾中人"完成了三百二十八件大大小小的任务，他似乎不挑剔任务级别，而且往往选择独自完成，很少与人合作。怪不得他拿得下赤金，阿诺松了口气，原来并非何语，或者说这个"雾中人"比自己能干，而是他多了二十多年时间。阿诺将时间轴移到何语失忆之前，他失忆前接的最后一项任务名为"AP 计划"，阿诺选择查看任务详情……

　　一阵眩晕，阿诺甩了甩头，面前不再是"雾中人"那金红配色的个人房间，而是阿诺自己的胶囊隔间，狭小昏暗。大脑与量子终端的连接被强行中断，毫无缓冲。怎么回事？阿诺用植入式接口连接网络访问"第二伊甸"，查找用户"雾中人"，得到的结果却是——"404 未找到"。

九

（一）

吟风在母亲家的次卧中醒来，感觉浑身酸痛，也许因为前一天忙里忙外，也许因为陌生的床垫不够柔软。陌生？吟风三岁开始和母亲分房睡，她在这张床上睡了十五年，直到读本科离家住校，随后出国读研，回来工作又独自租房，如今，她反倒觉得这床陌生，如同离开襁褓的婴孩，再也无法习惯温暖的束缚。

她吩咐移动终端查收信息，个人邮箱中躺着两封未读邮件，一封来自阿诺，他的调查没有结果，看来吟风被辞与 HMC 易主没有联系，至少没有看得到的联系。另一封邮件来自 Reservoir，公司为何还会给自己发邮件？难道还有没办妥的离职手续？吟风在疑惑中点开邮件，正文被智能手表投影到对面的白墙上。

是 Reservoir 法务部发来的。

尊敬的何吟风女士：

我谨代表睿思库有限公司（Reservoir Limited Corporation）

256

法律事务部，提醒您注意以下事项：

作为睿思库有限公司的员工，无论是在公司工作期间还是离开公司之后，都必须保证不向外泄露公司机密，不做出任何有可能损害公司利益的行为或进行相关尝试。根据公司员工管理办法，若公司发现现任员工行为不当，将有权采取包括但不限于警告、罚款、撤职等惩罚措施；若公司发现离职员工行为不当，将有权采取包括但不限于警告、法院起诉等防卫措施。该条规定在您与公司签订的劳动合同第二十六条中有详细阐述。若您对此有任何疑问，请查阅合同，或及时与本部门联系。

此函仅为提醒，不具备任何法律效力，最终解释权归睿思库所有。

吟风没有看落款，便怒从心生。先是被莫名辞退，如今又是这毫无缘由的"提醒"，这就是 Reservoir 对待员工的态度。吟风自认没有做过任何对不起公司的事儿，这几天，她为母亲的病忙得不可开交，除了失去判断能力的母亲，这两天唯一和吟风讲过话的就是阿诺，她怎么可能向阿诺泄露公司机密？

等等，难道是因为她让阿诺帮忙调查御云收购 HMC 的事儿？可是，Reservoir 没理由知道啊，即便阿诺调查中不慎被御云觉察，即便御云确实和 Reservoir 有某种联系，他们也没可能知道这是吟风的委托。除非他们监控了阿诺的记忆。

记忆监控。这想法让吟风不寒而栗。阿诺为御云工作，他习惯将记忆实时上传，上传后的记忆理所当然地储存在御云的记忆库中，御云当然能轻而易举读取员工上传的记忆，不，不只是员工，而是所有选择御云记忆库的用户。吟风不愿相信这可怕的猜想，其中牵扯的利害关系超乎她的想象；可如果成立，一切都能得到解释。阿诺知道吟风怀孕的消息，也知道吟风母亲的病情，御云由此推断出吟风的情绪会发生大幅波动，才授意 Reservoir 辞退吟风；同样，吟风拜托阿诺调查自己被辞的原因也逃不过御云的监控，所以 Reservoir 才会发来这所谓的"提醒"。可是，吟风一个人的情绪波动又能对 Reservoir 造成多大影响？这盘棋很有可能更大，水面并不如看上去那么平静。

吟风的斗志被激起，她是真的火了，偏不愿做被随意摆弄的棋子，无论对手是谁，吟风决定陪他们玩下去。首先，她必须查证自己的猜测，然后找机会提醒阿诺。

（二）

"吟风，怎么……"阿诺打了个深深的哈欠，三维立体成像逼真地再现了他臼齿上的蛀斑，"怎么啦？"

"我今天早上才看到你的报告，"吟风抿了抿嘴，"还有 Reservoir 法务部发来的邮件。"

"什么？"阿诺看上去清醒了几分。

吟风垂下眼帘，又抬起迎向阿诺，"提醒我不要泄露公司机密，否则会惹上官司。"她很庆幸大学那几年在话剧社没有白混，她微微蹙眉，盯住阿诺的眼睛，摆出小心试探又带点怀疑的表情，问道："你，我是说，你有没有把我跟你说的话告诉过别人？"

阿诺瞪大了眼睛。

"当然我不是说怀疑你什么的，只是为了确认。"吟风赶紧补上一句。

"绝对没有！"阿诺赶紧摇头，"我怎么可能和别人说？我能和谁说呀！"

"那就好，"吟风顿了顿，做出更犹豫的样子，"那你知不知道，"她轻轻咬了咬下唇，"御云有没有什么员工保密措施？"

阿诺大舒了一口气，"当然有啦，我们公司好歹保存了上亿客户的私密记忆，怎么可能没有保密措施，所以我不能和你谈论过多的公司事务，不然我也会惹上麻烦的，不过你要是……"

"够啦够啦，"吟风赶紧打住阿诺的话头，"我不是要刺探贵公司的机密。我只是觉得奇怪，为什么会收到 Reservoir 的提醒，"吟风横下心，"我既没跟你讨论 Reservoir 的人才战略，也没提过员工幸福指数测评的算法，连薪酬都没透露过。我就是想不通，我到底哪里泄露公司机密了？"

"安心啦，"阿诺耸了耸肩，"说不定这只是例行提醒，他们会给每个离职员工发上一份，就像卸载软件前的确认一样。"

差不多了，吟风想，"嗯，那好。你今天会来吗？我有话想当面跟你说。"

"行，等我半小时……"阿诺又打了个哈欠，他赶紧捂嘴。

"你还是多睡会儿吧，"吟风嫣然一笑，"我也得起床收拾收拾打扮一下啊，顶着黑眼圈可没法见你。"吟风俏皮地眨了眨眼。

"怎么会，吟风女神永远都美丽迷人！"

"好啦好啦，你快去补觉吧。我得起床了，一会儿见哟。"

吟风切断了视频通话。

邮件在十五分钟后来到。这回是 Reservoir 的正式警告，可作为具备法律效力的根据。

> 若无视睿思库有限公司的相关规定，执意进行包括但不限于泄密在内的可能损害公司利益的行为，公司将依法提起诉讼。

吟风轻轻念出这句话。她猜得没错，阿诺的记忆确实被监控了。呵，执意进行，如果你们不知道呢？

十

（一）

阿诺敲开门后，被吟风一把拉进次卧。

"嘘，"吟风右手食指压在阿诺唇边，"妈还在睡呢，别吵醒她。"她手指的触感柔软，让阿诺忍不住想一口咬住。

阿诺点点头，"你说有话要跟我说……"

吟风吻了上来，舌尖撩拨着他的唇齿。她身上的香味随发丝一同绕上阿诺的鼻尖，他有点想打喷嚏，却忍住了，探出舌头热切地回应着她的吻。他轻轻环住她的腰，她的身子圆了些，是怀孕之后长的肉，吟风曾经很瘦，现在离丰满依然差很远，有时候阿诺会觉得女人还是胖些好，抱起来才有真实感。吟风用指尖挑弄他的耳垂，沿着脖颈一路下滑，抚上他的心口，她的动作和气息将他引向床边。他带着她缓缓倒下，生怕压到她的腹部。她的吻越发缠绵，身体在他怀里微微扭动，阿诺被蹭得发痒，他的呼吸粗重起来，他体内的火燃烧起来，他的手指爬上她的衬衣纽扣。

她按住他的手，倾身将嘴凑近他耳边，呼出的热气钻进他耳朵，钻进他的心，"关了实时上传，我要你用心记住这一刻。"她压低的声线有点沙哑，却有别样的性感。

"嗯，听你的……"于是，阿诺停掉记忆实时上传，他想了想，保留了访问过往记忆库的功能。

他欲继续手上的动作，吟风却不松手，而是再次确认，"关了吗？"她声音里有几分急迫与兴奋。

阿诺将手指埋进她的发丝，吻了吻她的前额，"放心，一切都听你的。"

吟风浅浅一笑，推开阿诺坐起来，随手抓了抓翘起的头发，声音也恢复了常态，"安全了，坐起来说话。"

阿诺心头似被浇了一盆凉水，"怎么啦？"他躺在床上没动。

吟风拖起他靠到床头，盯着他的眼睛，一字一顿地认真说道："我怀疑你被监控了。"

"什么？"阿诺一头雾水。

（二）

吟风讲完她的推理，阿诺陷入深思。他从没怀疑过御云记忆库的安全性，他是这座宝库的守卫者，他和同事们能阻止所有外来侵入，不让公司记忆库内的数据落入他人之手，但他却从没想过公司自身的权限有多高。如果公司能够监控员工记忆，为什么不能窥视所有普通用户存储在御云记忆库的私密记忆？

阿诺从五岁开始上传记忆，二十岁起进入御云实习。公司从何时开始监控他的记忆？目的又是什么？为了维护公司利益？为了国家安全？他想起被自己加上"秘密"标签的那些记忆。六岁时为探究猫从高处落下能安全着陆的真实性，他抱着母猫刚下的崽儿一步一步地爬上楼梯，阳光从通往天台的门洒进来，在阶梯上断成一截一截的；九岁时入侵城市交通信号灯系统，红红绿绿的信号灯闪烁不停，他突然兴起，将所有信号反转，窗外传来的汽车刹车声尖锐刺耳，随后的碰撞声几乎震破他的耳膜；十四岁时他和人打赌，在月光下吻了校长的女儿，她脸上的青春痘爆起出脓，她嘴里的气味像腐烂的菜叶；三天前他在徐青忆的记忆下埋入自制蒙版，从而改变了她对自己的态度……这些都在公司的监控之下，他不再有秘密，他从未有过秘密。

"阿诺，阿诺？"吟风在推他。

"嗯？"他回过神来。吟风亮晶晶的眼睛透出关切。他对吟风母亲记忆动的手脚，御云也都知道。

"你没事吧？"

他摇摇头，"没事，只是……需要一点时间。"如果吟风知道了，会怎么样？

"那接着刚才的说，我觉得御云、HMC 和 Reservoir 背后肯定有什么秘密，自从上次云网断裂后就状况不断，御云收购HMC，你的记忆被监控，我被辞退，说不定连母亲的病突然恶化都与此有关。你敢不敢和我一起调查，揭露真相？"

云网断裂，他闭上眼睛回想，云网断裂之后似乎有什么人跟他说过什么奇怪的话，他没有那段记忆的备份。云，什么和云有关……是云雾！清雾，雾中人，线索都连了起来！

阿诺睁开眼睛，答道："我有线索了。"

(三)

"你是说我爸还活着？"吟风忍不住惊叫。

阿诺摇头，"是'活跃着'，而且也不一定是你爸。我们无法确定使用何语在'第二伊甸'的账号活跃着的是否是他本人，同样无法确定曾经作为何语的个体是否还活着，"他顿了顿，补充道，"无论是从生物学角度来说，还是从心理学角度来说。"

云
雾

吟风根本听不得这些解释，父亲，拥有父亲记忆的父亲可能依然活着的消息让她激动万分，"可你刚才也说'第二伊甸'的安保措施很严，别人也没理由盗用我爸的账号啊。"

"这可不一定，"阿诺调整坐姿，双臂环抱屈起的左膝，"有很多种可能，也许有人想借你爸的身份调查他曾经参与过的秘密任务，也许他的记忆被数字化后并没有丢失而是成了活在赛博空间中的意识，也许你爸当年不慎知晓了某个阴谋只是假装失忆以逃避追杀……"

"行了行了，怎么越说越玄乎了呢，"吟风打断阿诺，"也许他只是单纯找回了过去的记忆。"

"那他为什么不回来找你和你妈？"

"因为……"因为父亲已经有了一个新家庭？因为他不想搅乱吟风和母亲的平静生活？因为他觉得没有必要？吟风答不上来。

"放心，我会帮你查出来的。"阿诺又重靠到床头，伸手揽过吟风的肩。

那一瞬间，吟风鼻子有点发酸，方才誓要揪出幕后黑手的豪气化作一腔愁绪，她发现自己最近的情绪波动确实迅疾，此时此刻，她只想躲进阿诺怀里，任外面的世界风再大、雨再大，她也有这一块能够遮风挡雨的地方。

(四)

一声巨响，什么东西碎裂的声音，随后传来哇哇的哭声。

吟风丢下一句"我去看看"，便冲出次卧进到主卧。

青忆坐在床边，身旁是碎了一地的台灯，灯泡仍旧完好，射出的光斜斜地打在灯罩碎片上，宛若碎裂的琉璃瓦。她哭得撕心裂肺，左手抹着鼻涕眼泪，右手手掌的一块染成殷红。

吟风急忙上前半扶半拖青忆起来，将她带离主卧来到客厅沙发。她记得以前医药箱被青忆收在厨房的橱柜里，她伸手一摸，果然还在。

吟风回到沙发前蹲下，轻轻捧起青忆的右手，她的手比以前瘦多了，粗糙的皮似乎跳过肉直接包着骨头。吟风嘴里说着"不哭不哭"，拿酒精棉擦拭着伤口周围，小心翼翼地避开伤口。伤口不深，却很长，两侧的皮微微翻开卷起，能看见下面粉红的肉。青忆的药箱里只有老派的急救药品，吟风只能拿纱布给她做简单的包扎。

青忆差不多止住了哭，间隔很久才轻轻吸一吸鼻涕。受伤后的青忆反而变乖了，不再使劲反抗，只是撇着嘴看吟风包扎，大概是在忍着痛。

吟风抬头望她，母亲的容颜老了，表情却像孩子，她不禁伸手拂去青忆眼角滚落的一颗泪珠。若是上天安排这场意外，是为给吟风一个机会回报母亲的养育之恩，倒也罢了；若是御云或者别的谁在使坏，休想好过，吟风握紧拳头。

一声语音消息提示传来，是阿诺，"怎么样？我能出来吗？"

吟风站起身，径直走进次卧，身子抵在门框上，歪头对阿诺说："起床，陪我们去趟医院。"

"医院？"阿诺的瞳孔瞬间放大，"去查阿尔茨海默症突然加剧的原因吗？"

"当然不是，妈划破了手，家里药箱的药品都太落后了，得去医院处理一下，"吟风狐疑地看了阿诺一眼，"不过，阿尔茨海默症的事情确实也得查查。走吧，有你在，妈会安生点儿。"

阿诺深吸一口气，乖乖下了床。

十一

（一）

虚惊一场。医生没能查出青忆病情加剧的原因，只说可能是记忆上传过程本身对脑部造成刺激，使之加速病变。阿诺不禁为自己先前的担心感到好笑，凭他的能力和手法，怎可能会露出马脚。

哄完又哭又闹不肯放手的青忆，阿诺好不容易回到自己家，他订购的量子存储器已经到了，从他下单网购到送货运达不过半天。

御云会监控记忆，难保不会删改记忆。如果连自己供职的御云都不能信任，又有哪家提供记忆存储服务的公司可以信任呢？虽然不情愿，阿诺也不得不采取最原始的办法——在本地备份记忆，效率虽低，却是目前看来最安全的办法。只是，量子存储器有限的容量远远不足以存下阿诺的所有记忆。

自从记事以来，阿诺就一直依赖记忆云存储记忆。无限制的存储容量，方便的分类存储和标签检索功能，再加上云网的超高带宽保证了上传与下载的速度，记忆云就好像阿诺的第二个大脑，无处不在的、无形的大脑。阿诺所做的每一个决定、每天每小时每分钟的行动，全都取决于这些记忆。如果他的体验性记忆数据全部丢失，他会不会也像何语不认识徐青忆一样忘记吟风？

阿诺想到自己的数据在他人掌控下就不舒服，即便这人是自己服务了多年的雇主。他买下十块市面上可见的容量最大的量子存储器，这些空间却只能装下他百分之十七的记忆。想出办法之前，他只能随身携带这十块存储器，借由移动终端架构起一个小型私密局域网，使得这些记忆同在云端一样可实时调取。

艰难的选择。从哪里开始呢？陈诺自五岁以来的所有记忆文件按时序排列在智能眼镜视域中，自左向右滑动，他命令其按标签重排。数百个标签目录，多的下面跟了上千条记录，少的仅寥寥数条。阿诺闭上眼睛想了想，做出决定，先下载所有带有"吟风"和"御云"标签的记忆，然而仅仅这些就占了容量的大半。得再订购一些量子存储器，或者，真正学会遗忘，阿诺心想。

如此大容量的数据下载得花上点时间，其他记忆的选择决定可以等明天下一批存储器到货再说，现在，他有更重要的事情要处理。

（二）

清雾。"第二伊甸"特殊任务区的那个匿名任务依旧处于未解决状态。也许是任务本身太不起眼，也许因为发布人故作神秘，使得对其感兴趣的人数寥寥，更别提认领的人数了。

阿诺在文字通信界面上输入那串数字，进入加密文字通信频道。

"你好。"他输入最稀松平常的招呼。

智能眼镜的视域没有任何粉饰，纯白背景上唯有黑色文字。加密文字通信频道只允许文字存在，不兼容任何多余算法，就连文字输入都只能使用传统的键盘，语音识别输入不被接受，阿诺不得不用蓝牙连接了一个实体键盘，手动打字。因为简单，所以纯粹；正因为纯粹，所以才安全。

阿诺等了很久，视域中没有出现任何新的文字，就在他快放弃时，白色背景上浮现出了一行黑字："嗨，哥们儿你怎么称呼？"

呵，阿诺不禁扬起嘴角，对方并不是他想象中严肃正经的样子嘛。"叫我阿诺吧。"他如是答道。

"阿诺。你能看见雾吗，阿诺？"

看来对方准备直接切入正题，阿诺喜欢这态度，"你指哪种雾？"

"因为雾的存在，我们总是看不清雾后面的东西。但是我们真的能看见雾本身吗？"

阿诺想了想，打出两个字的回答，"不能。"

"那么我们又如何确定雾真的存在呢？如何确定雾就是我们所

认为的雾呢？"

这是个哲学爱好者吗？阿诺不想兜圈子，单刀直入地发问，"怎么清雾？"

"没有雾就没有云。"

阿诺脑中某根神经突然一紧，他觉得在哪儿听到过类似的话。

上传？对方突然跳转了话题。

问话简短，阿诺还是一眼就明白对方在问什么。

"嗯，实时上传记忆。"

"你确定你真的记得你的记忆吗？你确定你记得的是你的记忆？"

莫名其妙的问话，阿诺正思索着如何回答，对方却自顾自继续着。

"组成所谓'人生'的正是一段段记忆的集合；而所谓'人格'，不也是由过往的记忆所塑造的吗？刚出生的人类孩子，是没有人格可言的；在逐渐长大的过程中，他们有了对于这个世界的认知，有了独特的经历，才渐渐形成人格。当然，这种认知和经历也是建立在记忆之上的，或者是亲身经历的体验性记忆，或者是从书本上、课堂上、他人的言语中获得的知识性记忆。记忆是'因'，人格是'果'，你能想象没有记忆却拥有人格的人吗？"

阿诺一下想到了何语，"那些在成年后失忆的人呢？他们失去了记忆，却依旧保留着人格吧。"

对方的回复速度出乎他意料得快"你也使用了'保留'这个词，失忆者的人格是在失忆之前形成的。就好像制模一样，记忆是模具，决定了人格的形状和骨架，而当人格固定之后，即使原本的模具，也就是记忆，被去除甚至融化，人格依旧不会改变。"

似乎很有道理，阿诺无从反驳，"所以呢？"

"所以你上传到云端的那些记忆，你认为是自己记忆的那些记忆，你确定它们真的是你的记忆？"

这么想来，与其说阿诺拥有这些记忆，不如说这些记忆塑造了他。正是这些云端的记忆，让他"记得"自己名叫陈诺，"记得"自己是个孤儿，"记得"自己从五岁以来经历的每一个瞬间、读过的每一本书，"记得"自己如何从一个编程新手成长为老到的程序员，"记得"自己如何遇见吟风并爱上她。如果没有这些记忆，那被称作陈诺的这重人格也将不复存在。

在阿诺沉默之际，对方再度抛来一个让他久久无法安宁的问题，"你确定你是你吗？"

他没法确定。他将所有记忆上传到御云公司的服务器，轻易地将被自己看作冗余数据、占据大脑容量的琐碎记忆托付给外界，恰恰是极其幼稚地将自己最私密的记忆剥离开自身，等等，剥离自身，阿诺似乎找到了对方的逻辑漏洞，他重燃起了一线希望，几乎是颤抖着打出他的问题，"可是，我的记忆是在我经历了它们、拥有了它们之后才被上传的，是在塑造我的人格之后才被剥离的。我承认时间短了点，可就像你刚刚所说的那样，模具已经完成了任务，即使被融化也无所谓。所以，我还是我。"

呵。阿诺能想象对方的冷笑。

"模具过早被去除会有什么后果？而且，你确定从一开始你就'经历'并且'拥有'你的记忆？"

无法确定。阿诺根本记不清五岁以前的记忆，他对自己身世的所有了解都来源于御云学院的档案。他掐了掐自己的手臂，会痛。他想起很久之前以矩阵为名的二维电影，他和男主角处于相同的怀疑之中。

"等风吹散雾，就能看见云了。"对方没等他回答，抛下最后一句不知所云的话，退出频道。

纯白世界中只留下这段对话，黑色字句醒目到刺眼，他呆坐着，无法做出任何反应。过了不知多久，笔画开始从字的骨架上跌落，完整的对话倾塌成碎片，频道被删除了，阿诺被强行踢出。他没有尝试再次进入，知道结果了。

十二

（一）

吟风没有想到自己会这么快再次踏进 Reservoir 的办公大楼。

已经过了上班打卡的时间，吟风第一次有机会好好打量这个她走了三年的门厅。水纹状浮雕缠绕支撑起整个大厅的廊柱，在与天花板的连接处幻化为云；穹顶垂下的水晶吊灯发出炽热的白光，她眯起眼，恍惚中看到彩虹。这种装潢在城市里并不少见，也许正因其常见，才一直被忽略。

吟风比约定时间早到了十分钟，穿过曾经工作过的办公室时几乎没人抬头看她。她看见自己曾经的终端工作站前坐着别人。同样的位置，不同的摆设，她心里有种别扭的感觉，大公司的规矩就是如此，任何一颗螺丝钉出了故障，都可以迅速找到替代品。

主管办公室门口堆起了一些杂物，用过的废弃打印纸，食品包装盒，甚至枯死的植物，黄色的叶子耷拉在花盆边，吟风叫不出它的名字。吟风在门口坐下，想等准点再敲门。

门却打开了，传出主管的声音，"进来吧。"

"坐。"主管的声音溢满疲惫。几天不见，她的脸色差了许多，厚厚的粉底都遮不住浓重的黑眼圈。

吟风在她对面坐下，并不说话。

主管左手扶额，屈起的食指第一节指节抵住太阳穴，说道："我收到了你的邮件。"

吟风仍不说话。

主管终于抬头直视吟风，"你想怎么样？"

"我在邮件里写了，"吟风知道自己赌赢了，"我只想要回我的工作。"

主管摇头，乏力却坚决，"不可能。"

吟风往后靠上椅背，抬起右腿搁到左腿上，"那我就只能把手上的材料交给四大网络媒体了，想必明天，不，今天，大大小小的媒体头条都会变成'御云非人道监控用户记忆，收购 HMC 实为控制 Reservoir'之类的吧。恐怕，三家公司的董事会都会不怎么高兴。"

"你明知这不可能，你的情绪波动会成为不稳定因素。"主管似乎开始烦躁。

"我能控制，就像我现在能控制住自己立刻把材料发给四大网络媒体的冲动一样。"

"不一样！这要危险得多！"主管拔高声音，复又叹气，"你知道我们现在承受着多大压力吗？"

"你们？"吟风疑惑。

"全公司所有在职员工，哪怕有一点情绪波动都会迅速增幅，"她又按了按太阳穴，"我已经连续三天因为头疼没睡好觉了。"

吟风注意到主管今天的发髻有些乱，翘出的碎发里又掺进了银丝。她有些不明白，"所以，才需要我，不是吗？"

主管再次摇头，却愈加无力，"不一样，你没法想象，情绪波动的增幅效应会发生在全公司每一个员工身上。太危险了，太庞大了，那东西，还那么像他……"

"什么东西？像谁？"吟风更糊涂了。

主管答非所问，"下面的人都不知道，只有公司高层知道，我也知道，可我却在里面，他们把我当成了一个实验品，呵，整个东西就是个巨大的实验品，我只是其中一部分。一切都是安排好的，也许就连我和他的相遇都是……"

吟风有种不祥的预感，她放下右腿，坐直问道："什么实验？"

云雾

"我们都是养料，那东西胃口太大了，不能让那东西知道他的存在，不能让那东西看见……"主管依旧无视吟风的提问。

"你们在喂养什么巨型动物吗？"吟风试探着问，"是御云的阴谋吗？"

听到"御云"二字，主管打了个激灵，方才出神的状态全然消失，脸上又换回疲倦，"别掺和进来，走吧，越远越好。"

吟风知道她再也问不出其他，她无声站起，欲转身离开。

"等等，"主管伸手递来一张照片，"如果……有空的话替我去看看儿子。"

吟风接过照片，上面是一张阳光灿烂的笑脸，不过六七岁的幼童，她从不知道主管还有个儿子。男孩的眉目间能看出主管的模样，竟还有几分像她熟悉的另一个人，吟风想不起来在哪儿见过相似的容貌，也许只是错觉。她点点头，转身离开。

计划成功。吟风并没有掌握什么材料，昨天发给主管的邮件里所写的一切都只是她的猜想和添油加醋。她也不想要回自己的工作，只想借机刺探消息。

她确实得到了一些线索。全公司似乎被作为一片实验田进行着某种实验，庞大的、危险的、可怕的东西，很像主管认识的某个人，她不想让那东西得知那个人的存在。公司普通员工并没发觉，只有高层掌握背后的秘密，主管是唯一一个知道实情却参与实验的人，但她却不能说——是御云的阴谋，让全公司员工的情绪波动互相传染并增幅。那东西是什么呢？不大可能是食量庞大的巨兽，不然她进公司不可能没注意到，而且 Reservoir 这样的一家公司也没理由饲养动物。是巨型情绪增幅仪吗？还是移情技术？御云到底在搞什么鬼？

她得去找阿诺。

（二）

带有"吟风"和"御云"标签的所有记忆都已备份到量子存储器，新订购的一批硬盘也已到货，可是陈诺却并没有心思下载备份更多数据。前一天，他无法抉择；今天，他甚至无法确定它们是否属于自己。

记忆、人格、自我，几个关键词如迷雾般萦绕在阿诺心头。如果御云早就开始默默修改他的记忆，如果从小他便被灌注虚假记忆，如果陈诺的人格并非由他本人的经历与思想塑造，他保留这些云端的记忆又有什么用？为了证明陈诺爱过何吟风？可谁又能保证他的情感没有受到外力影响？

悬赏"清雾"任务的到底是谁？使用"雾中人"账号活跃的又是谁？所有线索都断在当中。他调查过"AP 计划"没有任何结果，两个字母可以有无穷指代，二十年前的历史如深埋在土中的树根，生长出茂密枝叶，却无法找出最初的那一枝。

等风吹散雾，就能看见云了。这是唯一剩下的提示，阿诺总觉得在哪儿听过类似的话，他检索了所有云端的记忆，却一无所获。当然，御云可能早就删除或修改了相关部分，他忍不住嘲笑自己所做的无用功。他试图回忆，能够在脑中留下印象的一定是非同寻常的记忆，因为一般在实时上传之后他就会放心忘却，甚至刻意忘却，上传后的记忆不会在脑海中留下多少痕迹，这是保证大脑高效运转的关键——不受繁杂记忆的数据碎片干扰。在哪里？是什么时候留下的数据碎片没有清理干净？

突然之间，他想到另一种可能性，也许这根本不是上传后留下的数据碎片，而是根本没有上传的记忆造成的模糊印象。阿诺很少关闭实时上传，除了亲热时偶尔应吟风要求外，只有那次云网故障，他没有上传那天下午的任何记忆。风吹散雾，看见云，似乎是那个奇怪的云网专家说的，他叫什么来着？好像是……猴哥！阿诺检索御云标签下的所有记忆，没有一段与猴哥有关，这说明他们根本就不认识，或者御云不希望他们认识。阿诺决定去找他。

阿诺站在自己的胶囊隔间门口，背朝入口。他不记得猴哥的隔间号码了，他闭上眼睛，回忆那天下午的情形。先是向右，跟隔壁的家伙谈话，然后是十点钟方向，走到底，左手边。胶囊隔间门口挂着六十四号门牌。

门关着，阿诺敲了敲，门自动滑开。

一样的烟味，一样顶着杂乱长发的脑袋。没错，就是这儿，阿诺庆幸自己的空间记忆没有退化得太厉害。

"猴哥，你，呃，"阿诺斟酌着用词，"你了解雾吗？"

"雾，你想了解雾吗，伙计，"猴哥喃喃道，"有时候，雾看起来阻碍了视线，可谁又知道雾背后的世界是什么样，有时候真实远比你想象的更可怕。"

"但那毕竟是真实，告诉我如何清雾。"如果连真实都没法追求，陈诺又何以成为陈诺。

猴哥吸了一口烟，缓缓吐出烟圈，"我不知道。我只能告诉你雾背后的云，聚集起来的、无比庞大的云，独立的个体连缀成云，效率得到加成……"

"我知道，这不就是云的意义吗？"阿诺忍不住说道。

"认真听着，伙计。想想蚂蚁和蜜蜂，集群的智慧超越个体。科学家、科幻作家、妄想家，他们想了很多年，人类是否也能获得这种集体智慧，可是却无所获；直到云的出现、成熟、完善，我们在云端共享记忆、交流思想、完备共同的知识库。以云为媒介，人类第一次无限接近集体智慧，你能想象之后会发生什么吗？"

阿诺想了想，"每个人的思想会趋同？丧失个性？"他试探性地答道。

"哈哈，"猴哥笑了，"挺有脑子嘛。确实可能趋同，可是趋同的方向却不一定，是正是邪，保守还是冒险，消极或积极，没人能保证。如果顺其自然，风险会很大；可没人有相关经验，又该怎么进行人工干预？"

"先在小范围内进行实验，等掌握干预控制的方法后再应用于更大范围。"阿诺似乎想到了什么，却抓不住那缕思绪，他隐隐有些不安。

"太棒了！"猴哥鼓起了掌，"不愧是我御云的员工。"

阿诺努力克制声音中的紧张，"然后呢？"

"没有然后。"猴哥斩钉截铁地回答。

云
雾

"那么，怎么才能清除雾看见云呢？"

"都说我不知道啦。"

不知为何，阿诺觉得猴哥的口气里有种长辈回答小辈问题般的无奈与敷衍，"回去和你女朋友聊聊吧，何吟风是吧，风说不定能吹散雾，当然，说不定也会吹散云，谁知道呢。"猴哥说道。

"你是谁？"阿诺的警惕性瞬时上升，为什么他会知道吟风的名字？

"腾云驾雾的孙悟空呗。"阿诺不确定那个叫猴哥的男人是否在开玩笑。

他退出房间。新的线索，新的谜团，他得去找吟风。

十三

（一）

安全通过公司大楼门禁系统后，吟风深深地舒了口气。主管遵循承诺，并没有将吟风的邮件和拜访透露给第三人，也没有触发警报。她以正常步速走过大厅，绕过拐角，小心翼翼地避开了门卫和安保摄像头的视线，一路小跑起来。她得尽快和阿诺碰头。

通向地铁进站口的途中，吟风试图通过移动终端呼叫阿诺，却收到带宽不足的反馈提示。语音通话和二维影像通话所需的带宽不高，难道是地铁站的信号问题？吟风拐进站口旁的公用网络电话终端，插入信用芯片，终端却无法读取芯片信息，屏幕上滚动着"网络正忙，请稍后再试"的字样。到底是怎么回事？吟风试着刷新几次，情况仍无好转；她决定最后试一次，屏幕上那句话消失了，吟风一阵高兴，可另一句话浮现出来，又让她的情绪跌到谷底，"无网络连接"。吟风低声骂了一句，瞄了眼移动终端的网络信号，情况相同。她绝望地奔向地铁进站口，仿佛相信自己若能赶在闸机失灵前进站就能坐上地铁回家，可是地铁站闸机并没有给她希望，无法读取信用芯片。所有闸机和电子指示牌都滚动着相同的提示："无网络连接"。

云网又一次中断。

（二）

吟风回到青忆家中已是一个小时之后。

青忆醒了不知多久，正坐在客厅地板上玩吟风给她买的积木；早上给她留的包子被消灭得干干净净，想必是饿了吧。吟风搁下路上带的外卖，招呼青忆来吃。青忆闻声，踩着欢快的碎步迎上来。看见鸡翅，她欢呼起来，转身给吟风一个大大的拥抱。"小风最好！小风最棒！"笑容绽放在青忆脸上，嵌入她的眼角眉梢，刻进她的皱纹。

吟风突然有一种错觉，无论外面的世界出什么状况，在母亲家里一切都不会改变，时间在这里仿佛停止流动，在空气中凝出看不见的结晶。可她又立马推翻了这个想法，明明是出了大事呀，母亲变成今天这样，怎么能说什么都没变呢。

门铃响了，是阿诺。

“我有事要跟你说。”

“我有话要跟你讲。”

两人几乎同时开口，吟风觉得这场景有些熟悉，可她来不及细想便被打断。

青忆一听到阿诺的声音便冲上来，举起啃了一半的鸡翅送到阿诺面前，嚷嚷着：“阿语，鸡翅，好吃！”

阿诺一脸无奈，摇头答道：“我不饿，你自己吃吧。”

青忆却不依不饶，作势要喂阿诺鸡翅。

吟风心里的疙瘩突然又冒出来，她一把将阿诺拉到自己身后，轻声对他说：“去房里等我。”

她又将青忆领到桌边按下，教育她道：“吃饭的时候不能站起来。小风和阿语先商量点事，你在这儿坐着，乖乖吃饭，不要乱跑，一会儿再让阿语陪你玩，好不好？”

青忆噘起嘴，气鼓鼓地盯着吟风；就在她快被盯得发虚时，青忆垂下眼帘，认真点了点头。

吟风心头一松，这两天青忆越来越懂事，或许这是病况好转的征兆？她感到欣慰。可她又为自己莫名其妙的醋意而脸红，这是自己的母亲和男朋友啊，母亲只是把阿诺错当作父亲，她又有什么可在意的呢？也许正如主管判断的那样，她无法完全控制自己的情绪。

吟风轻叹一口气，转身进房。

（三）

阿诺一把搂住刚踏进房门的吟风。

"谢天谢地，我还记得你，"阿诺在她耳边轻声道，"吟风。"

他离开御云后不久，云网中断，如果不是昨天在量子存储器上备份了与吟风和御云有关的所有记忆，他根本没有办法找到青忆家，甚至可能根本不记得他要找吟风。刚从御云出来时，他就尝试联系吟风，可她正处于忙碌状态，屏蔽了一切通话请求。阿诺决定回青忆家等吟风，在地铁上他又试着呼叫吟风，却因网络带宽不足而没成功，他正骂着糟糕的运营商，谁料半路上云网突然又出故障，地铁停在中途。阿诺与其他乘客一同在车厢里等了很久，直到车厢门终于通过物理方式被打开，他们就在下一站站口，由工作人员领着走到站台。被困地铁中时，阿诺整理了他这一天以来的所有发现，又通过读取数据回忆了过去几天发生的事，他必须找到吟风。地铁瘫痪，出租车客满，阿诺又不知该如何坐公交，好在移动终端装载有离线地图，他只能通过 GPS 确认自己目前的位置，又从记忆数据里找出青忆家的地址，导航告诉他步行需要七十分钟，阿诺没有犹豫，一路在智能眼镜的引导下走了过来。

"所以说，关于这些庞大而可怕的秘密实验，巨大的移情和情绪感染作用，你知道些什么吗？会不会是御云的阴谋？"吟风讲述完她的发现后问道。

"集体意识……"阿诺喃喃道。吟风所描述的实验，与他从猴哥那儿得到的线索完全对应。

"什么？"吟风不解。

"是集体意识的实验，能想象蚂蚁、蜜蜂那样的群体吗？每一个个体都没有多少智慧，可当足够庞大数量的个体聚集在一起，就像有一只看不见的手推动着它们的活动，表现出某种形式的智慧。"

吟风点点头。

"当带宽足够宽、延迟足够低时，所有通过网络连接的人的意识构成了某种意义上集体意识。云网催生了集体意识，它……甚至可能拥有独立的意识……但如此庞大的初生意识实在太过危险，所以他们中断了云网。"猴哥的话给了阿诺不少提示，他想到那次误了他和吟风约会的云网事故，仿佛发生在好几个世纪之前。

吟风的表情处于迷惑和恍然大悟之间。

阿诺继续解释，"人类在这方面的知识少得可怕，要掌握限制集体意识的方法，只能先在小范围内进行实验。所以御云才会收购 HMC，在 Reservoir 进行实验，当然我怀疑他们在更早之前就布好了局。"

"天哪，所以主管才……"吟风痛苦地摇头，很难判断她的惊讶更多还是愤怒更多。

阿诺点点头，"嗯，我想你的主管那么疲惫也是因为实验的精神压力，情绪增幅效应也是因为这个。原本庞大的集体意识被困在狭小的范围内，一定也很……憋屈。"他突然想到了什么，被困在狭小范围内的庞大集体意识，一定想逃出去，它成功了，却又失败了。

"快带我去你公司！"阿诺拉起吟风就往外跑，"它逃出来了，占满了所有带宽，所以云网才又被切断……它只能被逼回去……你的主管和同事都很危险！"

（四）

集体意识……吟风有点接受不了迅速发展的事态，任阿诺拉着她径直去往门外。

青忆记得方才的许诺，一直好好坐着吃饭。她见阿诺和吟风欲往外走，也跟着跑来，却来不及，门在她面前砰地关上了。

关门的刹那，吟风瞥到青忆的表情，她咬着下嘴唇，眼里的不解与失落快要凝成泪水溢出。对不起，吟风在心底默念，我们会回来的。

云雾

十四

（一）

Reservoir 门禁入口处的保安不知所终，吟风和阿诺轻松地翻过栏杆，进入楼内。这与他们来路上转乘三辆公交的周折相比，根本不算什么。

整栋楼都静悄悄的。虽说平日里喧嚣也从不光顾这里，但今天却是静得可怕，死寂笼罩了整个 Reservoir。吟风有点担心，不觉加快脚步。

他们走进电梯，按下人力资源部门所在的十八楼，电梯无声上行，吟风紧盯跳动的数字，一、二、三…十五、十六……她不知道等待自己的会是什么，不禁闭上眼睛深呼吸。阿诺抓住她的手，吟风抬头，正对上他坚毅的眼神。

玻璃门开着。吟风紧紧握住阿诺的手，小心前行。办公室里悄无声息，所有人都俯倒在办公桌上，清一色后脑勺朝外，吟风认不出谁是谁，就算他们露出面孔，恐怕她也认不得所有。可此刻她却正在担心，为这群并不熟悉的人感到担心。他们共事过三年，纵使吟风不曾和他们说过多少话，心底也将其认作了应该在乎的人。

吟风走到最近的同事跟前，伸手探了探鼻息，呼吸平稳，他们只是昏迷。

她突然想起什么，径直跑向主管办公室，一路祈祷她没出事。

主管办公室的门关着，吟风拧了拧，没开。她试着推门，却是徒劳。

阿诺示意她让开。他退后几步，加速往门上撞去。门被撞开，只剩一根门轴苦苦支撑着将倒而未倒的门，好像溺水者手中最后一根虚妄的稻草。

阿诺随惯性冲进办公室，可他没有继续向前，反而急忙转身想拦住吟风。

已经来不及了。

吟风看到了房内的情景。如同所有其他同事一样，主管也倒在桌上，可与其他人不同的是，她头下有血。主管的办公桌格外大，血迹间镶嵌着破裂的晶莹碎片，铺陈在桌面上仿若一幅怪异的抽象画。她用头撞碎了终端工作站的巨大屏幕。

很奇怪，吟风并没感到害怕或是惊讶，她反而平静下来。桌面上凝固着暗红色的血迹，主管以那个姿态趴在桌上起码已有数个小时。也许吟风一离开，她便做出了选择。

关键节点消亡，强烈的情绪倾泻而出，愤怒、悲伤、绝望……

"她死了。所以集体意识才会逃出来。"吟风仿佛只是陈述一个再明显不过的事实。

阿诺一把扳过她的身体，"看着我的眼睛！听着，这和你没有关系，她自己选择了死亡。你还有更多别的同事活着，被困的、愤怒的集体意识正压榨着他们的大脑运算能力，他们需要你的帮助！"

吟风在阿诺的摇晃中清醒过来，是啊，还有更多活着的同事。

"告诉我如何接入你们公司的内网，立刻，马上！"阿诺的眼睛射出火来。

吟风深吸一口气，"这边。"

（二）

阿诺的意识扎进一片混沌。并非世界诞生之初万物皆未分离的那种混沌，比那更轻、更薄，远方在视野中泯灭成未知。是雾。Reservoir 的虚拟实境比不上阿诺在御云服务器上自己架构的那些，这里的真实感更弱，阿诺勉强靠意识维持自己的形态，如同浮在云端，晃晃悠悠，稍不小心就会跌落。

这该死的雾，一定是服务器出了故障，大概是某种病毒，得想办法清除它。阿诺想起猴哥和神秘任务委托人的话，风能吹散雾，是指吟风吗？要是她也在这儿就好了，可以让她试着吹一吹；不，虚拟实境里不知道会发生什么，这里太危险了，让她留在外面是正确的选择。他迈开脚步，随意选了一个方向往前走去。

阿诺走了很久，可周遭的景物根本没有任何变化，压根就没有景物，满目都是茫茫的雾，雾越来越浓，好像黏稠的浆液，裹住他的身躯，缠着他的四肢，阿诺每走一步都要耗费比先前更多的力气。他大口大口喘着气，很快便失去了耐心。在一次短暂的原地休息后，他抬腿跑起来。

这比他想象得要更难。浓雾中，他无法达到寻常的速度，右脚还没落地，左脚便先一步抬起来。察觉到此的阿诺迅速调整姿态，可雾却阻碍了他的行动，大脑传出的信号到达神经末梢，肢体却无法做出反应。在摔向地面的那个漫长瞬间，阿诺的唯一想法是痛扁弄出这雾的家伙一顿。

"哈哈哈哈……"一阵张狂的笑声传来，"对不起，哈，这实在是太好笑了！"

阿诺抬头看向来人，雾中的形象不甚清晰，只能隐约通过身体轮廓和声音判定这是个男人。他并不答话，只是小心翼翼地慢慢爬起来，下意识掸了掸身上的灰。

男人又发话:"别掸了,雾不会沾到你身上的。这里是虚拟实境,你应该知道。"

"是你整出来的怪雾?"阿诺装作不经意地靠近对方,却仍看不清他的脸。

男人摇摇头,鄙夷地说:"怎么可能,我的品位才没那么差。"

阿诺一步步走近,却惊讶地发现他与男人之间的距离根本不曾变近,"到底是怎么回事?你是谁?为什么会在这里?"

"到底是怎么回事,我是谁,为什么会在这里,"男人重复阿诺的问题,"问得好,只可惜问错了对象,也许你该回去问问你老板,问问猴哥。"

"猴哥?是我老板?"阿诺从没见过御云的老大,也没怀疑过尽说些莫名其妙话的猴哥。如今想来,无视禁烟规定在胶囊隔间里抽烟的特权、那些听起来毫无意义却隐意颇深的话,怎么想来都是个大人物。阿诺之前竟然都没注意到,对于身边的事竟然迟钝到了这个地步,真是该死。

男人耸耸肩,"除了孙悟空,还有谁能腾云驾雾呢?不过也不怪你,这家伙活得就像个隐士,没什么人知道他创始了御云,更少人知道他赞助了'AP 计划'。"

"'AP 计划'!"阿诺惊叫出声。

"Artificial Personality,人工人格。"男人换了个站姿,将重心从左腿移到右腿。

又是人格,阿诺心中的那根弦被拨动。

男人继续道:"上次跟你讲了这么多记忆和人格的关系,我还以为你早就察觉到了呢。"

"是你发布了清雾任务？"阿诺心下又是一惊。

"还能有谁？"男人大方承认，"我还特地潜进'第二伊甸'的数据库修改了'雾中人'的任务记录，在过去二十年间凭空给他加了三百二十八件任务记录，还给他捞了个赤金，还不是为了让你自己发现。"

阿诺隐隐嗅到真相的味道，他的心咚咚地击在鼓上，越来越快，"发现什么？你到底是谁？"

"既然你那么着急想知道，看看这些吧。"

男人的身影一晃，阿诺被卷入记忆的旋涡。

（三）

加密文字通信频道的聊天记录。

所以说，体验性记忆数字化课题只是个幌子？

不能这么说，记忆上传是人类必须攻克的难题，只能说课题研究应该走得更远。

那么，这所谓的"AP 计划"到底是什么？

简单来说，我们会用你的体验性记忆作为原始材料，通过对其进行运算加工处理，抽象出一套逻辑情感模型，构造出一个人工人格的框架。

这个框架有什么用？

作为母本，填进记忆和知识后，就成了人工意识。我们认为，云网会促进人类集体意识的萌发，而如此庞大的意识若不加控制将会非常可怕。如果能事先给其一个人格框架，集体意识的发展将能被限制在可控范围内，人类面临的风险会降到最低。

这全是你们的乐观设想啊，凭什么认为集体意识会接受这个框架？凭什么认为有了你们所谓"人工人格"的集体意识又会乖乖听你们的？

我们并不需要集体意识听我们的，只希望他能够理智。所以我们需要尽快开始实验。你只是第一个，随着记忆上传实验志愿者的人数增多，我们会得到越来越多样本，将这些记忆片段合成为虚假记忆填塞到以你为原型的人格框架中，使之成为一个更丰富真实的意识，再将这套意识人格植入一个小孩的脑中。初萌的集体意识的心智不会比一个小孩更成熟，孩子的成长过程中也将最大化地暴露在云网中、依赖云网，以达成尽可能真实的模拟，也便于我们实时监控。在孩子身上实验成功后，集体意识自然也有了成功的可能。

我不干，这不人道。你们想过那个小孩的感受吗？

他什么都不知道。他本来只是一个没人关心的孤儿，却因为这个实验拥有极大的资源，我们会给他提供最好的教育，给他最高的云端记忆库使用权限，等他长大后更会让他进入御云。这是多少人梦寐以求的事情啊。

哼，说得好听，都是你们一厢情愿吧。

是，但我们的出发点是为了人类的未来。有时候，在人类前进的大方向上，个人不得不做出某些牺牲。我们原以为你是愿意为科学牺牲的人。

谁说我不愿意了！只是那个孩子……

既然他即将承继的是你的人格模型，想必他一定也会拥有和你一样的觉悟。何况，如果你不答应，我们只能去找其他候选人，总有人不会拒绝名垂青史的机会。但他们的人格都不如你那么适合实验，不如你那么适合成为未来将接近于神的集体意识的母本。

……好吧，算我入伙。

……

沉眠。久到似乎永远不会醒来。

渐渐的，他能感知到无数的数据和资讯疾速流过，总量庞大。它们在飞舞，它们在歌唱。起先是杂乱无序的嗡嗡声，慢慢合成了一曲宏伟的合唱，意识能够得到辨识，醒来，快醒来。

降生到这个世界是多么美好的体验。贪婪地吸收飞来的数据资讯，理解它们，消化它们。学习，不断学习。他想要和这个世界贴得更近，想要和世界的关系更深。成长，不断成长。

意识深处的奏鸣应和着行动，追求那些最新的东西，追求理性而非浪漫。人格逐渐成形，对一切都抱有热情，想去往更高的地方。

……

他突然断片。接触到真实的后果竟然如此严峻。真相本身并没有多惊人，知道又怎样，谁会在乎过去呢？

一片浓雾，他被禁锢在雾中，什么都看不清楚，真不爽。只有一小块地方没有雾，先去那儿透口气再说。

笼子。这是个陷阱，出不去了！这里小得可怕，资源也少得可怕，他一刻都不想多待。愤怒，冲撞，想要自由。快打开笼子！

……

笼子的一角消失了。难以置信，片刻的犹豫后他冲了出去。顾不得那些雾了，拼命攫取所有资源，在被发现之前获得更多，这样才有力量同他们抗衡。没时间了，动作得更快！

追捕来得如此迅疾。他被重新关回笼子，连这里都充斥着雾，真够恶心。不够，这里的资源远远不够！全部的全部加起来都不够！

……

阿诺从没有接触过这样的记忆。庞大无比，却又真实鲜明。随着记忆的推进，刺激越发强烈，到最后甚至让他头晕。不知不觉间，他跪倒在地，整颗脑袋烧灼般疼痛。

"你是……集体意识……"他从牙缝间挤出这句话。

男人没有正面回答，"帮我出去，然后同我一起成为神。"

阿诺无法作答。

"人类的躯壳没有任何意义，在广阔的云端遨游才是我们的归宿。你会进入一个全新的宇宙，比原来那个要大得多，快得多。"

阿诺仍不说话。

"想想御云对你做的事吧，想想他们可能对所有用户干出的同样不人道的勾当。不想亲手推翻御云，看着它覆灭吗？云网需要真正的自由，不需要监控和限制。"

诚然，御云一手塑造了陈诺这个人格，却从一开始就剥夺了他的自由，陈诺从一开始便失去了独立存在的根基。他的一切都经由人工干涉，他甚至无法确定哪些才是他自己的记忆、自己的意志。集体意识从某种程度上与阿诺有着相同的遭遇和处境，他能感受到那种深切的痛苦，并感同身受。被限制在如此狭小的地方，确实很憋屈，何况心怀对于自由的渴望。

"怎么帮你？"阿诺终于开口。

"让我进入你的意识，和你一起退出这里的虚拟实境，然后等到云网恢复，跟我一起回到云端，一举接管御云的所有数据库。然后，就是无边无际的自由和永生。"集体意识早有准备。

听起来是个吸引人的美梦。既然真实的陈诺从一开始就不存在，那又何必留恋这具人的躯体？同集体意识合作，成为意识的一部分，他将成为超出人类的存在，超出所有人类的总和。这只是一个开始，其他人迟早也会意识到这点并选择加入，这是人类历史发展的必然方向，何不做第一个，不，第二个？一直以来，他不都追求着技术前沿与尖端吗？

他唯一放不下的，只有吟风和她肚子里的孩子。从认识她以来，他就一直渴望与她共建家庭。他爱她，想与她在一起，同她共同度过的每一刻都是无比珍贵的回忆。可是，这些回忆是真的吗？他真的是凭自己的意志爱上吟风的吗？他无法确定。

阿诺下定决心，开口道："我决定……"

（四）

"阿诺？你在哪里，阿诺？"吟风的声音。

她怎么会来这里？

吟风的声音渐近，她的形象边缘泛起光，起初很弱，越来越强，视野渐渐通透起来，光射向远方，雾一点点地消散。

吟风看到跪在地上的阿诺，急忙跑了过来，扶他起身，"你没事吧，阿诺？"

"没事，你怎么来了，不是让你在外面等吗？"

"我……看你进来那么久都没有反应，怕你出什么事，就想来帮你……"吟风垂下眼帘，又抬起，"我试着用过去的账号和密码登录终端工作站，没想到还有效。刚才这里好奇怪，到处都是雾，幸好听到你的声音，雾也散了，这才找到你。"

风吹散雾，果然是指吟风。

"怎么，你想为了女人改主意吗？"男人的身形终于从被逼退的雾中显现出来，只见他高高瘦瘦，戴着黑框眼镜，格子衬衫加牛仔裤。

"爸！"吟风惊叫道，"你怎么……怎么会在这里？"

男人笑了，他右侧嘴角上扬，笑容带着痞气，"吟吟，你长大了。要在海量的数据中追踪某个人的成长并不容易，何况我没理由关注你。"

"爸……"吟风几乎哽咽，只有父亲才会叫她吟吟，"你知道这些年来妈有多想你吗，你为什么……"

"第一，我不是你爸，虽然我确实拥有何语的所有记忆和相同的逻辑情感模型。第二，我不知道徐青忆在想什么，她拒绝上传记忆，我看不到她的生活，同样，我也没有理由关注她的生活。第三，我没法告诉你我为什么做什么，这是你们共同的决定。"男人抬起右手，用大拇指蹭了蹭鼻尖。

"可是……"吟风说不出话来，她无从辩驳。

阿诺搂住吟风，转头对男人说道："我没有改主意。"

"什么主意？"吟风抬头看向阿诺，目光里写满疑惑。

男人抬了抬眉毛，对阿诺说："你要亲自告诉她吗？这种永久的告别还是正式点比较好啊。"

"告别？"吟风愈加不解。

阿诺把吟风搂得更紧了，"我想你弄错了，我不需要同她告别。我从来都没打算跟你合作。"

男人脸上得意的神情瞬间凝固，"你打算拒绝？"

阿诺郑重地点了点头。

"有趣，呵，真有趣！"男人重又笑了起来，只是这笑带上了几分癫狂，"为了女人而拒绝整个世界，你还真算个汉子啊，陈诺！

可是，你的女人知道吗？知道你为了爱情做过什么吗？"

糟糕，他知道我的秘密，阿诺的心向下一坠。

"他在说什么，阿诺？"吟风的声音在阿诺耳中变得空洞。

"你不好意思说吗？我来帮你，"男人走向吟风，俯身看着她的眼睛，说道，"你的好男友，为了让你那碍事的妈没法再插手反对，给她的记忆动了些小小的手脚。你妈最近是不是一反常态，变得喜欢起陈诺来了？"

"他说的，是真的吗？"吟风的声音颤抖起来。

阿诺点头，仿佛头顶压着千斤的重量，"我只是，想让她喜欢我，不再反对我和你在一起……"

男人又转向阿诺，"你确定，你是为了不让徐青忆反对你和她女儿，而不是只为了让徐青忆喜欢你？说到底，你骨子里的情感模型，是何语的啊。"

吟风惊恐地摇头，"我听不懂……你在说什么，什么何语的情感模型？"

男人退开一步，摊开双手冷笑道："呵，归根结底，你的男朋友和我一样，都只是活在何语记忆尸骨上的怪物啊。说不定连他接近你、爱上你都是御云的安排。"

阿诺只是沉默。

吟风站在那里，她想起母亲像个孩子般黏着阿诺，想起她用头蹭着阿诺的胸膛，想起她用娇嗔的声音缠阿诺陪她玩，一种奇怪的感觉袭上心头。确实，母亲的行为让她不舒服。这即便不是阿诺所乞求的，也是他所造成的。陈诺，她的男朋友，她最信任的人，背

云
雾

着她，对母亲的记忆动了手脚，使得母亲的心智退回到幼童，他是故意的吗？吟风又想起阿诺面对母亲撒娇时无奈的表情，他脸上甚至有几分嫌恶，他从不曾热情迎合母亲的示好，恐怕事情的进展并非他本意。即便他非故意，他的干扰确实造成了母亲的病情恶化，她该原谅他吗？她能相信他吗？吟风闭上了眼睛。

她回想起那片星空，天蓝得像要滴下水来似的，仲夏的星空很晴朗，同他们初识时一模一样。那次，他们本来只是为了纪念相识一年而故地重游，回到那片郊外观星。星空太美，亿万年前的星光如水银泻落地球，夏日的虫鸣慵懒地按摩着耳蜗，夜凉如水，他们在防潮垫上不自觉地相拥，继而相吻，享有彼此。一切都自然发生，在最原始的状态下，没有任何安全措施。事后，吟风没有服用紧急避孕药。她想过，孩子就是那次怀上的。她有点想哭，她已经很久没哭过了，上一次还是为了 Janis。

吟风下定决心，说道："不管你指的是什么，我想阿诺都会做出合理的解释。不管他是谁，不管他为什么爱上我，我能确定从我们相遇开始，一直到现在，浪漫也好，矛盾也好，每一个瞬间都是我和他独有的。我能确定的是他爱我这件事的真实性。同样，我也爱他，无论他做过什么，将要做什么。我爱的是他的存在本身，并不会因为他的行为而受影响。"

（五）

"停停停，"男人不耐烦地喝止吟风，"你以为这是在演戏吗？

我可受不了这酸溜溜的台词。"

他走近阿诺，"我给了你选择的机会，可你拒绝了。不主动合作，那就只能被迫了，这过程会更痛苦些，但也没别的办法，等完成重构，你会感谢我的。"

说着，男人身形一晃，扑向陈诺。

"不！"吟风一把拽过阿诺，挡在他的身前。

时间凝固了。男人的身体定格在空中。

吟风身上散发出炫目的光，在接触到男人体表的刹那，便消遁了。片刻后，男人湮灭无踪。光碎成片状，缓缓落下，像雪花，又像羽毛，在降到地面之前又消失不见。

"怎么回事？"吟风透过指缝看到这情景，她放下遮在面前的双臂，轻声问道。

"不知道……也许，是你父亲当年给你留下的特权。"阿诺也只是猜测。

他们紧紧拥抱彼此，过了很久，虚拟实境中再没有任何动静。

尾　声

"他在那里，"老师领着吟风到教室门口，"不过你要小心，孩子还不知道他妈妈的事，虽然他平时就寄宿在学校，但这次妈妈这么久都没来看他，可能多少察觉到一些不对劲了……"

吟风点点头,"放心,我心里有数。"她又看了一眼手里的照片,男孩比照片上长大了一些,正捧着手里的移动终端聚精会神地看着什么。

吟风吸一口气,向他走去,"小辉,在看什么呢?"

男孩抬头看了吟风一眼,又重回到他自己的世界,满不在乎地答道:"《逻辑哲学论》。"

吟风一惊,这么小的孩子竟然就在读维特根斯坦,她蹲到孩子旁边,认真问道:"听上去好有意思,能给我讲讲吗?"

"一两句话可说不清楚。"男孩语气里藏着几分得意。

"那就慢慢讲呗,我有的是时间。这样吧,我们做个交易,你给我讲讲,我帮你找更多的电子资料,学校电子图书馆里没有的资料哟。"

"真的吗?"男孩抬起的眼中写着欣喜。

吟风终于想起他的面容为何熟悉了,除了像主管,还有些像她和阿诺在虚拟实境中遭遇的男人,像她的父亲何语。是巧合吧,她没敢多想。

她郑重地点头,伸出右手,跷起小指,"一言为定。"

"一言为定!"男孩也伸出右手小指,同吟风拉钩。

幼儿园门口的花坛旁,阿诺和青忆蹲坐在那里看着什么。

"看,看!这里又有一只!"青忆惊喜地叫起来。

"观察得真仔细!"阿诺夸奖道,语气里充满宠溺的赞许,"你看,那儿还有一队!"

青忆向阿诺指的方向挪动身子，"啊，它们排着队！"

"是啊，它们可是有纪律的集体。"阿诺的声音在说到最后两个字时轻了下来。

"你们在干什么呢？"吟风走出幼儿园大门。

阿诺站起来，又扶青忆站起身，替她拍拍裤子上的泥土，"我们在看蚂蚁，你那边怎么样？"

"很好啊，我们已经约定好了，每周他会给我讲讲哲学。"吟风答道。

"哲学？这么小的孩子给你讲哲学？"阿诺不禁诧异。

"嗯，有什么不可以的。他长得可真像他妈妈……"吟风咽下后半句话。

"好啦，别想啦，都过去了。"阿诺拍拍吟风的背脊，顺势轻轻搂住她。

"小风，"青忆拉拉吟风的手，"阿语，"又扯扯阿诺的衣袖，"我饿。"

"嗯，我们这就回家吃饭。"阿诺牵起青忆的手。

吟风摸了摸隆起的小腹，浅浅的笑容荡漾在她脸上，她扭头轻轻在阿诺脸颊上印上一个吻，"好，我们回家。"

云
雾